Biblioteca

Emma Wildes

Emma Wildes

PECADOS OCULTOS

Traducción de
Pilar de la Peña Minguell

CISNE

Título original: *His Sinful Secret*

Primera edición en Debolsillo: octubre, 2012

Printed in Spain – Impreso en España

ISBN: 978-84-9989-875-9 (vol. 88/5)
Depósito legal: B-20837-2012

Compuesto en Revertext, S. L.

Impreso en Novoprint, S. A.
Energia, 53. Sant Andreu de la Barca (Barcelona)

M 998759

Para Dick Leakey,
quien sin duda tiene muchos pecados ocultos.
Sospecho que soy demasiado inocente para saber
de la mayoría de ellos. Eres uno de mis mejores amigos.

1

El error de cálculo resultó fatal.

Cuando Michael Hepburn se volvió, un segundo más tarde de lo necesario para evitar del todo la cuchillada, la tenue luz de la luna le proporcionó una imagen vaga de la figura en penumbra. Notó cómo la hoja le atravesaba la fina chaqueta de brocado y percibió el frío mordisco del acero en su cuerpo. Lo invadió un dolor agudo, incluso cuando lanzó un pie al aire de forma refleja y oyó el certero ruido sordo de la patada. Su asaltante gruñó y reculó, tambaleándose por el grasiento suelo empedrado, pero no tardó en recobrar el equilibrio y abalanzarse de nuevo sobre él.

Por suerte, esta vez Michael no estaba desprevenido.

Lo esquivó inclinándose hacia atrás y dejó que el impulso de su atacante lo acercara lo suficiente como para asestarle un fuerte derechazo. Como el apestoso callejón estaba muy oscuro, en lugar de acertarle en plena barbilla, le sacudió de mala manera en un lado del cuello. Se oyó un gemido agudo, y Michael aprovechó para darle al desconocido otra patada, esta vez en la entrepierna.

El juego limpio era para los que podían permitirse la derrota.

Lo había aprendido en España. Sufrir una muerte honorable estaba muy bien, pero, a su juicio, vivir era incluso mejor, y no se le ocurría nada más sórdido que perder la vida en un callejón inmundo de Londres.

Su atacante logró esquivar la patada —lo que demostraba que

también él se había visto en más de una pelea sucia y había previsto el golpe—, pero patinó en el suelo resbaladizo y cayó como un saco de patatas. Al hacerlo, perdió el cuchillo, y mientras se agachaba a recogerlo, Michael vio aquella figura corpulenta ponerse en pie con dificultad, dar media vuelta y salir corriendo. Su propia respiración agitada ahogó el estruendo de aquellos pasos a la carrera.

De no ser por la sensación cálida y untosa de la sangre que le empapaba la ropa, quizá habría intentado darle caza para sonsacarle información.

—Maldición —masculló, abriéndose la chaqueta rajada para mirarse la herida. La camisa de lino blanco ya era de un vivo escarlata. Aquel malnacido, quienquiera que fuese, pretendía hacerle daño de verdad. La hoja debía de haber topado con una costilla, por lo que, aunque la herida sangraba mucho, a Michael no le pareció grave. Lo habían herido en ocasiones suficientes para saber cuándo había llegado «el momento».

No obstante, aquella herida no podía haber sido más inoportuna.

Sacó su reloj de bolsillo y entrecerró los ojos para poder ver la hora a la escasa luz, procurando ignorar el hedor a basura que lo rodeaba. Era ya muy tarde, pero no podía volver a casa en su estado, no fuera que aún hubiese alguien despierto. La enorme mansión estaba plagada de parientes e invitados de todas clases.

Por suerte, tenía otras opciones.

Caminó hasta donde lo esperaba el vehículo que había alquilado a precio de oro. El coche ducal habría llamado demasiado la atención en aquel lugar de negocios turbios de contraventanas echadas y albergues de tejados y puertas destartalados, indicativos de la sordidez del entorno. Ciertamente estaba algo mareado cuando llegó a su destino.

El cochero, un hombre menudo de rostro afilado y barba desastrada, se alarmó al verlo aparecer.

—Vaya, ¿algún problema, jefe?

—¿Lo dice por la sangre? —preguntó Michael con cinismo—. Los bandoleros son cada vez más atrevidos.

El cochero tuvo la delicadeza de no mencionar lo tarde que era y el barrio de mala muerte en el que se encontraban.

Con una buena propina, olvidaría lo que había visto. Michael le dio la dirección, subió al desvencijado vehículo y se instaló con mucho cuidado en el asiento. El trayecto resultó algo agitado, aunque, por suerte, no muy largo; no tardaron en abandonar aquel barrio malsano y llegar a una parte más distinguida —y segura— de Londres. Se trataba de una finca elegante pero discreta, a las afueras de Mayfair y, para alivio suyo, se veía luz en una de las ventanas del piso superior. Se apeó mascullando una palabra de agradecimiento y añadió una cantidad sustanciosa al precio del viaje.

—Si no le importa, olvídese de mí y del incidente.

A juzgar por su gesto, el hombrecillo debía de pensar que las excentricidades de la aristocracia aun siendo impenetrables salían provechosas y, tras asentir con la cabeza, volvió al pescante, arreó al escuálido caballo y el coche se alejó con gran estrépito.

Abrió la puerta de la elegante mansión un joven con una cicatriz en la cara y gesto impasible, a pesar de la hora. Iba en camisón y su pelo oscuro estaba alborotado, lo que indicaba que ya se había retirado a descansar. Eran casi de la misma estatura y, aunque le hablaba siempre con respeto, la fijeza con que el joven miraba a Michael no era sino signo de comedimiento. Se apartó y lo invitó a entrar.

—Señor marqués, pase, por favor.

Michael entró.

—Lamento sacarte de la cama, Lawrence.

—No es necesario que se disculpe, en absoluto.

De no ser por las gotas de sangre que caían en el espléndido suelo de mármol blanco y negro del vestíbulo, habría parecido que intercambiaban palabras corteses; pero Michael y Lawrence no eran amigos, solo compañeros.

—¿Está lady Taylor… ocupada?

—Esta noche está completamente sola, milord —dijo Lawrence con ironía, examinando la chaqueta rajada de Michael.

—Bien. —Al menos no interrumpiría nada personal. Antonia no solía hablar de sus pasatiempos íntimos y él no preguntaba. Sospechaba que entre Lawrence y ella había algo más que una relación de mayordomo y señora; en cualquier caso, no era asunto suyo, ninguno de los dos se lo había confesado, y lo prefería así. Eran socios, aunque con una relación mucho más estrecha de lo habitual, y Michael prefería separar los negocios de las cuestiones personales—. ¿Te importaría decirle que he venido?

—Lo recibirá encantada, sin duda. Como de costumbre.

A pesar de la herida y de sus desastrosas consecuencias, Michael alzó una ceja, divertido por el tono insolente del joven. Lawrence ni siquiera había pestañeado al verlo llegar ensangrentado en plena noche; tampoco le había hecho preguntas sobre la herida. Jamás lo haría, claro. Había visto cosas peores, y sabía tener la boca bien cerrada.

Sin embargo, el palpable antagonismo resultaba significativo.

Al poco, Antonia deambulaba junto a él con su sensual cuerpo envuelto en seda y los labios apretados a modo de reproche. Estaban en su alcoba, aunque ella había tendido una manta en el suelo para que no le manchase de sangre su carísima alfombra. Unas colgaduras de seda de dorado pálido adornaban la cama con dosel y las ventanas se abrían a los jardines traseros. Antonia colocó la banqueta dorada de su tocador encima de la manta protectora y empujó despacio a Michael para que se sentara en ella.

—Si mal no recuerdo —señaló mientras le sacaba la camisa de los calzones, obviando su mueca de dolor—, te advertí que tuvieras cuidado.

—Mi fuente me dijo que tenía información sobre Roget, de modo que aproveché la ocasión y accedí a reunirme con él. Además, no me han atacado allí, sino cuando volvía al coche de alquiler por esas callejas de mala muerte.

—¿Y te sorprende? Quienes viven en barrios caros no suelen tener información de primera mano sobre asesinos y traidores.

—Cierto.

—Dime... ¿la herida ha merecido la pena? —preguntó con exagerada prudencia.

—No.

—Ya... —Se encogió de hombros mientras le desabrochaba la camisa, pero en sus ojos oscuros podía verse un destello de decepción—. Una lástima.

Michael miró resignado aquel corte irregular, y se inclinó para ayudarla a soltar la prenda rasgada de los hombros. La herida, de unos quince centímetros de longitud, no tenía buen aspecto, aunque suponía que toda aquella sangre empeoraba su apariencia.

—Me he descuidado. No esperaba un ataque en ese momento. Mi supuesto informador ya se había ido hacía un buen rato.

—Ya es la segunda vez. ¿Y si el ataque no tenía nada que ver con tu encuentro? Tú mismo has dicho que la zona es peligrosa, sobre todo de noche. —Antonia dejó caer la prenda ensangrentada sobre la manta.

—No ha intentado robarme.

—Porque tu reacción le ha sorprendido. A lo mejor pretendía matarte primero, para poder sustraerte la bolsa sin problemas.

Fuera, en el jardín, un ave nocturna entonaba un canto suave y melodioso, discorde con la sombría conversación.

—No, yo creo que ambos sucesos están relacionados —respondió Michael—. El ataque de la semana pasada fue muy similar. Sin previo aviso, a modo de emboscada. Debí haberlo previsto. Suelo tener mejor intuición. Tendré que estar más atento. Me parecía que la cosa estaba demasiado tranquila y me preguntaba si nuestra presa habría vuelto a salir del país. Ahora ya no lo tengo tan claro.

—Bah, se nos ha escapado. Una vez más.

Cuando aquella mujer que le inspeccionaba la herida se inclinó hacia delante para limpiarle la sangre, su pelo de ébano se derramó por sus hombros perfectos. Era de ascendencia castellana, y se veía en su piel aceitunada y sus rasgos llamativos: sus mejillas eran prominentes y aristocráticas; su nariz, algo afilada, y su boca, generosa y de labios gruesos. Las curvas exuberantes de su figura tentarían a un santo.

Dios sabía que Michael no encajaba en esa categoría.

Se le abrió un poco la bata y, aun estando herido y sangrando, Michael todavía no estaba muerto, y no pudo resistirse a admirar aquellos pechos redondos y turgentes, rematados por negruzcos pezones. ¿Lo excitaba? No; habían puesto fin a esa relación hacía años. No obstante, seguía siendo hombre, y ella era una mujer muy atractiva. Disfrutó del panorama sin disculparse.

—Sobrevivirás —sentenció ella en tono cortante mientras escurría el paño encima de una palangana de agua tibia. Volvió a presionar con él el punto de la herida del que brotaba la sangre—. Es extensa, pero no muy profunda. Le pediré a Lawrence que llame al médico.

—No, gracias.

Ella resopló, irritada por aquella negativa cortés pero rotunda.

—Sabía que te opondrías. Esto necesita sutura. ¿Has visto mis bordados? Créeme, te dejaría otra interesante cicatriz.

—Véndala sin más.

Solo le faltaba que se corriera la voz de que al marqués de Longhaven lo había apuñalado un maleante. Llamar la atención era peligroso. Cuantas menos personas lo supieran, mejor.

Antonia se puso en jarras.

—*Miguel...**

—Déjalo, por favor. Es muy tarde para discutir.

Ella titubeó un instante, luego negó con la cabeza y alzó los brazos desesperada. Sus ojos, oscuros como la noche cerrada, revelaban rendición.

—Tengo todas las de perder, en cualquier caso. Lo he aprendido con el tiempo. Muy bien. Como quieras, cabezota.

Michael la vio entrar en el vestidor. Al poco, salió con una camisola de fino lino. Con unas tijeras pequeñas, empezó a hacerla tiras. En circunstancias normales, le habría hecho gracia que

* En español en el original. *(N. de la T.)*

lo vendaran con ropa interior femenina, pero en aquellos momentos no estaba para risas.

—Como dices, sobreviviré. Lo imaginaba, pero me supone un grave problema. —Sentado, se dejaba hacer: ella le cubrió la herida con un trozo de tela mientras él miraba compungido la chimenea de mármol al fondo de la estancia—. Me caso dentro de dos días. Tendré que inventar algo para justificarme.

Antonia lo miró, con los labios muy apretados. Luego cogió un trozo más largo de la fina tela blanca.

—¿Vas a seguir adelante con eso? Me cuesta creerlo.

—¿Lo de mi boda? ¿Por qué? Hace meses que estamos prometidos formalmente.

—No es propio de ti, *Miguel*.

Ya habían tenido aquella conversación antes. Él suspiró resignado.

—Aunque no sea propio de mí, sí, voy a seguir adelante.

—¿Vas a casarte con alguna niña insípida recién salida de la escuela solo porque tu padre lo quiere así?

—Te agradecería que no tildaras de insípida a mi futura esposa.

Quizá fuera su imaginación, pero le pareció que, al empezar a vendarle la herida, apretaba con más fuerza de la necesaria. Profirió un pequeño gruñido de dolor.

—Te matará de aburrimiento.

Michael arqueó despacio una ceja.

—No creo que sea su deber entretenerme. Mi vida ya es emocionante de por sí, eso por no hablar de que hay alguien ahí fuera que quiere verme muerto. Si te parece, olvidémonos de mi joven prometida; de todas formas no vamos a estar de acuerdo. ¿Crees tú que el ataque podría venir de dentro?

Antonia le vendó el torso desnudo, acercándose tanto que él pudo distinguir bien su aroma de mujer con un toque de esencia de rosas. Con su pelo de ébano, le acariciaba la mejilla, y sus dedos hábiles se desplazaban por su piel.

—No estoy segura —reconoció ella en voz baja—. Pienso que puedes inquietar a cualquiera que sepa lo que eres.

«Lo que eres.» No sabía bien lo que era, salvo un experto en evasivas y engaños.

—Puede que algo concreto haya desencadenado esto —reflexionó en voz alta.

—¿El empeño en dar caza a Roget? No es que me parezca mal, ya lo sabes.

Lo sabía.

—Tal vez.

—¿Podrías explicarte?

—Aún no. —Se frotó la barbilla y entornó los ojos—. A la luz de lo ocurrido esta noche, estoy analizando las diversas opciones para poder formular mi teoría.

—Ya tienes una. No trates de engañarme —dijo Antonia, rematando el vendaje con una floritura—. El último ataque resulta aterradoramente significativo, ¿no es así? Si, como dices, ambos han sido intentos fallidos de asesinato, habrá otros, hasta que esté hecho el trabajo.

—Te agradecería que no llamaras «trabajo» a mi vida, querida.

Ella soltó un bufido poco elegante.

—¿Cómo lo llamo entonces?

Michael ignoró alegremente la pregunta y prosiguió:

—Por desgracia, el primer atacante no sobrevivió al asalto; de lo contrario, habría tenido respuestas al instante y habría podido evitar el encuentro de esta noche. —Había sido en defensa propia y ni siquiera había sido Michael quien lo había matado; esa vez, el cochero había visto el ataque y había sacado un arma en el mejor momento. O en el peor, según se mirase. El anciano había resultado tener muy buena puntería.

Una intervención infausta, aunque oportuna entonces. Una verdadera lástima. Los heridos aflojan la lengua enseguida. Los muertos son más difíciles en ese sentido.

—Pero, ahora que ha ocurrido... ¿qué piensas hacer? —inquirió ella, arqueando preocupada sus cejas de color azabache.

—Estaba decidido a matarme. —Michael agradecía el brevísimo destello de luz de luna en el acero de la hoja que casi lo había salvado. De no haber saltado en la dirección equivocada, habría salido ileso. Su error era un problema, pero mejor que una puñalada en el corazón.

No obstante, ¿cómo justificaría la herida en su noche de bodas? Hasta con la luz apagada y bajo las mantas, ella notaría el vendaje. Aunque, por fortuna, la herida no era lo bastante grave para incapacitarlo, no podría dejarla al descubierto en un par de días sin que volviera a abrirse.

Cielos. A veces la vida se complicaba una barbaridad, y aquello era un ejemplo. No resultaría nada romántico que se desangrara encima de su esposa, por lo que tendría que encontrar un modo de excusarse.

«Maldición.»

—¿No tendrás coñac? —No lo necesitaba tanto por el dolor como para aclararse un poco las ideas. Michael se recolocó, inquieto, en la silla.

Antonia le dedicó una sonrisa felina.

—Por supuesto. Coñac francés de contrabando, mal que me pese reconocer que esos malnacidos saben hacer algo bien. Se lo compré a unos ingleses; eso me consuela. —Con elegante precisión, se levantó y cruzó la estancia para lavarse bien las manos. Había una licorera y dos vasos de cristal en una mesita auxiliar. Antonia sirvió un poco en cada uno y se dio la vuelta, descalza, vestida solo con su bata de color pálido, siempre tan femenina, de impresionante belleza y con ese brillo permanente en sus ojos oscuros.

—Gracias. —Tomó el vaso, dio un buen sorbo, y la fragancia embriagadora le inundó la nariz—. También necesitaré una camisa nueva. Quizá Lawrence tenga una... Debido a la boda, Sothbrook está atestado de gente y no conseguiré pasar inadvertido, por muy tarde que sea. Me dejaré la chaqueta aquí para que te deshagas de ella.

—Tranquilo, ya me encargo yo de lo que sea.

Michael no pasó por alto tan sensual promesa. Antonia le era tremendamente útil en algunos aspectos, pero no era nada sutil.

—Y yo agradezco tu lealtad y tu disponibilidad —le contestó en tono neutro.

—Pero sigues pensando en casarte con esa jovencita cándida.

La miró por encima del vaso.

—Por supuesto.

—He llevado tu valioso paquete casi hasta la prestigiosa puerta de su casa.

Antonia, sentada ante la chimenea, levantó la vista.

—Los celos no te sientan bien.

Lawrence —ignoraba si era su nombre, pero no sabía nada más de su pasado— estaba de pie junto a la puerta, con un hombro apoyado en el quicio. La terrible cicatriz que le partía en dos la ceja izquierda había evitado el ojo, pero seguía por la mejilla hasta su prominente mandíbula. Aun desfigurado, era atractivo, para aquellas a las que les gustaran los hombres rudos con una buena mata de pelo oscuro y alborotado y buenas espaldas.

Nada que ver con el encanto refinado del marqués de Longhaven, pero sí peligrosamente atractivo de un modo terrenal y pecaminoso.

—Al menos siento y padezco. No puede decirse lo mismo de él. Siempre ha sido un tipo frío. Me ha sorprendido verle tanta sangre. Pensé que llevaba hielo en las venas.

—En absoluto. —Podía discutírselo fácilmente. Michael no tenía nada de frío. Era todo fuego contenido sin rastro de humo. No obstante, la llama titilante estaba ahí, lista para abrasar a cualquiera que entrara en contacto con él.

Michael siempre hacía lo necesario. Era brillante como un diamante tallado, pero también igual de duro. También tenía múltiples facetas.

—Deduzco que no ha querido pasar la noche contigo —dijo Lawrence, alzando su ceja deformada.

—¿Quién te dice que se lo he pedido?

—Percibo cierta desilusión en tus ojos. Además, a él siempre se lo pides.

—Eres un impertinente.

—Y tú, milady, te equivocas con el marqués —dijo él con ternura.

—No es asunto tuyo. —Pretendía parecer altiva e indignada, pero no lo logró.

O quizá fuese más acertado decir que nunca lo conseguía cuando era Lawrence quien la interrogaba sobre Michael. Con la guerra, la llegada a Inglaterra y su alianza, todo se había mezclado de algún modo.

—Ah, ¿no? —El tono cortante y despectivo de ella no pareció afectarle.

Antonia rió, pero no porque le pareciera gracioso.

—Por si no te has percatado, el pobre ha venido con una herida en el costado. Los juegos de alcoba no entraban en sus planes.

—Me he percatado. ¿Quién ha limpiado el reguero de sangre hasta tu alcoba, quién le ha dado una camisa limpia y lo ha llevado lo más cerca posible de su mansión para que pudiera entrar discretamente a tan intempestiva hora?

—Siempre he valorado tu eficiencia. —Era cierto. Lawrence desempeñaba muchas tareas en casa de Antonia, y en su vida. Tanto cuando conducía su coche como cuando hacía de criado y servía el clarete a las visitas o realizaba alguna otra tarea menos mundana, siempre era competente y discreto.

—¿Hace falta que te diga cómo querría que me pagaras? —Lawrence desplazó su cuerpo poderoso, todo músculo, en un solo movimiento atlético. Entró en la alcoba de Antonia como una pantera al acecho, con un avance lento, pausado, decidido.

Se había vestido para llevar a Longhaven a su casa, pero había vuelto a ponerse la bata después. La llevaba abierta, y tras ella se adivinaba un pecho bien musculado. Sus ojos oscuros revelaban un leve destello erótico. En aquel entorno tan femenino, siempre parecía fuera de lugar, muy rudo para las colgaduras de seda y las delicadas alfombras persas; el jarrón de la mesilla desentonaba con su dominante masculinidad.

Antonia notó que el corazón le latía más deprisa. Cuando la miraba así, resultaba muy difícil resistirse. El problema era que ni siquiera estaba segura de querer resistirse.

—Es tarde y estoy cansada —protestó.

—Puedes dormir luego. —Se corrigió—: Dormirás mejor luego.

Debía rechazarlo.

Lo hacía menos a menudo de lo que debía.

—Siempre te pasa —le recordó él con una voz ronca que lo delataba.

Sí, cierto, pero lo lamentaba al día siguiente. Cuando lo utilizaba para disfrutar de un placer pasajero, del consuelo de unos brazos fuertes, le remordía la conciencia, una conciencia que ya no estaba segura de tener. Aun así, intentó rebatírselo:

—No es justo para ti.

Lawrence alargó el brazo y la puso en pie con un movimiento no del todo brusco pero sí decidido. El calor de su cuerpo la templó y notó la prueba tangible de su deseo entre los dos.

Sus labios cálidos le besuquearon la oreja.

—Puedo cuidar de mí mismo, Antonia. Déjame amarte.

Y Antonia se rindió.

Tal vez no fuera extraño que no pudiera dormir, pero la irritaba de todos modos.

Julianne Sutton se acercó a la ventana, apartó la cortina y estudió la calle oscura. Una luna afilada iluminaba los tejados de las casas próximas y convertía sus ventanas en ojos en blanco.

Dos días.

Se casaba dentro de dos días.

La recorrió un escalofrío. Siempre había sabido que se casaría con el marqués de Longhaven, pero «pasado mañana» de repente le parecía muy pronto.

Quizá siempre, desde que tenía uso de razón, había aceptado que aquel enlace era cosa hecha; lo que no esperaba era que el novio fuera otro distinto. Si Harry viviera, no estaría tan nerviosa.

Harry... con aquella sonrisa fácil y su carácter guasón...

Un suave golpe en la puerta la sacó bruscamente de sus ensoñaciones.

—¿Sí?

Se abrió la puerta y una voz masculina le dijo:

—¿Sigues despierta? He visto luz por debajo de la puerta. ¿Qué demonios haces levantada a estas horas?

—Eso mismo digo yo —replicó ella con sequedad mientras su hermano mayor entraba en la alcoba. Un fuerte olor a coñac y a tabaco entró con él; además, se había quitado el corbatín en algún momento de la noche. Regresaba a casa tarde y desaliñado. No era difícil imaginar lo que había estado haciendo. De nuevo, observó la injusticia de que ellas tuvieran que ir siempre con carabina y ellos entraran y salieran a su antojo—. Al menos yo estoy en camisón y a punto de acostarme, no acabo de llegar medio beoda —repuso con aspereza.

—No he llegado medio beodo.

—Será porque te has despejado un poco.

—Tal vez —admitió ceñudo, peinándose con la mano—. He perdido la noción del tiempo jugando a las cartas y, sí, ha habido algunos vasos de coñac de por medio. ¿Qué excusa tienes tú para no estar profundamente dormida?

—Estaba pensando... solo eso.

—Ah, ¿los nervios de la boda? —Malcolm eligió una silla forrada de seda y se dejó caer en ella. Quedaba algo ridículo con su ropa oscura de gala sobre esa tapicería tan femenina, de color melocotón—. He visto a Longhaven esta noche, en el club. Parecía muy tranquilo, como siempre. Nada nervioso o, si lo estaba, lo disimulaba bien.

Julianne no estaba segura de que «tranquilo» fuera el calificativo más adecuado para su prometido. «Tranquilo» era demasiado sencillo; «controlado» era más acertado. Había algo en él de comedida intensidad, y su apariencia externa, serena y neutra, favorecían de algún modo esa impresión.

—Me alegro por él —masculló con un leve suspiro—. Reconozco que preferiría que no fuéramos casi extraños el uno para el otro. Al menos a Harry lo conocía.

—Era un buen tipo —repuso su hermano, fastidiado—. Maldita sea.

Malcolm no estaba muy sobrio, de lo contrario no habría jurado delante de ella. No obstante, coincidía con el sentimiento de su hermano, si bien no con su lenguaje.

Sí, la muerte de Harry había sido una lástima. Una triste casualidad, algo extraño que a los veintisiete años un joven aparentemente sano hubiera empezado a quejarse de dolor en el pecho y hubiera fallecido a las pocas horas. Sus padres, los duques de Southbrook, se hallaban destrozados. De inmediato habían localizado a su hijo menor, que por entonces se encontraba en España, luchando contra los franceses, y le habían rogado que volviera a casa. Nunca sabrían si había renunciado obediente a su cometido y regresado a Inglaterra, porque la guerra, que terminó al fin, decidió por él.

De ese modo, Michael Hepburn volvió a casa y ocupó el lugar de su hermano, y adquirió su título, su posición como heredero del ducado, y a su prometida. Sus padres insistieron en seguir adelante con el enlace. El compromiso aún no se había hecho público a la muerte de Harry, y en él se estipulaba el enlace entre Julianne y el marqués de Longhaven, con lo que ni siquiera era necesario modificar los documentos oficiales.

Julianne le había dicho a su padre que el joven Hepburn había pasado cinco años en España y, en consecuencia, no se conocían —ella tenía solo trece cuando él se había marchado—, pero, por alguna razón insondable, el nuevo lord Longhaven había accedido a casarse con ella una vez finalizado el correspondiente período de luto.

Los deseos de Julianne se habían ignorado por completo.

Hacía más de un año de la muerte de Harry y Michael ya llevaba algún tiempo en Inglaterra, pero ella no lo conocía mejor que a su regreso. Cortés pero distante, agradable pero enigmático, seguía siendo un extraño para ella.

—Sí, fue una lástima —convino con verdadera tristeza, recordando al simpático joven con el que creía que se casaría. Los hermanos se parecían: ambos eran esbeltos, de pelo castaño y tenían los ojos de un intenso color avellana. Sus rasgos aristocráticos llevaban el sello del atractivo de los Hepburn, pero ahí terminaban las semejanzas. Harry y su hermano menor no se parecían en nada más.

Julianne no era experta en hombres, pero tenía la sensación de que Michael Hepburn era un tipo… complicado.

—Echo de menos a Harry. Siempre estaba riendo.

Aunque estaba algo ebrio y era muy tarde —o temprano, según se mirara—, Malcolm detectó la desolación en el tono de su hermana.

—La vida cambia a veces, Jule, y no se puede evitar. Quizá esto debía suceder, lo tuyo con el nuevo marqués. Siempre pensé que Harry era demasiado dócil para ti. Michael Hepburn no es nada dócil, me parece. Resulta difícil saber qué piensa.

Ella tenía la misma sensación, a juzgar por sus miradas frías y autoritarias.

Sintió otro escalofrío.

2

—Deberían haberle dado puntos. —Fitzhugh se deshizo de la venda costrosa y le lanzó una mirada de desaprobación—. Debería llamar a un médico que se lo mire, señor, aunque le haga preguntas. Tiene muy mal aspecto.

A pesar de que la herida le dolía y la retirada del vendaje le había hecho sudar, Michael lo miró con una sonrisa en los labios.

—No tengo interés en que ningún médico vaya diciendo por ahí que le ha curado al marqués de Longhaven una cuchillada. He tenido heridas peores y te has encargado tú de curármelas. Así que deja de quejarte y sigue.

El hombre, mayor que él, negó con la cabeza pero obedeció: le limpió la herida, le colocó un apósito limpio encima y después lo sujetó bien con unas tiras de lino. Regordete, viajado y cumplidor, le asistía con la misma eficiencia con que había cumplido órdenes junto a él al mando de Wellington. Acto seguido, Michael se enfundó la camisa y estudió su reflejo en el espejo. Recién afeitado y vestido, parecía normal, salvo por las ojeras. No había dormido bien, en parte por la herida y en parte por lo que la había causado.

Dos intentos de asesinato, un asunto de difícil manejo para sus superiores y ahora una noche de bodas problemática.

No era de extrañar que no pegara ojo.

Su antiguo sargento tenía una habilidad especial para leerle el pensamiento.

—¿Qué le va a decir, si me permite la pregunta, milord?

—Aún se le hacía raro ese tratamiento. Fitzhugh siempre lo había llamado «coronel», y a veces se le escapaba de pura costumbre.

—No estoy seguro. —Michael terminó de anudarse el corbatín y se volvió—. Iba a decirle que me he caído del caballo, pero temo que, aun para un ojo inexperto, parezca lo que es: una puñalada. Al final, tendré que quitarme el vendaje, y la cicatriz pondrá de manifiesto mi mentira. No sería un buen comienzo de matrimonio.

Se oyó un resoplido poco elegante.

—Más vale que esa hermosa jovencita se acostumbre a las medias verdades, teniendo en cuenta los líos en los que anda siempre metido.

Michael pasó por alto el comentario.

—Tengo que pensar alguna otra cosa.

Fitzhugh cogió la bata de Michael y fue al vestidor a colgarla. Hacía buen tiempo y un sol espléndido bañaba la alcoba de luz dorada. No había ocupado el cuarto de Harry; le parecía la peor de las traiciones quedarse con una cosa más de su difunto hermano. Había heredado su título, su fortuna y a su prometida, y no iba a mudarse a sus aposentos. La decoración de su alcoba era algo austera, igual que antes de marcharse a España. Colgaduras lisas de color azul oscuro en la cama labrada, una sencilla alfombra vainilla sobre el suelo pulido y cortinas a juego en las ventanas alargadas. Tenía veintiún años cuando se había embarcado rumbo a la guerra y, en ese momento, la decoración no era una de sus prioridades en la vida. Y seguía sin serlo. Quizá Julianne quisiera redecorar la parte de la mansión Mayfair que les correspondía; claro que a lo mejor no quería. Sabía muy poco de ella, la verdad.

Poquísimo. La distancia entre los dos era deliberada, y culpa suya.

«¿Qué más da cómo sea?», se recordó. Se casaría con ella de todos modos, porque sus padres aún lloraban a su hermano.

Lo habían pillado desprevenido cuando le habían pedido que, por favor, honrara el compromiso matrimonial adquirido por Harry. Creía que los años de guerra e intrigas lo habían endurecido, pero aún debía de quedarle algún vestigio de sentimiento, porque no había podido negarse. Había llegado a casa, había ocupado el puesto de su hermano como heredero y ahora iba a apropiarse de la joven destinada a ser su esposa.

Se habría sentido menos culpable si Harry no hubiera estado tan loco por ella y tan entusiasmado con su enlace.

Lo había visto, al principio veladamente, en las cartas que llegaban de su casa. Su hermano mayor le había hablado de lo guapa que se estaba volviendo con los años, de lo inteligente y agradable, de lo encantadora y elegante que era. En la última carta, que le había llegado cuando Harry ya estaba muerto y enterrado, le contaba la suerte que tenía de estar prometido a una mujer que no solo embellecería su brazo en público y su cama en privado sino que además enriquecería su vida.

¿Acaso se sentía indigno de ella?

La respuesta era un sí rotundo, pensó, suspirando mientras se pasaba los dedos por el pelo bien peinado y se revolvía los gruesos mechones. Él no era como Harry. Michael no era transigente, y su cabeza daba vueltas en círculos, no iba en línea recta. Había presenciado muchos horrores, algo aterrador en sí, y sus cicatrices eran profundas.

—El mío será un matrimonio de conveniencia —le dijo a su asistente.

—¿Para usted o para ella? —Fitzhugh, siempre directo—. Le conviene continuar con sus cosas y que ella no repare en sus heridas, en sus ausencias y en sus entradas y salidas de madrugada. Así será, ¿me equivoco?

—¿Cómo voy a saberlo? No he estado casado, pero los enlaces entre nobles, sobre todo los convenidos por los padres, conllevan cierto grado de independencia. Además, ella es muy joven. Ni siquiera ha cumplido los veinte.

—¿Y eso qué tendrá que ver? —respondió Fitzhugh, ceñudo—. Tiene ojos, ¿no? Muy bonitos, por cierto. Más vale que se le ocurra una buena excusa con que justificar su actual incapacidad, coronel, o su matrimonio será un infierno desde el principio. Por el estado de esa herida, me atrevería a decir que mañana no estará en plena forma y no podrá ejercer sus derechos conyugales. Sea joven o no, esa mujercita se preguntará por qué no ha querido disfrutar de sus encantos, o peor aún, por qué ella no ha podido disfrutar de los suyos.

—Dudo que la muchacha sepa distinguir entre una buena y una mala actuación en el terrero sexual —repuso, muy seco—. Y agradezco tu confianza en mi virilidad.

En el rostro ancho del otro hombre se dibujó una sonrisa.

—Supongo que hará bien su trabajo.

—Gracias. Vaya, al fin un poco de confianza.

—En realidad, confío en los encantos de la joven, coronel —sonrió Fitzhugh—. No cabe duda de que es una mujer hermosa. Me extrañaría que no lo hubiera notado.

—Lo he notado, sí. —Michael dio media vuelta y empezó a pasearse nervioso por la alcoba.

En efecto, lo había notado. El color inusualmente intenso de su pelo brillante, como de sedosa caoba, cálido y suave, enmarcaba aquel rostro delicado y distinguido. Era esbelta pero con bonitas curvas en los sitios adecuados. Y Fitzhugh tenía razón: aquellos ojos azul oscuro de largas pestañas eran preciosos. Julianne era algo callada para su gusto; claro que tampoco había mantenido nunca una conversación con ella.

Aún la veía como la prometida de Harry y, por desgracia, le daba la impresión de que a ella le ocurría lo mismo.

Le parecía la peor de las traiciones llevarse a la cama a la mujer a la que había deseado su hermano. Por otro lado, sus padres habían dejado a un lado su gran dolor para celebrar su enlace. Su madre, en especial, se había volcado con los preparativos de la boda, y no era ningún secreto que, a su juicio, cuanto antes tuviera un nieto, mejor.

El asalto sufrido le planteaba un grave dilema, por no hablar del misterio de quién querría verlo muerto.

—Supongo que podría contarle la verdad. Que, cuando volvía a casa de una cita, alguien me ha atacado, que no tengo ni idea de por qué, ni de quién ha sido, pero que he podido defenderme y él ha salido corriendo. Que he decidido ocultarlo por no estropear la celebración ni privar a mi madre de su actual estado de felicidad. ¿Qué te parece?

—La verdad no suele ser su primera opción —dijo Fitzhugh, a la vez asombrado y divertido.

—Por lo general, no es una opción en absoluto —señaló Michael con cinismo—. Lo de mi madre es cierto. Desde que murió mi hermano, no ha tenido muchas alegrías. Quizá Julianne entienda que mantenga en secreto lo ocurrido por proteger a mis padres. Estoy seguro de que también ella llora aún a Harry y sabe lo importante que esta boda es para ellos.

—Es natural que lo haga. Igual que usted, señor, de lo contrario no se casaría con esa muchacha.

¿Lloraba a su hermano? Tal vez. Nunca se había parado a pensarlo. A veces, Fitzhugh era tan condenadamente perspicaz que lo incomodaba.

Michael se encogió de hombros, y sintió una punzada de dolor en el costado que le hizo arrugar el gesto.

—Tendré que casarme algún día, ¿por qué no con ella? Es lo que esperan todos.

—No es lo que esperaba usted, señor. Siempre va a lo suyo.

Eso era cierto.

—Es preciosa, parece que tiene carácter y no es tan petulante como otras jóvenes de su edad a las que he tenido la desgracia de conocer. Por lo menos ya no me acosarán las madres con sus hijas en todos los acontecimientos. Mis mejores amigos se han casado ya.

Por amor. Tanto Alex St. James como Luke Daudet, sus amigos y camaradas, habían encontrado a la mujer que los completaba, la mujer con la que querían estar a pesar de los obstáculos familiares y sociales.

No todo el mundo tenía tanta suerte, así que aceptaría casarse por obligación. Como había dicho, Julianne era una mujer perfectamente aceptable.

—Ha llegado mi hora. Además, un hombre casado también disfruta de libertad —añadió sucintamente.

Su asistente rió, y la carcajada resonó en la soleada estancia.

—¿Libertad? Ya me dirá si sigue pensando lo mismo en unos meses, coronel.

A Julianne no le interesaba mucho si los capullos de las orquídeas rosadas estaban más o menos abiertos que los de las blancas. Solo escuchaba a medias el parloteo incesante de su madre y la duquesa de Southbrook sobre las flores del día siguiente. Prestaba más atención al nudo que tenía en la boca del estómago.

La elegante estancia se le hacía demasiado pequeña y cerrada, aun a pesar de que los ventanales estaban abiertos a la agradable brisa. En el cielo, de un azul intenso, no se veía ni una nube, y el aroma a rosas invadía la sala como un esquivo fantasma, agradable e invisible. Tan espléndido día debía haberla animado, pero, cuando pensaba en el día siguiente, experimentaba una funesta sensación de fatalidad.

Mañana.

«Que Dios me asista.»

No es que Julianne no quisiera casarse con Michael Hepburn —a fin de cuentas era guapo, rico, tenía título y todo lo demás que una joven debía admirar—, pero le daba la impresión de que su actitud hacia el enlace de ambos era tan ambigua como la de ella.

¿Cómo no iba a serlo? Él se había visto tan obligado como ella, por la presión de sus familias y...

—¡Julianne...!

Se sobresaltó al oír su nombre con tanta rotundidad. Al levantar la mirada, vio dos rostros expectantes.

—Pe... perdón... —tartamudeó—. ¿De qué hablábamos?

La duquesa era una mujer pequeña de grueso pelo castaño, muy parecido al de su hijo, y la misma complexión refinada. Dio un manotazo al aire y sonrió.

—Tu distracción es lógica, sin duda, querida; no es necesario que te disculpes. Apuesto a que Michael está igual de distraído.

Esta mañana ha pasado a desayunar precipitadamente y apenas ha probado bocado.

Le costaba imaginar al distante marqués desprovisto de su frialdad y sensatez, pero asintió con la cabeza. Le costaba más imaginarlo haciendo algo de forma precipitada, y eso le provocó una leve e involuntaria sonrisa interior.

La duquesa se levantó, logrando parecer a la vez majestuosa y maternal.

—El tiempo que nos queda hasta la ceremonia va a ser un auténtico torbellino, así que me marcho. Hazme saber lo que decides sobre las flores.

«¿Qué flores?»

Ah, sí, las orquídeas. Julianne se sonrojó por su evidente falta de atención.

—Por supuesto, excelencia.

La mujer se acercó a ella y le dio una palmadita en la mejilla, suave y cariñosa.

—Todo esto me hace muy feliz. Espero impaciente el momento de la boda.

De eso no cabía la menor duda. La duquesa le dedicó una amplia sonrisa.

Cuando la duquesa se hubo marchado, envuelta en perfume y exquisita seda, Julianne sonrió con tristeza.

—No estaba distraída porque no me interesara, pero reconozco que el color de las flores no me importa mucho.

—Es natural que estés abstraída. —Su madre sorbió el té y, después, dejó la taza en la mesa, resuelta—. Me preguntaba si... como estamos solas y el tiempo vuela... deberíamos aprovechar la ocasión para hablar de la boda.

Parecía que lo único que hacían era hablar de la boda, y llevaban meses así. Julianne contuvo un gruñido audible.

—Ya te has encargado de todo, madre. Aparte del posible estado de los capullos para mañana, no se me ocurre qué más queda por hablar. Todo está previsto y en orden. Se ha planificado hasta el más pequeño de los detalles.

Aunque la figura de su madre había perdido la esbeltez en

favor de un cuerpo más maduro y su pelo rojizo revelaba ya algunas vetas grises, aún era una mujer encantadora y afectuosa. Siempre se habían llevado bien porque ella era su única hija, aunque eran muy distintas en muchos aspectos. A ella le gustaban los libros y la música, y su madre era una criatura social, muy comprometida con su entorno. Julianne siempre había sabido que su enlace con un futuro duque era importante para su familia. Complacía a su madre y, por ende, a su padre.

—Debemos hablar de tu noche de bodas —le dijo con recatada resignación—. Este momento es tan bueno como cualquier otro, y puede que no tengamos otra ocasión antes del evento.

«El evento.» Aquello sonaba apocalíptico.

El tema vago de las obligaciones conyugales, el lecho nupcial y la procreación le había parecido fascinante y prohibido durante un tiempo, pero últimamente procuraba no pensar mucho en ello. Le recordaba a un hombre alto de hipnotizadores ojos pardos y pelo castaño con destellos dorados que, al parecer, podría hacer con ella lo que quisiera a partir de las cuatro de la tarde del día siguiente.

—Como quieras. —Julianne percibió la rigidez de su propia voz. Estaba sentada, muy erguida, en un sofá de brocado; le sudaban un poco las manos, así que se las limpió con disimulo en el vestido.

—Lo que yo quiero es que seas una esposa preparada, no ignorante y aterrada. El marqués es un hombre de mundo, y esperará cierto tipo de conducta.

La irritaba pensar que a todos les preocupara si ella lo iba a complacer pero a nadie parecía importarle el que él la complaciera a ella.

Contuvo su indignación.

—Muy bien.

Su madre titubeó de forma visible, y se recolocó afanosa las faldas.

—Tendrás que compartir el lecho con lord Longhaven... ¿lo sabes?

Quizá supiera más de lo que su madre pensaba. Las chicas

chismorreaban, y menos mal, porque nadie quería hablarle del tema, incluida su madre, pues aunque hubiera sacado el tema se había quedado muda de pronto.

Hacía una tarde calurosa y la brisa agitaba las cortinas de la ventana abierta. Julianne decidió no responder; se limitó a mirar a su madre con interés.

Por fin, su madre añadió con precipitación:

—Querrá acariciar ciertas partes de tu cuerpo, quizá incluso te quite el camisón. A él le complacerá, y deberás permitírselo, eso y cualquier otra cosa que desee hacer. Después, posiblemente se retire a su propia alcoba, pero tal vez no. Como en todo, será él quien decida.

La desigualdad entre hombre y mujer era uno de los temas que más la irritaban.

—No suena tan interesante si no tengo posibilidad de opinar.

—No la tienes —espetó su madre, rotunda—. Así es como funciona el mundo. Ten presente que debes darle el heredero que precisa. De hecho, no es tan desagradable. Si lo toleras sin rechistar, todo saldrá de maravilla.

Estupendo «evento», sin duda. «Mi noche de bodas cada vez pinta mejor», pensó Julianne con sarcasmo.

—Nunca he entendido bien por qué, si es una obligación, algunas mujeres son infieles voluntariamente.

Su madre, al parecer desconcertada, se entretuvo sirviéndose más té.

—Sería preferible que no prestaras oídos a sórdidos chismorreos.

—A mi juicio, sería preferible que me explicaras el proceso con naturalidad. Alguna mujer habrá que disfrute de ello cuando se exponen a la censura pública por tener un amante. Además, ¿qué tiene de sórdido hablar del lecho conyugal?

—¡Julianne!

El tono reprobatorio no la sorprendió. Quería a su madre, pero también sabía que no se le daba bien hablar de temas más hondos que las modas del momento. La charla no estaba siendo nada ilustrativa.

—Tan solo espero que todo ello no se limite a sentirse como una yegua de cría —se explicó.

—Pues claro que sí. —Su madre se llevó la taza a los labios y dio un sorbito—. Tú haz lo que te pida y satisfaz sus deseos y vuestra relación será siempre armoniosa. En el fondo, todo esto es bien sencillo.

¿Sencillo? ¿El matrimonio con el marqués de Longhaven? Lo dudaba mucho. Con Harry, quizá lo habría sido, pero todo había cambiado.

Consciente de que la conversación no progresaría, se levantó y se acercó a besar a su madre en la mejilla.

—Te agradezco los consejos.

Su madre sonrió, aliviada.

—Vas a ser una novia preciosa. Le encantarás.

¿Encantar a Michael Hepburn? Julianne suponía que hacía falta un gran esfuerzo para conducir a aquel hombre a semejante estado. Mucho más que un vestido bonito y una ceremonia a la que ambos asistían por obligación. Como ella, el marqués no debía de sentirse encantado, sino resignado.

No era un comienzo prometedor: los dos resignados a sus respectivos destinos.

—Creo que voy a subir a descansar un poco —mintió, mirando de reojo el reloj de bronce de la repisa de la chimenea, cuyo firme tictac le recordaba el paso inexorable del tiempo. Por fortuna, la duquesa no había querido seguir hablando de las orquídeas; de lo contrario, se le habría hecho tarde.

«Mañana estaré casada», se recordó Julianne.

Pero ese día tenía algo más urgente que hacer. Aún no era lady Longhaven, y debía mantener su cita en secreto.

Su última noche de soltero y allí estaba, en un rincón frío y húmedo de un muelle desierto, empapado por la fina niebla, que había surgido de pronto como un espíritu vengador, con su humedad insidiosa y casi invisible que, no obstante, lo calaba hasta los huesos.

La figura surgió de pronto en medio de la bruma, junto a un edificio abandonado cuya puerta entreabierta se insinuaba con su sonrisa desdentada y cuyas vigas podridas hacían que se escorara el inmueble entero. Hastiado, Michael vio cómo se aproximaba silenciosa la figura.

—Longhaven.

—Hola, Charles.

—¡Qué noche tan desapacible!

—Muy cierto. Anoche hacía mejor tiempo, pero también fue una noche agitada. —Michael, a pesar de lo que le dolía la herida, sonrió socarrón—. Me atacaron después de nuestra reunión. ¿Tienes idea de quién pudo ser?

—¿Te atacaron? —El tipo que tenía delante frunció el ceño y juntó las cejas—. ¿Otra vez?

—Otra vez —confirmó, sombrío.

—No pareces herido.

—Si eso es un cumplido a mi fortaleza, te lo agradezco.

Su compañero rió, pero cuando la luz de la luna, velada a lo sumo, se desplazó, deslizándose por la superficie resbaladiza del muelle, reveló un gesto de preocupación en los rasgos austeros de Charles Peyton.

—Y por ese ataque has llegado a la conclusión de que el primero no fue casual, ¿no es así?

—Llevo una cuchillada en el costado que refuerza mi teoría de que me sigue alguien con intenciones claramente sanguinarias.

—Mala suerte. ¿Logró escapar?

No parecía preocuparlo mucho su salud; claro que, después de todo, el peligro era inevitable, y era obvio que Michael había sobrevivido a una emboscada.

—Este sí.

—Curioso que haya sucedido tan de repente, ¿no te parece?

«Sí, me lo parece», pensó Michael, notándose la carne abierta bajo el vendaje bien apretado.

—Supone un peligro para la seguridad interna de la organización. No podemos ignorar la posibilidad de que alguien esté filtrando información. En ambas ocasiones, regresaba del punto de intercambio. Londres no es la ciudad más segura del mundo, pero dos ataques seguidos me hacen preguntarme si mi agresor sabía de mi paradero, y eso me hace cuestionarme muchas otras cosas. Para empezar, quién, cómo y por qué.

—Es difícil saberlo. —Como siempre, Peyton apenas demostraba emoción—. ¿Qué vas a hacer al respecto, y cuándo tendré el resultado de tus pesquisas?

—Maldita sea, Charles, me casó mañana. Estoy valorando todas mis opciones, pero debo fingir al menos un poco de interés en mi mujer. Tendrás que darme unos días. Además, si no te importa, soy yo el que quiere información, no al revés.

—Reconozco que me intriga este repentino suceso. Si averiguo algo valioso, prometo que te lo haré saber, si tú haces lo mismo conmigo —dijo con una risa grave—. Sé que tu boda es inminente. Estoy invitado, ¿recuerdas?

Como todo personaje de relevancia en Londres, a juzgar por la lista de invitados. Sir Charles era uno de ellos, sin duda. Aunque no lo habían hecho sir por su servicio a la Corona; era cuñado del infame duque de Rothay y su ascendencia era tan aristocrática como la del propio Michael. Debía admitir que la idea de la ceremonia y la celebración posterior le producían escalofríos. No era dado a la ostentación, menos aún a esa clase de acontecimientos multitudinarios; además debía hacer frente al problema de su herida, y al de ser el centro de atención.

Y a lo de después, claro. La noche de bodas seguía siendo un inconveniente. Aún no había decidido cómo justificar la cuchillada.

Un remolino de niebla pasó por su lado, y le rozó la cara como diminutas garras de humedad.

—Me alegrará verte por allí, Charles —respondió—. Dejando a un lado la boda, admito que me gusta respirar y otras cosas que implican estar vivo. ¿Alguna idea de cómo abordar esto?

—Eres un hombre imaginativo. Algo se te ocurrirá. Lo único que puedo hacer es prestarte ayuda si la necesitas. Ponte en contacto conmigo de la forma habitual.

Era lo mejor que podía esperar, así que asintió. Tan pronto

como había surgido el verdadero problema con el segundo ataque brutal en menos de una semana, había sabido que iba a tener que resolverlo él solo. Peyton rara vez se implicaba directamente. Era la viga maestra: sostenía el puente, pero no se le veía.

Se separaron, cada uno por un lado; la enrevesada dispersión era necesaria. Aunque no importaba que Charles y él socializaran en público, se habían propuesto que nunca los vieran reunirse. Si sucedía, se harían preguntas, se extraerían conclusiones, y los resultados podrían ser desastrosos.

Evitó ir a casa y, en su lugar, se dirigió al club. Southbrook House estaba repleto de familiares que ni siquiera sabía que tenía y, aunque estaba preparado para ser amable y pasar por un novio entusiasta al día siguiente, en aquel momento no tenía ánimo para departir con sus tías ancianas y sus primos lejanos.

Le apetecía más una cena tranquila y varios coñacs bien cargados en un rincón.

Mientras le daba el gabán húmedo al encargado del club, no puedo evitar pensar en lo distinto que se habría sentido Harry en aquel momento. Su hermano mayor habría estado feliz, sin duda, y esperando ilusionado el día, no temiéndolo, porque al final tendría a su preciosa esposa para que le calentara la cama, y también el corazón.

Michael no se parecía en nada a su hermano, tolerante e idealista, salvo en el físico. Se preguntaba si la hermosa lady Julianne sabría de la mala pasada que le había jugado el destino. En lugar de un hombre ansioso por casarse y sumiso en todos los aspectos, que probablemente sería un marido ideal y un magnífico duque algún día, le había tocado en suerte un novio reticente con una legión de secretos oscuros y un deseo nulo de la pompa que acompañaba a su estatus social.

Menudo cambio, a ojos de cualquiera. La habían engañado.

—Mucha humedad ahí fuera, ¿no, Longhaven? Si te apetece, únete a nosotros. Precisamente hablábamos de ti; nos preguntábamos si aparecerías por aquí.

Al salir de su ensimismamiento vio a Luke Daudet, vizconde de Altea, sentado a una mesa, con un vaso de líquido ambarino delante y una leve sonrisa en los labios. Junto a él, igualmente risueño, se encontraba lord Alex St. James, con su pelo oscuro algo más largo de lo que dictaban las modas —si bien las convenciones sociales nunca le habían importado mucho— y una mirada especulativa.

Si Michael tenía buenos amigos de verdad, aquellos dos hombres lo eran. Aunque aquella noche no les tocaba reunirse. Los dos se habían casado recientemente: Alex, con la espléndida hija de un conde, y ya esperaban su primer hijo; Luke Daudet, con una guapa joven viuda, que también se encontraba en estado de buena esperanza. Ambos estaban, como ellos mismos decían, encantados con su reciente dicha conyugal y su inminente paternidad. Incluso puede que quisieran hablar de ello, y era un tema del que Michael huía como del diablo.

«Maldita sea.» Si hubiera querido hablar de matrimonio, se habría marchado a casa a aguantar a sus tías, entusiastas y bien dispuestas.

Claro que Luke y Alex eran sus camaradas. Tomó el asiento que le ofrecían.

—Pensaba que aún andabais de viaje.

Desde el otro lado de la mesa, Luke, rubio y de un atractivo clásico, le dedicó una de sus infames sonrisas lentas, y sus ojos grises lo miraron divertidos.

—Mañana vamos de boda, ¿recuerdas? Madeline tenía que arreglarse esta tarde el vestido que llevará a la fiesta. Le quedaba un poco justo de la cintura.

Michael emitió un sonido vago y buscó con la mirada al camarero.

—Amelia no se lo perdería por nada, aunque ya se le empieza a notar bastante —señaló Alex—. Me ha hecho jurarle que nos sentaremos al fondo —añadió riendo—. No quiero decirle que no por ello llamará menos la atención, pero si eso la tranquiliza, por mí de acuerdo. Cuanto más gordita está, más guapa la veo.

¿Dónde se había metido el condenado camarero? Michael asintió con la cabeza; las mujeres encinta no eran su fuerte.

Luke alargó la mano y le ofreció su vaso de whisky medio lleno.

—Pocos te conocen bien. Alex y yo, sí. Por lo menos tanto como los demás. Tienes «esa mirada». Toma, bebe de mi copa hasta que llegue la tuya. Acabo de pedirla.

Era todo un detalle que Michael no tenía intención de rechazar. Aceptó el vaso y le dio un sorbo tan largo que casi se atraganta.

—¿Qué mirada? —preguntó, con voz algo áspera.

—La de agobiado —convino Alex—. Coincido con Luke. Pareces acorralado. Atrapado. Condenado. Castigado.

«Sabía que querrían hablar de ello. Maldición.»

—Ahórrame los adjetivos, por favor —lo interrumpió riendo apenas. La ironía del comentario no le pasó inadvertida. Estaba agobiado, sí, pero no tenía nada que ver con su cercana boda—. Maldita sea, no estoy de humor para sarcasmos, pero agradezco el whisky.

—¿Qué, eludiendo las felicitaciones masivas aquí escondido? —Luke se recostó en el asiento, con un gesto neutro—. Yo hice lo mismo la víspera de mi boda, y eso que la nuestra fue una ceremonia íntima. La tuya promete ser una celebración a lo grande. Sinceramente, creo que nunca te había visto presa del pánico.

—Puestos a comparar, prefiero enfrentarme a un batallón de soldados franceses antes que a una bandada de parientes cariñosos y cotillas, por no hablar de la pompa de la magnífica celebración que mi madre ha planeado —reconoció Michael.

—Te comprendo bien. —Alex rió, repantigado en su silla—. Por eso yo me casé con un permiso especial. Pero, que te diga mi hermano John: al final, todo termina. Igual que una mala digestión.

—Gracias. —Michael le dedicó una mirada socarrona.

—Tu futura esposa es una jovencita preciosa. Madeline y yo lo comentábamos la otra noche en una función —dijo Luke, pensativo.

—Sí. —Michael bebió un poco más de whisky. Le ayudaba a

desterrar el frío y a calmar el dolor. Ojalá le permitiera también eliminar de su cabeza el rostro sonriente de Harry y la sensación persistente de culpa por el devenir de los acontecimientos. Como es natural, sabía que no era lógico sentirse así, pero no podía evitarlo. Él no había pedido el título, ni, siendo el hijo menor, había esperado heredar jamás, pero había sucedido y lo aceptaba, aunque a regañadientes. Lo de Julianne era algo muy distinto. Su hermano había estado enamorado de ella.

—Sobrevivirás. —Con una ceja arqueada, Alex lo vio apurar su copa.

—He vivido momentos peores —dijo Michael—. La otra noche, por ejemplo. Ya que estáis aquí, y como valoro vuestra opinión, aprovecharé para pediros consejo. Tengo entre manos un asunto delicado.

—¿Un asunto? —inquirió Luke, extrañado.

—Voy a tener que ocultarle algo a mi esposa.

Alex casi se atraganta. Tosió para aclararse la garganta; luego dijo, socarrón:

—¿Solo algo? Yo más bien diría que tienes cientos de secretos que ocultarle. Por ejemplo, que fuiste uno de los espías más célebres de Wellington y aún conservas ese estatus.

—De eso se trata, en parte.

—¿Por qué será que no me sorprende?

—Me alegra que os parezca tan divertido, pero no es broma —dijo Michael, esforzándose por resultar amable—. Tengo un pequeño problema.

—¿Pequeño?

—A lo mejor no es tan pequeño.

—¿De qué se trata?

—De una cuchillada.

Aquello captó por completo la atención de sus camaradas. Ambos, consternados, lo miraron fijamente desde el otro lado de la mesa.

—Quizá deberíamos pedir una botella entera para que nos cuentes lo sucedido —masculló al fin Luke.

—Lo de la botella me parece una buena idea, pero no puedo

contaros nada. Todavía desconozco el motivo, pero me atacaron por sorpresa. No es la primera vez, aunque en esta mi atacante logró hacerme daño.

—¿Mucho?

—Lo bastante como para no poder ocultarlo.

—Ya veo —dijo Luke tras un silencio—. De modo que han vuelto a herirte mientras servías a la Corona y a ti, tan acostumbrado al engaño, no se te ocurre un modo de excusarte ante tu esposa ¿me equivoco? Voy a necesitar tiempo para meditar esto. Lo más importante de todo: ¿qué se está haciendo para garantizar tu seguridad?

Michael esbozó una sonrisa sesgada.

—Sabes bien cómo funciona Inteligencia. Se supone que ha terminado la guerra. Los agentes no existimos.

—En otras palabras: que tendrás que averiguar tú mismo quién quiere liquidarte —dijo Alex, acariciando un lado de su vaso ya vacío.

Michael pensó en Antonia y en Lawrence, y en otros colegas, y dijo sereno:

—No estoy completamente solo, pero estoy alerta.

—Si hay algo que podamos hacer...

—Claro que hay algo. Los dos estáis casados. Ayudadme a decidir cómo explico el vendaje que llevo en el costado. No tengo mucho tiempo antes de que caiga el hacha.

A aquella hora, el murmullo de voces era leve, e impregnaba el salón tranquilo un aroma familiar a tabaco y a coñac. El camarero, discreto, trajo el whisky y se retiró. Luke se sirvió una copa y, al alzar la vista, miró a Michael muy fijamente.

—No sé bien qué decirte, salvo que no le mientas.

—Luke tiene razón —convino Alex casi al instante.

El rostro de Michael se tensó, de forma tan imperceptible que probablemente nadie lo notaría, solo él.

—No acostumbro mentir.

—No, tú no mientes, aunque se te da de miedo redirigir la conversación, pero, claro, en este caso se trata de tu esposa. La madre de tus hijos. Tu amante y compañera. Sé que estoy simplificando mucho, pero me atrevería a decir que, si comparte tu vida, merece compartir tus secretos también.

Alex nunca había sido un as de las evasivas. Por eso había sido buen soldado, pero no espía.

Sin embargo, aquello no era la guerra, al menos no la que todos conocían. Michael sabía que sus secretos eran una carga que jamás había puesto en los hombros de nadie, y no iba a hacerlo con una joven a la que apenas conocía. Apuró su whisky.

—Visto de ese modo, tenías razón antes. Suena realmente a cadena perpetua.

—Sobrevivirás —dijo Luke haciendo una mueca. Como ayudante de Wellington que había sido, entendía un poco mejor la transigencia.

¿A la boda? ¿O al asesinato que alguien parecía decidido a ejecutar? Los dos le resultaban igual de amenazadores. Dejó el vaso en la mesa con un rotundo clac.

—Eso pretendo.

3

El aroma a flores impregnaba el aire, y hasta el tiempo había decidido cooperar. El cielo se había despejado y lucía un sol cálido y magnánimo. En la iglesia hacía mucho calor, y por todas partes se agitaban despacio los abanicos. El templo rebosaba de invitados elegantemente vestidos, que estiraban el cuello, impacientes por ver el acontecimiento de la temporada. El enlace del guapo heredero del duque de Southbrook era una invitación codiciada. La tragedia que había convertido al hijo menor en el centro de atención añadía a la situación un romanticismo que enardecía a la multitud, a lo que se sumaba su estatus de héroe de guerra.

Antonia comprendía aquel ideal romántico, aunque ella ya no lo compartiera. «Si supieran la verdad...» Sí, Michael era un héroe, más héroe de lo que muchos creían —de eso no cabía duda—, pero su estatus no se ajustaba a la idea convencional de espadas resplandecientes, balas y batallones de soldados franceses huyendo derrotados.

No. La valentía de Michael era de otro tipo. Usaba la cabeza, no solo la espada, y lograba victorias extraordinarias. De no ser por su agudo intelecto, ella no estaría viva.

Quizá no fuera exactamente así. Su vida anterior se había extinguido en España y, en parte, había muerto, pero de no ser por Michael no habría renacido en otra mujer, una que aún combatía la anarquía traidora y a los invasores ambiciosos.

Aunque ya había perdido esa batalla.

«Soy tonta de remate.»

Antonia Taylor lo reconocía, lo aceptaba, pero no terminaba de asimilarlo. Asistir a la boda del hombre amado para ver cómo se casa con otra es de imbéciles. Había hecho estupideces mayores, pero aquella le dolía más que ninguna.

Se le hacía extraño pensar que en un momento de su vida había creído que jamás volvería a sentir nada y, ahora que volvía a sentir, no era correspondida. Si se creía muerta por dentro, se equivocaba. Al parecer, le quedaba emoción de sobra para cobijar una pasión no correspondida por alguien aún más hastiado, en ciertos aspectos, que ella. Un deseo insatisfecho e imposible por algo que nunca podría tener.

Tal vez había pensado que resultaría catártico ser testigo de su irreversibilidad, ver cómo se cerraba el libro antes de la última página para no volver a abrirse jamás. Una historia por contar que se perdería para siempre.

Michael estaba de pie junto al altar, frío y comedido. Con su elegante traje gris, hecho a medida, su chaleco oscuro y su impecable corbatín, se le veía muy templado; no parecía el mismo que había estado sangrando en su alcoba hacía solo un par de días. Su mata de pelo castaño con destellos dorados le enmarcaba la cara, y sus ojos pardos —de una intensidad que la fascinaba— se mostraban misteriosos e indescifrables.

Todo en él, desde su nariz y su barbilla perfectas o la curva sensual de su boca, hasta el ancho de sus espaldas o la magnitud de su esbelta figura, le aceleraba el pulso de tal modo que podían oírse los latidos del corazón.

Cuando Michael se volvió para ver a la novia caminando despacio hacia el altar, donde él estaba, a Antonia le faltó poco para levantarse de un brinco e impedir la boda.

Sin embargo, no era una cobarde. Ya lo había perdido todo en la vida una vez, y podía soportar aquello también. Lástima que no estuviera aún aletargada, porque quizá se lo reprochase a Michael Hepburn casi más que el que hubiese elegido a otra mujer. Amor y odio podían resultar una mezcla extraña. Ella había vivido ambos en su vida, pero no a la vez.

—Deslumbrante —suspiró una mujer de pecho abundante que tenía al lado—. Una novia preciosa.

Antonia logró apartar la mirada de la pareja del altar y componer una sonrisa.

—Sí, ciertamente, pero ¿no son preciosas todas las novias?

La aspereza del comentario se perdió por el camino. La mujer le sonrió.

—Lady Julianne más que la mayoría, creo yo. ¿No le parece?

Antonia no contestó. No se fiaba de sí misma.

Por desgracia, la irritante mujer tenía razón. La futura marquesa de Longhaven poseía una piel de blanco nacarado, un brillante pelo castaño oscuro y unos ojos azules de largas pestañas. La finura de sus rasgos se sumaba a su aura de delicada femineidad y, aunque era delgada, su figura presentaba exquisitas curvas. Su vestido era azul hielo, perfecto para su imagen etérea.

Su reacción era lógica. Era fácil detestar la perfección.

Mientras observaba, rígida, la ceremonia, se preguntó si aquella joven inocente tenía idea de a quién se estaba atando de por vida. No, decidió, era demasiado cándida, demasiado confiada, y estaba demasiado protegida por su rica e importante familia.

Igual que ella en su día. Pero a veces la vida cambia sin previo aviso. Antonia lo había aprendido de la forma más dura posible. ¿Estaba preparada la novia de Michael?

La tierna gatita se casaba con un tigre, todo un depredador con instintos afinados por la guerra, y cierta afición al peligro y al riesgo. De pie junto al altar, se le veía guapo y cortés, pero en realidad no era ni mucho menos tan civilizado como figuraba. Antonia se había beneficiado de sus conocimientos cuando le había enseñado a moverse por territorio enemigo, con sigilo y sin ser detectada, además de otras artes más letales. Habilidades muy útiles en la guerra, pero que dudaba que la sociedad apreciara.

Michael cogió la mano de la insípida jovencita. El gesto simbólico la dejó pasmada, con los ojos clavados en aquellos dedos largos entrelazados con los de otra.

El obispo inició el ritual y dijo las inevitables palabras. Antonia lo observó, escuchó con atención, y algo murió en su interior.

«Ya he muerto antes, y he resurgido de las cenizas de esa vida perdida», se dijo.

Al fin, terminó.

—Puede besar a la novia.

Antonia se obligó a verlo aceptar la invitación del obispo. Le rompía el alma, pero lo superaría. Siempre lo superaba.

Solo le quedaba rezar para que así fuera.

La escena era surrealista, difusa, como si una mano torpe hubiera emborronado la pintura aún húmeda de un lienzo recién terminado. Julianne miró al hombre que tenía al lado y se sintió… paralizada.

Entre otras mil cosas más que era incapaz de definir con precisión.

El rostro del actual marqués de Longhaven era insondable. Sus dedos le asieron la barbilla y se la levantaron. Por un instante, pareció titubear; luego, muy decidido, bajó la cabeza y la besó.

Unos labios cálidos acariciaron los suyos, la boca firme aunque suave de él se ancló en la de ella con una presión leve pero insistente.

El contacto quizá durara apenas un instante, pero a ella le pareció más, tanto que se le alborotó la respiración. Cuando él se apartó, los dos se miraron fijamente. Sus ojos de color avellana con matices dorados estaban enmarcados por unas gruesas pestañas. Era la primera vez que lo tenía tan cerca, y también la primera que se sabía el objeto de toda su atención.

Ya estaba hecho. Se había casado con el misterioso hermano menor de Harry, para bien o para mal, y el trato se había sellado con un beso.

Un beso revelador. Muy agradable, de hecho, aunque la presencia de la multitud la hiciera sonrojarse.

«Tendría que haber sucedido en un lugar tranquilo e íntimo», se dijo. A la luz de la luna, con el suave salpicar del agua de una fuente de fondo, quizá, y ella tendría que estar locamente enamorada del hombre que le diera aquel primer beso mágico…

Y, como es lógico, él sería aún más devoto de ella.

Pero aquello no era una fantasía romántica, sino la vida real. Él no estaba loco por ella, ni mucho menos; tan solo era un hijo obediente, igual que ella, y se habían casado para complacer a sus respectivas familias.

Al menos tenían eso en común.

Michael se irguió, volvió a mirarla un instante con esa singular intensidad que siempre la hacía sentir como si viera algo más que su exterior, y le ofreció el brazo.

Así de sencillo. Un brazo, tendido cortésmente, en un momento en que su vida se precipitaba hacia lo desconocido. Ella respondió automáticamente, y sus dedos fríos se asieron a la tensa dureza de aquel brazo musculoso.

Lo miró de soslayo y notó que, en el contorno impasible de su perfil clásico, aparentemente indiferente, un músculo de la mandíbula se contraía apenas.

Tal vez no fuera tan despegado e imperturbable como parecía. La idea la asustó y la relajó a un tiempo mientras, volviéndose hacia los invitados, enfilaban el pasillo. No pudo distinguir a nadie en aquel mar de rostros, y le pareció que, más que caminar, flotaba. Al menos fuera hacía un día precioso, y aspiró una bocanada de aire fresco mientras bajaban los inmensos escalones de la catedral hasta el coche que los esperaba. El blasón ducal adornaba el lateral del elegante vehículo, una imagen resplandeciente similar al escudo de los Stuart, que revelaba una conexión de múltiples generaciones con la familia real.

Era su esposa. Le llevaría un tiempo digerir aquello.

Michael la ayudó a subir al coche; luego subió él, estiró sus piernas largas y, después de indicarle algo al lacayo de librea que lo esperaba, cerró la puerta. El joven asintió con la cabeza y acto seguido el vehículo arrancó.

—Quizá quieras asomarte por la ventanilla para saludar —le

propuso su marido, alzando apenas una ceja—. Han venido a ver a la espléndida novia, no al soso novio.

En efecto, la calle estaba abarrotada de gente, pero, en su obsesión por librarse de la formalidad de la iglesia y de la sensación general de aturdimiento, no se le había ocurrido que tuviera que hacer los honores de novia.

—No lo había pensado —reconoció ella, sintiéndose patosa. Siguió su consejo y, forzando una sonrisa con la confianza de que pareciera por lo menos medio sincera, saludó y escuchó los vítores de los espectadores.

El trayecto se vio envuelto en una especie de nebulosa, como el resto del día.

La boda con un heredero ducal conllevaba mucha ceremonia. Había supuesto que todo aquello la intimidaría, pero la desmedida cantidad de invitados que inundaba el gran salón de baile de Southbrook House le resultó abrumadora. La duquesa se había superado a sí misma con la decoración: centros de flores de invernadero por doquier; mesas llenas de toda clase de exquisiteces, gambas en finos platos de marisco, aves asadas, cochinillo en salsa de pasas y diversos postres para los que se habría necesitado un batallón de chefs, y decenas de aperitivos de delicioso aspecto. Centelleaban cientos de velas, como lo hacían los invitados, con sus joyas y su atuendo a la última moda. La opulencia de la celebración daría sin duda que hablar un tiempo, y a Julianne la habría gustado poder disfrutar de ella aunque fuera solo un instante.

Tan solo un instante. ¿Acaso era pedir demasiado?

Por desgracia, se sentía demasiado abrumada.

Aunque Michael estuvo a su lado durante el duro trance de las felicitaciones y los parabienes de la muchedumbre, apenas hablaron entre sí. No hubo tiempo, de hecho, para mucha conversación, dada la aparentemente interminable riada de visitas y el necesario protocolo, de modo que quizá a todos les pareció normal que los novios se comportaran con la cortesía de auténticos desconocidos. Si a Michael le preocupaba, ella lo ignoraba por completo. Cuando lograba dirigirle una mirada de soslayo, él solía estar de perfil, impasible, muy masculino y atractivo con su traje hecho a medida, recibiendo las felicitaciones con naturalidad.

Solo la tocó una vez, y fue un gesto fortuito: le puso la mano en la cintura cuando le presentaba a una joven de pelo oscuro e imponente vestido de un rojo intenso que resaltaba su exótica belleza. Julianne mascullό el correspondiente saludo, asombrada por un instante por lo que le pareció un destello de animosidad en los ojos de la otra mujer. La asustó y le recordó lo poco que sabía del hombre que se había convertido en su marido. Era evidente que se conocían bien, porque Michael la saludó llamándola por su nombre de pila. Antonia. No era un nombre inglés, y la piel oscura y el acento de la joven revelaban su procedencia.

—Felicidades, lady Longhaven —murmuró con empalagoso refinamiento.

Al verla alejarse, la asaltó sin querer el desconcertante pensamiento de cuánto se conocerían realmente, algo que no le ayudaba a mantener su precaria compostura.

Confiaba en que eso no fuese un indicio del curso que llevaría su vida conyugal.

Cuando el salón estuvo tan lleno que ya no cabía ni un alfiler, la orquesta empezó a tocar. Pasaron de los saludos interminables a los bailes interminables, y ella, siendo la novia, era la más solicitada. «Todo el tiempo que he pasado con mi maestro de baile ha merecido la pena», musitó mientras iniciaba un baile más al cabo de las horas. De vez en cuando, alguien le ponía una copa de champán en la mano, si bien apenas pudo comer. Michael también bailó mucho, pero no con ella.

Empezaron a dolerle los pies y la cabeza le estallaba.

—Estás preciosa.

Julianne sonrió a su padre —con quien bailaba entonces—, pero su intento por parecer contenta fue poco convincente. Al parecer, por ser la novia, no se le permitía ni un momento de descanso.

—Gracias, pero me temo que tu opinión no es imparcial. Estoy un poco cansada, si te digo la verdad; confío en que no se note. No querría decepcionar a la duquesa.

Su padre, que en su día había sido rubio pero lucía ahora una mata de pelo cano y, en su rostro, las arrugas propias de su edad, tenía los ojos tan azules como siempre, y rebosaba satisfacción por lo bien que había salido todo.

—Dudo que alguien no coincida conmigo en que lo has hecho estupendamente. He oído a más de un caballero decirle a tu marido que es un hombre afortunado.

Se preguntó si Michael se sentiría afortunado. Era difícil saberlo. No parecía de los que acceden a un matrimonio de conveniencia, pero lo había hecho.

—Longhaven te tratará bien, querida.

Eso esperaba, teniendo en cuenta que acababa de atarse a él para toda la vida. Asintió con la cabeza, mientras giraban por entre la multitud en movimiento. Empezaba a notarse algo mareada, de eso no cabía duda. La noche anterior apenas había dormido, y tanto ejercicio junto con las copas de champán de pronto le pasaban factura.

Debía retirarse, pero su retiro implicaba algo más que el descanso de la fatiga de tanto ajetreo.

—Conocía mucho mejor a Harry, naturalmente —comentó en tono neutro.

—Como todos nosotros —reconoció su padre. Se le veía muy elegante vestido de gala. Frunció el ceño y las patas de gallo se le profundizaron. La música los envolvía, igual que el murmullo de cientos de conversaciones—. Por raro que parezca, creo que es lógico que pensemos en él en estas circunstancias.

—Supongo. —Su sonrisa era tensa.

—Estoy seguro de que querría que Michael y tú fueseis muy felices juntos. Harry siempre fue un buenazo. —Su padre hizo una pausa—. El nuevo marqués no es un hombre tan accesible.

«Eso describe perfectamente la situación», pensó ella al tiempo que la música iba extinguiéndose. Su marido no tenía nada de accesible. Bastaba con ver que su padre llamaba a Harry por su nombre de pila y a Michael por su título. Con mirada inquisitiva —y por enésima vez aquella noche—, escudriñó el salón en busca de ese hombre alto, de llamativos rasgos y pelo castaño bien cortado, que se deslizaba con gran elegancia entre los bailarines de la pista. Destacaba en medio de aquel remolino de invitados, y no solo por su atractivo físico. En parte era por su porte, por la seguridad en sí mismo que desprendía, de forma consciente o inconsciente, no estaba segura, pero sobre todo por la sensación de inteligencia que le transmitía al mirarla con sus intensos ojos pardos.

Como si hubiera presentido que lo estudiaba, Michael se volvió y sus miradas se encontraron por un instante, un instante prolongado y significativo. Las mejillas de Julianne se encendieron y sintió en la boca del estómago una punzada de algo que solo podía ser pánico. Para más inri, cesó la música y él, decidido, empezó a abrirse paso hacia ella entre la multitud.

Cuando Michael Hepburn se movía con tal determinación, la gente se apartaba.

Ella sintió el impulso de dar media vuelta y salir corriendo, pero no lo hizo, aunque, por un instante, apretó con fuerza el brazo de su padre.

Su marido llegó hasta ellos, saludó con la cabeza a su suegro y, con suavidad y firmeza a la vez, le soltó la mano a Julianne del brazo de su padre.

—Se está haciendo tarde y no has parado ni un momento.

Agradeció el detalle, pero el que le hubiera prestado tanta atención le produjo otro extraño vuelco en el estómago. Si la había estado observando, no lo había notado.

La afirmación —realizada en tono sereno y pragmático— era cierta, y el salón atestado de gente acicalada había empezado a sofocarla, o quizá fuera por la constante tensión nerviosa. En cualquier caso, aunque no le había dicho que le convenía retirarse, se deducía fácilmente de la forma en que sus dedos largos y elegantes le asían el brazo. Por imposible que pareciera, se descubrió asintiendo con la cabeza.

—Te acompañaré arriba.

«Oh, cielos.»

—Nos veremos pronto, querida. —Su padre le dio un beso en la mejilla y se fue.

Apenas notó la discreta partida de su progenitor, algo indicativo del cambio de las circunstancias, de su delegación de responsabilidad. Cuando su esposo la condujo por entre la multitud apiñada, Julianne no se resistió, y debió de responder debidamente a los buenos deseos de quienes se topaban con ella, pero no reparó en las palabras.

Una vez en el vestíbulo, oyó a Michael respirar hondo.

—Qué agobio. No sé en qué pensaba mi madre al invitar a todo Londres.

El comentario le provocó una risa nerviosa.

—Supongo que deberíamos sentirnos halagados de que hayan asistido a la boda tantas personas.

—Supongo. —La guió por el impecable pasillo, saludando a un criado al pasar.

—No es necesario que me acompañes. —Julianne era perfectamente consciente de la mano de Michael, apostada en su zona lumbar.

Él esbozó una sonrisa quijotesca.

—¿Y cómo encontrarás nuestros aposentos? Esta mansión es una de las mayores ostentaciones arquitectónicas de mis antepasados. Creo que tiene unas treinta alcobas. Te perderías. Yo me he perdido. No paso mucho tiempo aquí.

Eso era indiscutible. Pero... ¿«nuestros aposentos»? Sonaba tan rotundo...

Julianne tenía la boca seca.

—Podría preguntarle a algún...

—Podrías —la interrumpió él con delicadeza—, pero yo tengo tantas ganas como tú de abandonar la celebración, si no más. Deja que te acompañe y así podremos escaparnos los dos. Me temo que no soy de naturaleza sociable.

Lo creía. Tenía poco del encanto personal de Harry y de su carácter gregario.

El leve murmullo de la música y las risas los siguieron, pero se extinguieron cuando cruzaron el enorme vestíbulo principal y se dirigieron a la espléndida escalera de caracol. Titubeó un instante a los pies de la escalera y Michael se detuvo también, limitándose a contemplarla con una inescrutable mirada inquisitiva.

Poner el pie en el primer escalón sería como aceptar que iba a subir a la alcoba con aquel hombre al que apenas conocía.

¿Estaba preparada para aquello?

No estaba segura.

No obstante, alzó el pie y empezó a subir.

Le habría extrañado no estar pálido como un muerto. Qué inoportunidad. Michael accedió finalmente a lidiar con una novia joven e insegura y con sus miedos virginales, y confió en poder manejar la situación con algo de paciencia y delicadeza. Aunque ella, para ser tan joven, se había desenvuelto bien en la recepción, a él lo había descolocado un poco la tremenda aglomeración, aun teniendo muchísima más experiencia en acontecimientos de aquella clase. La tensión del cuello de Julianne mientras recibían a los invitados y, después, cuando bailaba con casi todos los hombres de la sala, no pasaba inadvertida a nadie que la observase con atención.

Y él lo había hecho. Para su sorpresa, lo había hecho.

Entre esa preocupación y la terrible cuchillada que llevaba en el costado, no había disfrutado mucho, pero, ahora que estaba hecho, debía reconocer que había estado observando a su esposa.

El baile le había causado una leve sudoración que no se debía al esfuerzo físico necesario sino al dolor de la herida. Cuando Malcolm Sutton le había dado una palmada en la espalda para felicitarlo, le había costado no reaccionar al entusiasmo de su cuñado, y estaba convencido de que, bajo las capas de ropa y vendaje, sangraba profusamente.

Fitzhugh le diría que le estaba bien empleado por no querer ver a un médico, pero lo único que quería en aquel momento era que pasaran ya las próximas horas. Tampoco le vendría mal descansar un poco. Aunque aguantaba bien con poco descanso, la herida y la tensión de los últimos días habían hecho estragos en él. Ansiaba meterse en la cama por cuestiones prácticas, no para seducir a una virgen nerviosa.

No obstante, el mismo sentido del deber familiar que lo había llevado a casarse lo inducía a seguir adelante.

En otra coyuntura, no habría sido un suplicio, con lo bonita que era Julianne, pero estaba herido, cansado y a punto de acostarse con la prometida de su hermano.

Si su recién adquirida esposa, de pie, a su lado, con el busto algo más agitado de lo normal bajo el historiado tejido de su vestido, trataba de disimular su pesadumbre, no se le estaba dando muy bien. Sus delicados rasgos se veían algo sonrosados trayendo a su mente la expresión «novia ruborizada» y, cuando llegaron a la segunda planta, estaba algo temblorosa.

Sus cuartos se encontraban en el ala familiar, al final del segundo pasillo. Michael la llevó por el recibidor, decorado elegantemente con sillas forradas de seda, espléndidas alfombras turcas estampadas en verde claro y crema, y una mesa tallada, muy ornamentada, que él mismo había mandado traer de España recientemente. Pertenecía a un noble hidalgo español que aseguraba que la reina Isabel se la había regalado a su ilustre familia. Era preciosa, sin duda, así que quizá la historia fuera cierta, pero, independientemente de su origen, él la había comprado porque le había gustado. El relieve de una puesta de sol tallado en su superficie se había ejecutado con tal habilidad que podía creer que se tratara de una obra de arte encargada por un monarca.

«Quizá en otro momento Julianne repare en ello y lo comente», pensó socarrón, pero dudaba que viera siquiera lo que la rodeaba. La llevó hasta la puerta de su alcoba y se la dejó a la doncella que andaba por allí, una muchacha regordeta que, al verlo, se ruborizó tanto como su esposa visiblemente inquieta.

«Que Dios me asista.»

—Te doy media hora.

«Vaya, eso ha sonado demasiado rotundo, frío, insensible.»

«Muy bien. Vuelve a intentarlo, payaso.»

Así lo hizo, templando el tono de voz.

—Yo estaré ahí —dijo, señalando la puerta que separaba las dos alcobas—. Avísame cuando estés lista para acostarte, por favor.

Julianne se limitó a mirarlo con sus enormes ojos de color azul oscuro, y bajó apenas los párpados de enormes pestañas.

—Sí, milord. Como desee.

La capitulación sonó fatal, como si acabara de obligarla a acostarse con él. Obviamente tenía ciertos derechos conyugales, pero en la cama prefería el entusiasmo al consentimiento resignado. Aun así, resultaba difícil concentrarse en la seducción cuando su cuerpo herido protestaba de toda actividad; además, las copas de champán que se había tomado tampoco ayudaban. Solía ser bastante comedido en el consumo de alcohol. Un hombre con su cargo no podía permitirse limitaciones físicas o mentales.

—Llámame Michael, por favor.

Arrebatadora de azul claro, con el pelo oscuro recogido en un intrincado moño, y el collar de perlas, exquisitas como su impecable piel, Julianne asintió.

—Por supuesto, si así lo deseas.

Su voz queda dijo más que sus palabras y, cuando cerró la puerta a su espalda, Michael masculló una maldición que no estaba hecha para los oídos de una jovencita. Estaba angustiada por lo que sucedería a continuación y, sinceramente, también él, aunque no por el mismo motivo sino por su impedimento.

Se dirigió a la estancia contigua y se quitó la chaqueta. Entonces vio la mancha de sangre en la camisa, lo que indicaba que la herida se había abierto en el transcurso de la noche y había calado el vendaje. Fitzhugh se apresuró a ayudarlo.

—Bonita ceremonia, coronel.

—Gracias —respondió Michael, mirando resignado a su antiguo sargento—. Confiemos en que el resto de la velada vaya igual de bien. Como tú predijiste, no estoy en mi mejor momento. —Se señaló el costado—. Esto duele una barbaridad.

—Tranquilo, señor. —Fitzhugh cogió la chaqueta y la sacudió—. Usted mismo lo dijo: ella no notará la diferencia. Una joven inocente como la marquesa estará demasiado nerviosa. Eso juega a su favor.

Dicho así, sonaba muy frío.

La marquesa.

Muy oficial. De hecho, lo era. Acababa de casarse. Él era el condenado marqués y ella era su esposa. Al besarla en la iglesia, lo había percibido con claridad meridiana; había notado los labios fríos de ella bajo los suyos, ante los ojos de cientos de personas.

«Maldición.» Aquella era su noche de bodas. No, la noche de bodas de los dos.

—Ni que decir tiene que quisiera que fuese una ocasión memorable, y me refiero a algo que podamos recordar con cariño, no decepción. Por desgracia, estoy sangrando.

—Eso ya lo veo. —El irlandés le ayudó a desabrocharse la camisa, y examinó los vendajes—. No parece grave, señor. Volveré a vendarlo y como el que oye llover.

—Da la casualidad de que odio la lluvia —masculló—. ¿Recuerdas Badajoz? ¡Qué infierno de batalla!

—Un día húmedo y frío, señor. No voy a negarlo.

—Los cuerpos apilados contra los muros, aquellos cañonazos... Una pesadilla. —Michael se esforzó por ignorar la punzada de dolor que sintió cuando su asistente retiró el vendaje ensangrentado. Así había sido. La ciudadela había terminado cayendo, pero a un precio atroz, y Wellington había arrojado a sus hombres contra esos muros con inhumana determinación. Había funcionado, claro, porque los grandes generales sabían cómo ganar batallas, pero ¡con qué coste!

Sangre. Zanjas embarradas. Montones de cadáveres.

Por eso seguía jugándose la vida por Inglaterra.

Una carnicería semejante no podía haber sido para nada. Muchos hombres habían muerto por una causa, y aquello no era algo que pudiera tomar a la ligera.

—Supongo que lady Julianne estará lo bastante asustada para

no reparar en mi poco gallarda presencia —dijo con voz quebradiza—. Me arde el costado y no me veo capaz de ocultarlo debidamente.

—Un verdadero dilema, coronel.

Michael le lanzó una mirada socarrona.

—Aprecio tu empatía.

—Me parece que lo mejor es la sinceridad.

—Ya te he observado esa actitud una o dos veces desde que nos conocemos. También lord Altea y Alex St. James piensan así. Al parecer, creen que debería decirle la verdad. No solo sobre el ataque, sino sobre lo que soy.

—Podría hacerlo, coronel. —Su asistente sacó un corbatín limpio y se dispuso a rasgar el fino lino por la mitad—. Pero ¿qué hará si ella le pide que dimita y se dedique a sus obligaciones ducales? Ambos sabemos que eso es lo que le toca en esta vida.

Buena pregunta. A Michael no le importaba jugarse el cuello por Inglaterra, pero la carga del ducado pesaba sobre su cabeza como el yunque de un herrero.

—No lo sé —respondió con tristeza.

—Lo suponía. —Fitzhugh rió y concluyó su tarea con la precisión y habilidad de alguien que la ha ejecutado muchas veces. Luego, le entregó la bata de seda—. ¿Necesitará algo más?

—No, gracias, Fitz. Me temo que del resto debo encargarme yo solo.

Su asistente asintió, con una leve sonrisa en su rostro rubicundo.

—Aun siendo lady Longhaven tan hermosa, dudo que la faena resulte difícil. Buenas noches y enhorabuena, señor.

Difícil o no, Michael no rebosaba entusiasmo. Se ató flojo el cinturón de la bata y, acercándose a la mesita auxiliar, se sirvió un coñac. En lugar de sentarse, se dirigió a la ventana y contempló la noche oscura. Un reguero de estrellas se esparcía por el cielo como un puñado de diamantes deslumbrantes arrojados de golpe sobre terciopelo negro, y la luna no era más que una fina oblea.

Allí de pie, no pudo evitar pensar en su hermano. Harry había muerto, y con él su caprichosa sonrisa, su gran sentido del humor y su falta total de malicia. En su noche de bodas, Harry jamás habría lucido una herida sufrida en un rincón oscuro y repulsivo de Londres, ni tendría que plantearse el modo de justificarla.

Michael sorbió su coñac y se preguntó si habría de ir a buscar a Julianne o ella tendría el valor necesario para cruzar la puerta que comunicaba sus alcobas. Le costaba imaginar la idea general que ella tenía de su matrimonio, sobre todo porque había evitado hablar con ella desde su regreso a Inglaterra. Si a él aún le parecía que, en cierto sentido, ella seguía siendo de su hermano, ¿sentiría ella lo mismo? A fin de cuentas, había sabido desde siempre que se casaría con el marqués de Longhaven, pero el título no le correspondía a él.

Cuanto antes se quedara embarazada, mejor. Después, la trasladaría a la finca del campo y los dos estarían a salvo. Él se protegería de las preguntas que pudieran surgir en el día a día sobre sus horarios inusuales y sus extrañas ausencias, y a ella le evitaría el tener que preguntarse nada ni preguntárselo a él.

Tampoco podía olvidar que alguien quería matarlo. Por poco que la conociera, no quería ponerla en peligro. No llamaría la atención que llevaran vidas separadas; muchos matrimonios aristócratas lo hacían.

El clic del pestillo le hizo volverse.

Al ver que se abría de pronto la puerta que comunicaba las alcobas y ella entraba en la suya, supo que había subestimado a su joven esposa. O estaba menos nerviosa de lo que él pensaba o tenía más valor.

Ante aquella mata de lustroso pelo oscuro suelto que ondeaba hasta sus caderas, aquel par de magníficos ojos azules y la casi desafiante inclinación de su barbilla, Michael apretó con fuerza la copa de cristal que tenía en la mano. Llevaba algo blanco debajo de la bata de seda de color rosa claro; en el escote, se vislumbraba un encaje.

Estaba, decidió, impresionante.

Para su sorpresa, lo que sintió al verla allí, en el umbral de su alcoba y también de su matrimonio, no fue de resignación, obligación o fatalidad. Fue algo muy distinto. Lo conmovió la belleza que se había empeñado en ignorar durante su compromiso.

Quizá fuera cómo lo miraba, expectante, algo inquieta, claro, pero confiada.

El mundo de Michael se sustentaba en la sospecha y el engaño.

El de ella, obviamente no.

La inocencia era algo que Michael había perdido hacía tanto tiempo que apenas la recordaba. Tal vez fuera la novedad, pero en aquel momento de la vida de los dos, por alguna razón, la de ella lo fascinaba.

Puede que, después de todo, su herida no fuera un gran problema.

4

Julianne sabía que su miedo era natural, pero eso no ayudaba. Esperaba que sus nervios no se notaran mucho, aunque, por muy serena que quisiera parecer, al hombre alto que la miraba desde el otro lado de la alcoba no lo engañaba en absoluto.

Le daba la impresión de que no era de los que se dejaban engañar.

Bajo la bata, llevaba solo un camisón fino, y era algo que tenía muy presente mientras esperaba allí de pie, a la puerta de la alcoba de su esposo.

El simbolismo de la puerta entornada afectaba no solo a su estado emocional sino también al físico. Él le impactaba, no cabía duda. No sabía bien si por la naturaleza serena y sosegada de su aire distante o por la intensidad de su mirada, pero ahí estaba.

Harry le gustaba mucho, pero con él no era tan consciente de su masculinidad.

No sería ella quien dijese la primera palabra; además, tampoco sabía qué decir, sobre todo porque Michael llevaba una bata lo bastante abierta como para que pudiera verse la sólida columna de su cuello y vislumbrarse su pecho desnudo. Era muy alto, y eso no era ningún secreto, pero nunca le había parecido tan alto.

Iba a suceder. La haría suya en todos los sentidos, y no solo no podía resistirse sino que ni siquiera sabía si quería. Qué extraño. No había previsto aquella impaciencia.

—Imagino que el jolgorio de abajo durará un buen rato —comentó su esposo con llaneza, luego dio un sorbo al líquido ambarino de la copa que sostenía en equilibrio entre sus largos dedos—. Ser los novios tiene una ventaja: poder escapar de la multitud y relajarse un poco.

Si la creía relajada, se equivocaba mucho.

—Sí, supongo que puede verse así.

—Pasa, por favor. Te prometo que soy del todo inofensivo.

¿Inofensivo? Lo dudaba mucho. Al contrario, tenía cierto aire de peligrosidad. De hecho, Harry era muy semejante a él y siempre se había sentido cómoda a su lado, pero por corriente que pareciera Michael era distinto. Completamente. Como el típico cielo estival que de golpe se llenaba de nubes y amenazaba tormenta. El azul soleado era sereno y atractivo; la tormenta inminente, oscura e intimidatoria.

Sí, era peligroso. Ignoraba por qué lo sabía, pero lo sabía.

—Quisiera que entraras. ¿Mejor así? —le dijo con dulzura.

La avergonzó un poco descubrir que aún seguía en el umbral de la puerta. Julianne avanzó, echó un vistazo en busca de un sitio para sentarse lo más lejos posible de él, localizó una silla cerca de la chimenea de mármol y se dirigió a ella. La estancia estaba decorada con sencillez masculina, en azul y crema, y ocupada en su mayor parte por una cama inmensa de madera oscura. En el cabecero había tallados grifos y otras criaturas mitológicas, y los postes estaban coronados por pequeños leones rampantes. Por lo demás, no había ningún otro elemento decorativo, ni un retrato o alguna pintura que revelaran sus gustos personales. Incluso la bata que llevaba era de seda negra lisa, sin adornos, ni siquiera el habitual blasón familiar bordado. El color le sentaba bien, resaltaba de algún modo los rasgos clásicos de su rostro y la anchura de sus hombros.

«¿Llevará algo debajo de la bata?»

Incómoda, se apresuró a sentarse en la silla.

—Julianne…

Ella alzó la mirada, consciente del rubor de sus mejillas. El solo hecho prohibido de encontrarse en camisón delante de un hombre —de aquel hombre— la inquietaba, por no mencionar que no tenía ni idea de lo que iba a hacerle.

—¿Sí?

Sus ojos pardos la miraban risueños y en su bonita boca se dibujaba una sonrisa.

—Deja que te aclare algunas cosas. Sé que estás asustada por lo que viene ahora. No lo estés. No voy a abalanzarme sobre ti. Tampoco pretendo humillarte. Comprendo tu incertidumbre sobre esta noche. En cualquier caso, no olvides que la relación íntima entre hombre y mujer existe desde el principio de los tiempos. Ni tú ni yo estaríamos aquí si a nuestros padres no les hubiera complacido esa clase de intimidad, de modo que no hay de qué preocuparse.

Para él era muy fácil.

—Tampoco sé nadar, pero el que me digas que si me lanzas al río lograré salir de él y ponerme a salvo no me relaja —dijo ella con mayor acritud de la pretendida—. Hay personas que se ahogan.

Michael rió. Fue una risa espontánea que le hizo parecer más joven y accesible.

—Compartir el lecho no es lo mismo que ahogarse.

No, no era lo mismo, pero ambas cosas aterraban cuando se desconocía el proceso.

—Lo cierto es que, ahora mismo, no sabría decirte qué prefiero —masculló ella.

—¿Estarías tan nerviosa si fuese Harry quien estuviera aquí contigo?

Por un momento, la desconcertó aquella pregunta tan directa, después se limitó a contestar con sinceridad.

—No.

—Ah.

No supo cómo interpretar aquello. El rostro de Michael era una bonita máscara inmutable de líneas perfectas y curvas bien definidas, y su intensa mirada, irresistible. Esperó un instante, luego se esforzó por explicarse.

—A él lo conocía mejor.

—Cierto.

—He estado prometida a él casi toda mi vida.

—Un hecho irrefutable.

—Tú estabas fuera.

—De vacaciones en España. Sí, ya me acuerdo. —Torció un poco la boca, aunque lo bastante para que ella detectara el sarcasmo de su réplica.

El que Michael se hubiera jugado el pellejo por su país no era motivo de mofa, y la apostilla la hizo sentirse más perdida aún. A riesgo de cometer un error imperdonable en su noche de bodas, llevada por un impulso, le preguntó:

—¿Lo echas de menos?

¿Por qué le preguntaba eso? ¿Por lo mucho que se parecía a su hermano mayor? ¿Porque estaba nerviosa y balbucía? ¿Porque había algo oscuro e inabordable en él y quería saber algo —lo que fuera— de sus sentimientos?

Michael se quedó inmóvil, con la copa a medio camino de la boca.

—Sí —dijo entonces, con voz áspera.

Por alguna razón, aquello la alivió. El indicio de emoción humana mitigó algunos de sus temores, tanto que se le llenaron los ojos de lágrimas.

Él prosiguió, de nuevo en un tono frío y controlado.

—Si pudiera ocupar su lugar, lo haría. Yo, que me vi en medio de tales tiroteos, de tanta sangre y enfermedades, con los batallones de soldados franceses atacándonos, en cambio, sobreviví. ¿Quién iba a pensar que las cosas serían así?

Tenía razón. Resultaba paradójico que los duques hubieran perdido al hijo que se había quedado en casa, al heredero protegido, en lugar de al más inquieto, que había abrazado el peligro voluntariamente.

—El destino nos juega malas pasadas —dijo ella, pensativa—. Creemos que son nuestras opciones personales las que determinan el curso de nuestra vida, pero eso no es cierto. Desde que nacemos, la casualidad es una variable que no podemos controlar.

—¿Eso crees? —inquirió él, arqueando una ceja—. Eres un poco joven para haber llegado a esa conclusión tan pronto.

—¿Sí? No sabía que hubiera una edad específica para tener cierta percepción de la vida.

El rostro de Michael mostró un gesto fugaz que Julianne no supo interpretar.

—Ni debería sostenerse un debate sobre los caprichos de la fortuna en la noche de bodas, creo yo. Perdóname, si puedes, por plantearte la pregunta que lo ha generado. Quizá deberíamos empezar de cero. Permíteme que te diga que estás preciosa.

Bonito esfuerzo de un hombre que, presentía a pesar de su inexperiencia, no era muy dado a hacer cumplidos. Ambos se encontraban en terreno pantanoso, al parecer, aunque de forma muy distinta.

Julianne sonrió, todavía nerviosa, pero no tan asustada como antes de decidirse a entrar en la alcoba de Michael.

—Gracias.

—Me he estado preguntando cómo podría facilitarte esto todo lo posible.

No sabía bien qué contestar a eso, así que Julianne no dijo nada.

—Quizá deberías venir aquí. —Dejó la copa en una mesita de madera oscura.

¿Acercarse a él? En la ceremonia nupcial había prometido obedecerle, aunque en ese momento su petición le parecía más una propuesta que una orden directa. Michael estaba allí de pie, junto a la ventana, con aire desenfadado, el pelo castaño algo alborotado y aquellos hombros tan anchos y tan imponentes bajo la bata oscura de seda.

«Puedo hacerlo.» Se levantó despacio y se dirigió a él.

Cuando estuvo lo bastante cerca, se detuvo y trató de descifrar su gesto.

Fue tan inútil como siempre. No conocía a nadie a quien se le diera tan bien mostrarse inmutable.

—Todo esto es nuevo para mí también —dijo él, acariciándole apenas la mejilla con el dorso de los dedos.

Julianne se estremeció cuando la caricia se prolongó hasta su mandíbula y siguió por la curva de su cuello.

—No sé por qué me cuesta creer que no tengas experiencia, milord.

—Nunca he estado casado, te lo aseguro. —Se soltó la bata de los hombros—. Ni he tocado jamás a una virgen.

Un modo indirecto de decir que había estado con otras, y no le sorprendía. Michael era guapo, rico y de familia ilustre, por no mencionar que tenía veintiséis años. Tampoco Harry era célibe, eso lo sabía muy bien.

—Tendremos que aprender juntos, entonces —le susurró ella mientras el tejido de su bata se deslizaba por sus brazos para amontonarse en el suelo.

—Eso es el matrimonio. —Esbozó una sonrisa—. Un descubrimiento mutuo.

Ay, esos labios. No olvidaba el beso que le había dado al terminar la ceremonia. Aunque no había sido apasionado, había estado muy bien. Como acababa de confesar, Michael había estado pensando en la mejor manera de abordar lo que estaba a punto de ocurrir entre ellos, y eso en sí resultaba tranquilizador.

Ahora que él iba a besarla de nuevo, Julianne quería pasión a la luz de la luna y un corazón alborotado. Aquella era su noche de bodas, y aunque Michael no era Harry y todo era distinto, quizá Malcolm tenía razón, quizá Michael y ella hacían mejor pareja de lo que ella pensaba.

La miró a los ojos y, con uno de sus largos dedos, siguió el escote del camisón, rozándola apenas. Ella contuvo un escalofrío cuando sus dedos le acariciaron la curva superior de los pechos, y una sensación indescriptible le agarrotó el estómago. El calor de su cuerpo masculino la calentaba, y el leve aroma a coñac la embriagaba.

Le rodeó la cintura con un brazo y la instó a acercarse aún más, a pegarse a él, sin que se interpusiera entre ellos otra cosa que el delicado lino de su camisón y la seda de la bata de él. Michael bajó la cabeza y aproximó sus labios a los de ella, al principio, como en la iglesia, una leve presión. Ella entornó los ojos y el pulso se le aceleró.

Entonces, todo cambió.

—Hasta sabes a inocencia —le susurró él en los labios.

Julianne permaneció inmóvil, procurando saborear ese abrazo íntimo y ese beso tan distinto del que le había dado ante cientos de testigos.

Como en sus sueños, aquello no era lo esperado. Y no porque ella supiese bien lo que esperaba.

La mano de él trepó hasta la nuca de ella, le sujetó la cabeza y, con la lengua, Michael exploró la comisura de sus labios, buscando insistentemente el modo de entrar. Cuando Julianne cayó en la cuenta de lo que pretendía, se asustó, y aún más cuando él ganó la batalla y logró separarle los labios. La primera caricia de su lengua la agarrotó, pero no tardó en relajarse y aquella sensación especial le aceleró la respiración.

Aquello progresó y los labios de él se apoderaron de los suyos con urgencia, mientras ella, con un hormigueo en el pecho, pegado del todo al tórax musculoso de él, fue aprendiendo lentamente los matices de aquel baile de lenguas y respiraciones.

Cuando se apartó, su boca viajó con exquisita delicadeza por la mejilla de ella hasta su oído y le susurró:

—Vamos a la cama.

A la cama. Sí. Claro, eso ya lo sabía. Lo siguiente pasaba en la cama.

Jadeando, Julianne cayó en la cuenta de que descansaba por completo en él y que él la sostenía entre sus brazos. Y observó una cosa más: que algo duro le presionaba el vientre, algo rígido oculto tras la prenda que los separaba.

Era alarmante… pero, para su sorpresa, disfrutaba de la proximidad de su cuerpo delgado, y el beso le había generado una extraña espiral de expectativa en lo más hondo de su ser.

Asintió con la cabeza.

Fuera lo que fuese lo que Michael esperaba, no era que lo excitara tanto y tan pronto una joven inocente con la que los deberes familiares lo habían obligado a casarse.

Quizá fuera la suavidad de su pelo castaño oscuro, de aquel color tan apropiado para su fragancia, como la dulce miel calentada por el sol. Quizá fuera la sensación de tenerla pegada a su cuerpo, su exuberancia femenina templada por su esbelta elegancia, la turgencia de sus senos, tentadores bajo el virginal lino blanco de su camisón. También sus ojos, de un azul tan intenso, reflejaban incertidumbre, pero la aceptación de su abrazo lo había conmovido inesperadamente.

Él no era en absoluto lo que ella merecía. Tenía las manos manchadas de sangre, por necesidad, pero manchadas de todas formas, y en el mundo ideal de ella, las cosas que él había visto y hecho eran incomprensibles. Julianne no tenía ni idea. No tenía recuerdos negros de España. Se había ganado la guerra, las batallas habían terminado, y Bonaparte estaba en el exilio. Ella era una niña cuando Michael había salido del país y, aunque había dejado de serlo, no podía entender la masacre y el horror de una guerra.

Descubrió que le gustaba eso, el que ella no estuviera relacionada con esa parte de su vida de la que no lograba deshacerse del todo.

Ella era como el amanecer, decidió, saboreando el hueco de detrás de su oreja. Todo luz dorada y calor. Todo promesa cálida y embrujadora.

Él era la noche oscura, cerrada. Sin luna. Sombrío, secretista, peligroso.

Una parte de su ser se resistía a tocarla, a mancillar aquella pureza fascinante.

Pero esa no era la parte de su ser que gobernaba su cuerpo en aquel momento.

La deseaba. Y eso le sorprendía. No porque no fuera hermosa —que lo era—, sino porque se creía más distante.

Ella había pertenecido toda la vida a Harry, que la amaba. Michael solo podía ofrecerle lo que le quedaba por dar de sí mismo. Admitía que no era mucho. La guerra lo había cambiado, pero ¿qué masacre no lo habría hecho? De no haberse endurecido, de no haberse mostrado frío, no habría sido de ninguna utilidad.

Claro que, en aquel instante, no se sentía frío. Aunque no lo había previsto, ardía por su esposa, y aquel ardor no tenía nada que ver con la herida.

Ella había accedido, con una leve cabezada, a trasladarse a la cama con dosel, situada en diagonal en un rincón de la alcoba, y el cuerpo de él había reaccionado. Quizá llevaba demasiado tiempo sin una mujer. Quizá el tímido entusiasmo de ella ante su beso le había llegado al alma maltrecha. Si hubiera podido cogerla en brazos en un grandioso gesto romántico, lo habría hecho, pero solo faltaba que se le abriera la maldita herida, así que, en vez de eso, la cogió de la mano.

—Ven conmigo.

La connotación sexual involuntaria de su oferta casi le hizo soltar una carcajada, pero sabía que ella no lo entendería, de modo que se contuvo.

Julianne no se resistió y cruzó con él la alcoba. La capitulación era una lección de confianza, y él confiaba en tan pocas personas que aquello lo maravilló. Ella accedió cariñosa y ni siquiera se opuso cuando él levantó su esbelto cuerpo para depositarlo encima de las sábanas, ya apartadas por el eficiente Fitzhugh.

¿Cómo iba a explicarle el vendaje del torso? Su confianza en él era inmerecida, porque él estaba dispuesto a eludir sus preguntas. La punzada de dolor en el costado cuando la dejó sobre las sábanas frías le recordó su perfidia.

Unos pechos redondos se alzaron enseguida bajo el tejido fino de su camisón, y las pupilas de Julianne se dilataron. La prenda que llevaba era tan recatada como ella: un sencillo camisón blanco que resaltaba su frágil aire femenino. Con aquella cascada de su pelo sedoso era, pensó Michael con un cinismo inveterado que no parecía capaz de controlar, en todos los sentidos, la proverbial virgen de sacrificio. Se preguntó qué estaría pensando ella. Estaba a punto de perder la virginidad por la férrea insistencia de los padres de ambos en lo necesario y deseable de la unión de sus familias, pero ellos no eran culpables de aquel enlace de conveniencia. Él podía haberse negado, pero ella no tenía mucha elección. A las mujeres jóvenes no les quedaba otro remedio que someterse a la voluntad de sus padres.

Así eran las cosas. Dudaba que Julianne se hubiera planteado alguna vez negarse a acatar los dictados de su familia. La habían adoctrinado desde muy niña. A Harry le había ocurrido lo mismo: a los diez años le habían dicho el nombre de su futura esposa, el mismo día del nacimiento de esta, y le habían inculcado un respeto riguroso del honor y el protocolo, amén de la correspondiente ceremonia ducal.

Ser el hijo menor le había concedido a Michael cierta libertad, pero la repentina muerte de su hermano había echado por tierra su convicción de que el rumbo peligroso que había dado a su vida sería siempre su destino, por tortuoso que se tornara.

Jamás había imaginado que yacería en su cama aquella mujer.

—¿Ocurre algo, milord?

La pregunta, hecha en un tono dulce, lo sacó de su ensoñación. Michael ensayó una sonrisa tranquilizadora.

—No, no. Tu comentario sobre el destino me ha recordado algo, eso es todo.

El rostro de ella reveló una momentánea alarma cuando él se instaló en la cama, al lado de ella, del costado sano. Tenía la bata abierta de tal forma que, posiblemente, Julianne podía verle el vendaje, pero sus ojos estaban clavados en el rostro de Michael, que se inclinaba para volver a besarla.

«Sedúcela —le susurró su conciencia—. No sería la primera vez que te sirves de la persuasión sexual para eludir preguntas inconvenientes.»

La boca tierna de Julianne tembló apenas cuando Michael la atrapó con la suya, y sus labios, como pétalos de rosa, se mostraron esta vez menos reticentes a la intrusión de la lengua de su esposo. Fue una exploración lenta, y su miembro erecto y caliente se endureció aún más. Michael inhaló su aroma mientras deslizaba una mano por su cadera y percibía la intensa femineidad de las curvas ocultas bajo la ropa.

Quizá esa fuera la clave para abordar la situación: su pericia en materia sexual frente a la candidez de ella; no le dejaría elección. Tal vez no fuese justo, pero tampoco la vida lo era. No había más que ver lo que le había ocurrido a Harry.

O quizá era la muerte lo injusto. No lo tenía muy claro. Estaba más familiarizado con la muerte.

—No te preocupes —le susurró, con los labios aún sobre los de ella y paseando la mano por el hueco de su cintura—. Estamos juntos en esto.

—Tengo entendido que de eso se trata, milord. ¿Acaso puede uno solo consumar el matrimonio?

Michael no pudo contener la risa que le provocó tan acre réplica, a pesar de que iba templada con una leve agitación de su voz.

—No —asintió él—. Tienes razón. Y te lo voy a demostrar. —Su mano alcanzó un pecho, y jugueteó, sensual, con el pezón, a la vez que le acariciaba la cara inferior.

Ella respondió con un suspiro inarticulado. Buena señal: los suspiros derivaban en gemidos, y los gemidos en gritos de pasión, si todo se hacía adecuadamente. Conocía el esquema, y un gemido tan al principio del juego era un progreso prometedor, aunque proviniera de una señorita recatada y virginal.

¿O acaso no era tan recatada? Entonces, le desató la cinta del camisón y sonrió al ver que no protestaba. Al contrario, se arrimó a él, con los ojos entornados y sus largas pestañas apoyadas en las suaves mejillas, y suspiró cuando le abrió la prenda y dejó al descubierto un pecho perfecto y firme. Ni grande, ni pequeño, solo exquisito en todos los sentidos. Le besó el cuello, descendió y recorrió aquella hermosa turgencia hasta alcanzar el pezón, que atrapó con los labios y acarició, juguetón, con la lengua.

—Ah.

Qué monosílabo tan revelador. Le chupó el pecho con fruición, despacio, luego de forma más vehemente, al tiempo que las esbeltas caderas de ella se movían traviesas. Las manos pequeñas de ella se posaron en sus hombros, leves pero excitantes.

Aun no siendo lo que esperaba, lo fascinaba su virginidad. Estaba acostumbrado a mujeres que querían complacer y ser complacidas, y sabían perfectamente qué hacer. A Julianne ni siquiera la habían besado. Tampoco le sorprendía que Harry no la hubiera tocado. Ella no tenía más que dieciocho años cuando su hermano murió y, cuando se veían, seguramente no salían sin carabina.

Al menos no los compararía en la cama. En todos los demás aspectos de la vida, ignoraba si saldría bien parado al lado del carácter encantador y efervescente de Harry, por no hablar de su estilo de vida mucho más sencillo. Estaba convencido de que, para su hermano, el matrimonio significaba un hogar, una esposa y los consiguientes niños nacidos del enlace, pero para Michael el concepto de familia era algo más abstracto. No sabía bien cómo ser esposo, y mucho menos cómo ser padre.

En cualquier caso, un embarazo rápido para darles a sus padres un sustituto de su amado hijo perdido quizá fuera lo mejor, y luego el exilio al campo para Julianne mientras se recuperaba del parto.

Lo confortaba saber que, al menos, dejarla embarazada sería todo un placer.

—Voy a desnudarte —le susurró al canalillo, y comenzó a explorar su cuerpo a la vez que le quitaba el camisón muy poco a poco—. No te asustes. Solo quiero mirar. Y saborear —añadió.

Ella enarcó las cejas.

Algo divertida, Julianne se dio cuenta de que no tenía ni idea de a qué se refería.

Primero fue un poco de piel desnuda aquí, el lento descenso de la prenda allá, de boca y manos en persuasiva exploración, provocando pequeños jadeos y gemidos, luego el inicio de un asalto sistemático a sus sentidos y a sus terminaciones nerviosas. Despacio, dejó al descubierto unos pechos tentadores, un esbelto torso, unas enjutas caderas y, por supuesto, el delicado triángulo de vello oscuro de entre sus piernas.

Al fin, Michael despojó a su esposa de la prenda y la dejó a un lado de la cama.

Había llegado el momento de captar su atención de verdad. No era su intención sobresaltarla con algo que ella pudiera considerar antinatural, pero de verdad quería que disfrutara de su primera vivencia íntima y que la experiencia la sobrecogiera.

«Sorprende siempre a tu enemigo.»

Un lema de vida. Aunque Julianne no era precisamente el enemigo, tampoco sería una aliada. Si todo iba bien, jamás compartiría la parte más importante de su vida, ni sabría siquiera que había existido.

Con los labios, exploró lentamente su suave vientre plano.

—Ummm.

Julianne se revolvió, visiblemente inquieta, cuando las manos de él se deslizaron por entre sus muslos blancos, sintiendo aquella suavidad bajo las yemas de sus dedos. Cuando Michael empujó despacio, ella se tensó, resistiéndose, pero su arraigado sentido de la obediencia se impuso una vez más, porque terminó separando las piernas para él.

Como ambos tenían la misma experiencia en noches de boda, aquello era nuevo. No obstante, era él quien llevaba las riendas y le interesaba su participación y disfrute, así que la clave era la distracción.

«Siempre el espía modélico», pensó, reprendiéndose en broma al tiempo que inhalaba el aroma de la incipiente excitación. La picardía acostumbraba ser más fácil que un acercamiento directo, o eso había aprendido en los últimos años. Si tenía que estar casado —y eso era indiscutible porque ya lo estaba—, que fuera lo más agradable posible para ambos.

La noche de bodas era una iniciación. Lo lógico era servirse de toda su persuasión para que ella entendiera cuánto placer podían darse y ansiara reunirse en la cama con él, pues dudaba que se vieran mucho de otro modo. Mantener la distancia entre ellos era importante por múltiples razones, entre ellas su plan de enviarla al campo tan pronto como concibiera.

«A propósito de concepción...»

Pensando en eso, separó con cuidado los pliegues delicados de su sexo y pasó por alto su repentina contorsión de protesta y su aspaviento. La pequeña yema oculta en la vaina protectora tenía un aspecto rosado, perfecto... y delicioso. Su alma depravada debía de estar afirmándose a sí misma, porque jamás había albergado la idea de que una virgen pudiera ser más apetecible por estar intacta.

Inclinándose, posó la boca en la zona más sensible de su anatomía femenina, y recibió la recompensa de un gemido espantado. La agarró con fuerza por las caderas para evitar que se apartara y, al poco, Julianne se quedó muy quieta.

«Muy quieta.»

Bien, había captado su atención.

Sabía dulce y la notaba sedosa bajo la presión de su lengua y sus labios curiosos. Con cada lametón y cada mordisquito, Julianne se estremecía y la reacción se acentuaba a medida que él la tentaba, empeñado en llevar su cuerpo inocente al clímax sexual. Dada su experiencia, los signos del deseo creciente de ella no le pasaban inadvertidos y, cuando abrió aún más las piernas y alzó las caderas contra su boca, aquella reacción rápida y desinhibida le sorprendió. Excitada, Julianne le enterró los dedos por el pelo.

—Ah...

«Eso es... ¡abandónate a mí!»

Ocurrió antes de lo que esperaba: el grito orgásmico resonó por toda la alcoba y su cuerpo esbelto se estremeció y se arqueó, tenso. Michael prolongó el placer todo lo que pudo, satisfecho con cada gemido de sorpresa y de placer. Cuando al fin se relajó, Michael levantó la cabeza y sonrió al ver su rostro sonrosado, sus ojos apenas ocultos bajo una cortina de largas pestañas y esos pechos que se estremecían con cada jadeo.

Tenía el miembro durísimo, y el deseo apremiaba a pesar del dolor del costado. Al menos sabía que ella estaba tan preparada como podía para su desfloramiento, lubricada por el orgasmo. Bajó de la cama y se desprendió de la bata, impaciente.

Ella lo miró espantada, primero de sorpresa al verle el torso vendado, después sus ojos descendieron hasta su miembro erecto y tenso contra su vientre.

A Michael no se le había ocurrido servirse de su ignorancia del funcionamiento de la anatomía masculina para distraerla de su herida. Un hombre experimentado como él no alcanzaba a comprender la sensación que podía producir en una joven casta y pura que posiblemente había recibido una charla muy rudimentaria sobre deberes conyugales el ver a un hombre en plena erección por primera vez. Por suerte, no parecía asustada, solo algo sorprendida.

—Yo... —vaciló, y se interrumpió.

—Tú... ¿qué? —Con el fin de no asustarla y evitar que se le abriera la herida, Michael se tumbó de nuevo en la cama, a su lado. Al estrecharla en sus brazos, la notó calentita y apetitosa y, mientras se recolocaba, sintió la presión de sus pechos flexibles en su torso.

—Se te ha puesto más grande.

Él se detuvo un momento, sin saber muy bien qué responder.

—De lo que imaginaba —rectificó ella enseguida, ruborizada.

A saber lo que le habría dicho su madre, a la que Michael consideraba una mujer algo frívola.

—Entrará perfectamente —le susurró en la boca, confiando en que un beso la tranquilizara. Nunca se había acostado con una jovencita inocente de clase social alta; ningún joven prudente a punto de ser duque corría tamaño riesgo. Ignoraba cuánto dolor le produciría, pero al menos le había dado placer primero. Con las rodillas, le separó las piernas, sintiendo una extraña mezcla de deseo puro y dolor. Para alivio suyo, Julianne no se resistió, sino que, asiéndose a sus brazos, rompió el beso, ladeó la cabeza y cerró los ojos, dejando caer sus largas pestañas oscuras sobre sus mejillas sonrosadas.

Con la punta de su miembro erecto apoyada en el sexo delicado de ella, vaciló. La idea de que Julianne se estuviera preparando para lo que venía a continuación le hizo reparar en lo definitivo del momento. En cuanto la penetrara, se unirían para siempre. La consumación implicaba que no había vuelta atrás.

No pensaba cambiar de opinión, de todas formas, pero al acostarse con ella la convertía en su esposa de verdad.

Aquel era un instante crucial en la vida de los dos y, a pesar de su determinación de mantenerse distante, para su sorpresa, descubrió que no quería que ella lo viviera volviendo la cara y cerrando los ojos.

—Julianne, mírame —le dijo en el tono ronco propio del deseo.

5

Las sábanas suaves le producían sensación de frío en el rostro acalorado.

—Mírame.

Las palabras eran corrientes, pero aquel momento no era precisamente prosaico. Julianne percibió la contención del hombre que tenía encima, la presión de su miembro erecto, sólido, contra el núcleo de su femineidad. Los brazos que asía eran musculosos, duros como piedras.

Despacio, obedeció: volvió la cabeza y abrió los ojos.

Los de él eran de un intenso color pardo verdoso y revelaban en aquel instante un brillo que ella no había visto antes; claro que esa noche estaba descubriendo lo poco que sabía de él. Aunque en ningún momento había estado segura de lo que la esperaba en la cama del marqués de Longhaven, desde luego ni se le había pasado por la cabeza que fuera a anclar su boca, perverso, entre las piernas de ella. Ni el pecaminoso placer que aquello le produciría. Aún le palpitaba el corazón, y agradecía el esfuerzo que hacía por complacerla a la vez que rechazaba el escandaloso procedimiento. En su vida había imaginado que nadie pudiera hacer algo así.

Pero había sido maravilloso, sin duda.

—Eso está mejor. —No sonrió, pero elevó apenas la comisura de sus labios, aquellos labios hábiles y tentadores, en señal de aprobación.

La aserción sonó algo despótica, y estaba a punto de decirle que hasta su madre le había explicado que su deber era someterse a la voluntad de su esposo, pero entonces notó que él empezaba a penetrarla.

—No te tenses —le susurró, cariñoso y persuasivo—. Solo será un momento.

«¿Cómo puede estar tan seguro si dice que nunca ha estado con una virgen?», se preguntó Julianne, aterrada por la envergadura de su miembro erecto que asaltaba, despacio, su cuerpo en ese instante. Empezó a acostumbrarse a la invasión cálida y dura; no le dolía, pero no se parecía a nada que hubiera sentido antes.

«Con Michael.» La idea le era extraña, aun después de saber que estaban prometidos y que terminarían casándose.

Aun teniéndolo encima, desnudo, con un gesto intenso en el rostro, penetrándola con una delicadeza que hasta ella, a pesar de su inexperiencia, consideraba exquisita. Una gotita de sudor le corría por la fina mandíbula, pero él no dejó de mirarla a los ojos. Su grueso pelo castaño, rizado en la nuca, brillaba a la suave luz de la lámpara.

Michael se detuvo, ella notó una presión punzante, luego él empujó con fuerza para enterrarse por completo en ella, y ella profirió un grito de dolor.

—Ya está. —Michael apoyó un brazo para sostenerse y se sirvió de la otra mano para acariciarle la mejilla con asombrosa ternura—. Hecho.

Julianne tragó saliva, abrumada por la extraña sensación de llevarlo tan dentro de sí, sin saber muy bien si sentía dolor o placer. Elevó instintivamente las caderas y, aunque el malestar de lo que acababa de suceder no había pasado, remitió un poco. Haciendo un esfuerzo consciente, se asió con menos fuerza a los brazos de él. Si eso era todo lo que iba a dolerle, podía soportarlo.

—Estoy... bien.

—¿Bien? —Enarcó una de sus cejas castañas—. Me gustaría que fuera algo más. Deja que ponga toda la carne en el asador.

Aunque no sabía a qué se refería, Julianne contuvo un gemido cuando él se retiró un poco y luego volvió a entrar, anclándose en su interior de tal forma que se vio obligada a separar más las piernas. Su esposo se movía despacio, con contención, saliendo casi del todo e introduciendo de nuevo el miembro hasta topar con su vientre.

Al principio era tolerable, luego agradable y, cuando empezó a moverse deprisa, hasta placentero. Su cuerpo, que parecía saber más que su mente, reaccionaba al vaivén de su posesión con un sutil movimiento pélvico, y sus manos pasaban a los hombros musculosos de él para descender por su espalda y detenerse en el tejido que le protegía el costado.

¿Un vendaje? Se preguntó por qué —como cuando se había quitado la bata y ella había visto por primera vez su cuerpo musculoso y bien formado—, pero su interés fue fugaz, sobrepasado por la turbulenta sensación que la embargaba.

Le preguntaría más tarde.

Después de que sucediera algo milagroso.

Él deslizó la mano, sensual, por su cadera, hasta la entrepierna. La acarició de tal modo que se le escapó un gemido y su atención se centró en sus muslos separados. Una peculiar excitación que ya conocía le nació en la boca del estómago.

—Por favor —le dijo él, sofocado.

No sabía bien qué quería, ni siquiera si se lo decía a ella, pero se amarró a él, asiéndose a su zona lumbar, por debajo del misterioso vendaje, y notó que un escalofrío empezaba a recorrerla.

—Sí. —Sus dedos oprimían con tierna precisión y obraban una magia sutil.

Luego algo estalló, como antes pero diferente, más intenso con él en su interior. El mundo que la rodeaba se desvaneció; sintió oleadas de calor y placer que la llevaron a seguir adelante hasta quedarse sin aliento. En medio de una nebulosa, notó que él se agarrotaba y dejaba caer la cabeza. Un fluido caliente la inundó, y sus propios espasmos internos se hicieron eco de cada convulsión de él.

Algo alterada descubrió que, al terminar, su primer pensamiento traicionero era para Harry. No por Michael, porque pensara en otro cuando el pecho musculoso de él aún se agitaba sobre su busto y la piel sudorosa del uno estuviera adherida a la del otro, sino por lo contrario. En el fondo, sabía que su noche de bodas con el hermano mayor no habría sido igual.

Harry tenía muchas virtudes, pero no era sensible. Estaba convencida de que habría preferido que ella disfrutara de su unión física, pero dudaba mucho que hubiera dedicado tanto tiempo a pensar en el modo de hacérsela placentera la primera vez.

A Michael ni siquiera lo conocía; sin embargo, Harry siempre le había gustado. ¿Cómo sabía que su esposo se había tomado más molestias de las que se habría tomado Harry de no haber tenido lugar la tragedia que había cambiado sus vidas?

Michael habló primero, alborotándole el pelo con su aliento.

—¿Te encuentras… bien?

Era una pregunta torpe para un hombre que rara vez debía de cometer torpezas. La reacción de Julianne a todas sus caricias y besos no había dejado lugar a dudas, y sabía que él lo había notado. Dado que su miembro erecto seguía en su interior, la timidez no tenía cabida. Aun así, le replicó vacilante:

—C… creo que soy yo la que debería preguntarte, milord. No soy yo la que lleva un vendaje alrededor del costado. ¿Qué ha ocurrido, si puede saberse?

—Iba distraído y tuve un accidente —respondió sin darle mucha importancia. Luego le besó la mejilla—. No tiene importancia.

A juzgar por el grosor del vendaje que cubría la herida, no sabía si creerlo.

—Nadie me dijo que hubieras tenido un accidente.

—¿Por qué iban a hacerlo? —dijo él, mordisqueándole el lóbulo de la oreja.

«¿Por qué iban a hacerlo?» ¿Qué clase de pregunta era esa?

—A lo mejor porque tu prometida debería estar al corriente de tu estado de salud —respondió con mayor aspereza de la pretendida.

—No impedía la celebración de la boda. —Le besó el cuello, y sus labios le erizaron la piel—. Ni el cumplimiento de mis obligaciones conyugales, ¿no?

—No... no.

La evasiva respuesta le molestó, pero le costaba concentrarse mientras sus labios siguieran haciéndole esas caricias exquisitas en el cuello. Aún se sentía algo aturdida por la enormidad de lo que acababa de ocurrir. Él no se había retirado de su cuerpo y ella era consciente de la intimidad de la postura, y del balanceo de sus esbeltas caderas entre sus muslos separados.

—Creo que volveré a cumplirlas si me das un momento.

«¿Otra vez?» Su madre no le había dicho que fuera a ocurrir más de una vez durante la misma noche; claro que la charla reticente de su madre tampoco había sido muy ilustrativa.

—Como desees, milord —contestó Julianne, asustada.

Michael levantó la cabeza y la miró con aquellos ojos hipnotizadores.

—Lo que diría una esposa complaciente. ¿Qué deseas tú? Me ha parecido que te había gustado.

Le había gustado, y él lo sabía bien. Se preguntó si los gemidos que se le habían escapado serían impropios de una dama. Quizá hasta disfrutar lo era. Los cuchicheos que había oído parecían dividir a las mujeres en dos bandos: las que hacían alusiones pícaras al placer de tener un amante y las que detestaban tanto el lecho conyugal que lo asociaban a términos como «obligación» o «instinto animal».

Ya que debía formar parte de su vida, le alegraba identificarse con el primero. ¿Qué más daba que fuese impropio de una dama si iba a proporcionarle las sensaciones tan increíbles que acababa de experimentar?

Julianne se mordió el labio y miró a su esposo a los ojos. Pronto descubriría que ella no era ninguna señorita remilgada. Si le hubiera prestado un poco de atención antes, ya lo sabría.

—Me ha gustado mucho —reconoció—. No ha sido repulsivo, como imaginaba.

—¿Repulsivo? —repitió él, sin duda divertido, repartiendo el peso de su cuerpo en ambos codos para no aplastarla, aunque más en uno que en otro. El sedoso pelo castaño dorado, alborotado, enmarcaba sus nobles rasgos masculinos, y la amplitud de sus musculosos hombros resaltaba la dispar envergadura de los dos—. ¿Quién te dijo que sería repulsivo? Con razón parecía que te llevaba a la prisión de Newgate cuando te he propuesto que subiéramos.

—Toda novia tiene derecho a estar algo nerviosa, ¿no? Después de todo, se trata de una experiencia nueva que nadie parece dispuesto a detallar con antelación —repuso en tono defensivo—. Mi madre lo intentó, pero, ahora que estoy mejor informada, veo que su intento fue en vano.

—En su defensa, debo preguntar si crees posible explicar el placer físico, sexual.

Cierto. Semejante esplendor de sensaciones deliciosas era difícil de imaginar.

—Tal vez no —reconoció con una risita entrecortada—. Quizá el único modo de entenderlo es probarlo. Por favor... vuelve a besarme.

Percibió un destello en su intensa mirada. ¿Sorpresa por su descarada propuesta? No estaba segura. Acababa de sorprenderse a sí misma.

—Encantado, milady —le susurró él, bajando la cabeza.

Y la besó.

Y luego volvió a besarla.

—¿Eso es lo que te has puesto?

Antonia esbozó una sonrisa deliberadamente felina.

—Quería que me viera —dijo, acariciando las faldas de satén carmesí.

—¿Una dama de escarlata en una boda? Tremendo exceso. Te ha visto, seguro. Te habría visto igual. Pocas cosas se le escapan a Longhaven. Por eso sigue vivo.

Alzó su copa vacía a modo de saludo burlón.

—Debía compartir el momento con la feliz pareja. Ahora voy a brindar por ello. Sírveme otra, querido.

Lawrence apartó un poco la licorera, lo justo para dejarla fuera de su alcance.

—Ya es suficiente. ¿Quieres añadir la resaca a tu estado de autocompasión?

—¿Resaca? —dijo, entrecerrando los ojos, ofendida y combativa.

—Estás ebria, amor mío. O al menos vas camino de estarlo.

Antonia, molesta por el tono condescendiente de Lawrence, se recostó en su silla forrada de seda y cerró despacio los ojos. Se equivocaba: no había bebido suficiente. Por desgracia, tampoco estaba ebria, sino bien sobria.

¿Acaso era posible beber lo suficiente para aliviar aquel dolor pertinaz?

—Los he visto salir del salón y subir a la alcoba —dijo, de pronto muy cansada. Ni siquiera estaba segura de querer hablar de eso—. No debería haberme quedado tanto, pero no he podido evitarlo, del mismo modo que uno no puede evitar pasarse la lengua por una muela dolorida. Probablemente ahora esté en la cama con ella.

—Probablemente —convino él con una sensatez irritante—. Ahí es a donde yo llevaría a mi esposa en mi noche de bodas.

Las ventanas de la alcoba estaban abiertas. Había llovido y el aire era húmedo, aunque la noche era muy clara y, cuando volvió la cabeza para mirar fuera, vio brillar unas cuantas estrellas. Una agradable brisa alborotó las cortinas y la luz de la lámpara titiló.

La elegante decoración de la alcoba solía sosegarla y recordarle lo que había logrado tener después de haber perdido tanto, pero su presente desolación era más de lo que podía soportar. Esa noche ya no veía colgaduras de terciopelo y muebles Luis XIV.

Esa noche solo veía vacío.

Para su desdicha, sabía lo que la marquesa de Longhaven estaba experimentando en brazos de su esposo. Una habilidosa ternura, la caricia precisa, quizá el fantasma de una sonrisa inusual e irresistible y, por supuesto, un placer calculado e incomparable. Aun herido, Michael abordaría esa noche como todo lo demás: con una estrategia destinada a desarmar, seducir y conquistar.

Todo estaba previsto, y siempre le salía bien.

Cuando Michael se proponía algo, rara vez fracasaba. Quizá nunca. Las mujeres lo encontraban fascinante no solo por su refinado atractivo y su fortuna, sino también por su indescriptible aire de velado aplomo.

Había algo en él que, aunque detectaba, Antonia no sabía expresar con palabras.

Era un héroe, y ella había conocido pocos, muy pocos en su vida.

—Ella no lo ama, y Michael apenas conoce a la muchacha —espetó, notándose malhumorada—. Cuando ha terminado la ceremonia, ¿tú crees que se los veía felices? —Descansó la cabeza en el respaldo de la silla—. Un matrimonio de conveniencia... ¿qué clase de vida es esa?

—De no haber sido por los franceses, no te habrías casado con un noble español del gusto de tu padre. Así es como se hace en las familias aristocráticas como la tuya, y más aún en la de tu queridísimo marqués —dijo Lawrence, duro, inasequible y crítico, con una sonrisa socarrona. Se instaló frente a ella en un sillón orejero, junto al fuego, todo elegancia masculina, con sus largas piernas estiradas, los pies enfundados en botas cruzados por los tobillos y el cuello de la camisa blanca de manga larga desabrochado, dejando ver un triángulo de piel bronceada—. Cuánto más fácil ser campesino como yo. A nadie le preocupa si tengo descendencia. No tengo que procrear para que mi familia pueda seguir agarrando con ambas manos la posición y la fortuna que les proporciona su apellido.

—Qué mal suena dicho así.

—Pero qué cierto es.

Sí, su matrimonio era tan de conveniencia como lo había sido el de Michael, pero no le apetecía reconocerlo. Malditos fueran los acertados argumentos de Lawrence, y aún más maldita su irritante comprensión. Algunas veces no tenía claros sus motivos, pero siempre había sabido que él estaba allí escondido, al acecho.

—No deberías haber ido a su boda —prosiguió sin inmutarse—. Ni deberías haberte quedado, ni bailado, ni fingido estar contenta cuando en el fondo la habrías estrangulado (algo que sé bien que puedes hacer sin problemas) y te habrías quedado con su marido. —Se llevó la copa a los labios y se quedó pensativo antes de beber mientras la luz titilante jugaba con su rostro marcado—. No obstante, él ha hecho lo que dijo que haría: casarse con la jovencita. Ya está hecho, Antonia.

«Está hecho.» La rotundidad de aquella verdad quedó suspendida en el aire, entre los dos.

Malhumorada, ella bajó la copa vacía y, examinándola, dijo:

—Lo sé. He estado ahí, ¿recuerdas?

—Un sufrimiento voluntario e innecesario donde los haya, mi vida.

Antonia se agitó un poco, a pesar de que se sentía aletargada y derrotada. Lawrence tenía razón. En el fondo, le dolía.

—Estaba más guapo que nunca —dijo, desesperada.

—Ah, ¿sí? —dijo muy seco—. Supongo que para un hombre es difícil de apreciar, pero confiaré en tu palabra. Dios sabe que hay algo en él que te obsesiona. Me pregunto si no será el simple hecho de no poder tenerlo.

Antonia pasó por alto el sarcasmo.

—También la novia (así se pudra en el infierno) estaba muy guapa, para el que le gusten las morenas de rostro insulso y mirada espantada. No me sorprendería que el beso que le han dado a esa niña en el altar para sellar los falsos votos de amor y fidelidad eternos fuese el primero de su vida.

—¿Y por qué has mirado, boba?

Miró al hombre que tenía delante, y procuró ignorar el nudo que se le formaba en la garganta y las lágrimas que le empañaban los ojos. Iba a llorar. Ella jamás lloraba. No había vuelto a hacerlo desde que los franceses habían destrozado su hogar, habían asesinado a su familia y la habían dejado traumatizada, desamparada y sola en un país asolado por la guerra y al que habían privado de rey, de gobierno... de alma.

—He visto cosas peores —contestó, con la voz quebrada, y odiaba las muestras de debilidad—. Los dos las hemos visto.

Lawrence suavizó el gesto. Sabía, mejor que nadie, de qué hablaba Antonia.

—Así es. Y hemos sobrevivido, y seguido adelante. Ya olvidarás a Longhaven. Lo sabes, mi vida. Tan solo estás haciendo lo que mejor se te da: resistirte.

Antonia se levantó en medio de un murmullo de satén escarlata y melena oscura al viento para pasearse por la mullida alfombra. Empezaba a arrepentirse por lo que se había puesto para la boda: el vestido que aún llevaba. Un atuendo más propio de una fulana, algo que ella no era. ¿Qué demonios le había pasado? Con razón se había espantado Julianne Hepburn. De pronto, con la perspectiva del tiempo, consciente de su pérdida, se sentía al fin algo avergonzada de sí misma.

—¿Olvidarlo? Eso espero. O al menos moriré en el intento.

—No digas eso.

Lawrence se incorporó enseguida y, agarrándola por el brazo, la obligó a volverse y a mirarlo. No fue un acto caballeroso, pero él no era un caballero. Ni siquiera aspiraba a serlo y, por lo que Antonia sabía, tampoco le gustaba disculparse, ni esperaba que nadie se disculpara con él. En algunos aspectos, eran almas gemelas.

—Los dos atentados contra su vida me tienen preocupado; no por él, sino por ti. Quiero que te mantengas alejada del marqués, del lío en el que se ha metido. Si quiere jugar a algún jueguecito patriótico, que lo haga, pero tú no tienes por qué implicarte.

—Tú estás implicado.

—Eso es distinto; trabajamos para las mismas personas. Tú tienes la seguridad y el dinero que te proporcionan el ser viuda de un inglés importante. Quiero que...

Se zafó de él.

—¿Que quieres qué...? Te aseguro que no siempre tenemos lo que queremos, y eso ni siquiera tú puedes cambiarlo.

En ocasiones, se preguntaba si algún día se excedería y él la dejaría. Lo notaba en su boca torcida, en el ligero aleteo de sus ventanas nasales, su mandíbula tensa. En el brillo de aquellos ojos oscuros.

—Me condenas por estar celoso de él —dijo con voz ronca, arrimándose a ella, moreno y peligroso—. Yo también podría echártelo en cara. Si su esposa es tan cándida y tan poco interesante como crees, puede que Longhaven no tarde en buscar tu lecho. Que lo disfrutes. Por desgracia, no te llevarás de su excelencia más que un revolcón, porque no puede darte más. Entretanto, yo satisfaré encantado tus necesidades.

Reconocía que la idea la tentaba. Michael había sido un amante exquisito durante su breve aventura. Lawrence era algo muy distinto: bruto, desinhibido, salvaje, voraz incluso.

No solo la deseaba, también la necesitaba. Michael, no. A menudo se preguntaba si Michael necesitaba a alguien.

Sospechaba que la respuesta era un no. Sobre todo, a ella.

«Pero yo lo amo», pensó desesperada.

Y esa noche yacía con otra mujer. Estaban juntos; él debía de estar estrechándola en sus brazos en aquel momento. Le había dado su apellido, su protección y, dado que su virilidad no estaba en entredicho, sin duda habría niños...

Incluso puede que estuvieran haciendo el amor en ese momento. Le dolía muchísimo y no estaba segura de poder soportarlo.

—Estupendo —espetó—. Tómame.

Quizá fuese la ferocidad de su tono, quizá fuese su gesto, pero por una vez Lawrence retrocedió, soltándola como si quemara. Su rostro desfigurado se transformó en una máscara indescifrable, y eso que ella calaba a los hombres con facilidad.

—Te tomaré, créeme, pero no esta noche —dijo él al poco—. Me niego a ser parte de esto.

¿Lo decía en serio? Tras el sermón sobre sus anhelos románticos imposibles, ¿iba a rechazarla?

—¿Qué? —inquirió indignada, dándose un puñetazo en el muslo.

Él retrocedió un poco más, como si la distancia entre los dos fuese a ayudar.

—Estarás pensando en él. No me interesa la comparación. No soy un sustituto.

Antonia quería chillar, y había querido pegarle a algo —a alguien— todo el día.

—No tienes problema en instalarte entre mis piernas en cualquier otro momento —rió ella, mostrándose deliberadamente cruda.

Logró su propósito, porque Lawrence se mostró tensó.

—Pero esta noche no, lady Taylor. Entenderás por qué.

Lo entendía, pero no le apetecía considerarlo.

—¿Ni un revolcón rápido? Qué decepción. —Trató de encogerse de hombros. Quizá sí estuviera un poco ebria, porque la habitación le daba vueltas.

Debió de desmayarse, porque de pronto Lawrence la cogió en brazos. No como lo haría un amante impetuoso, sino más bien a modo de rescate.

«No necesito que me rescaten —trató de convencerse al tiempo que descansaba la cabeza en su pecho—. Maldito sea.»

—Vamos, mi amor —le susurró él con voz áspera—. Te ayudaré a desvestirte. Hoy solo necesitas la cama para dormir. Mañana todo será mejor. Ya lo verás.

¿En serio? No estaba tan segura. Sin embargo, sus palabras la confortaron.

—Espero que tengas razón —le murmuró en la camisa, deprimida.

—La tengo de vez en cuando. —La tumbó en la cama y empezó a desabrocharle el vestido, no con impaciencia, como siempre, sino con ternura, liberando cada presilla con sus largos dedos hasta que pudo soltarle la prenda de los hombros. La contemplaba preocupado, no excitado.

—¿Has comido algo en el banquete?

¿Cómo iba a comer si tenía el corazón encogido, además del estómago?

—Nada —confesó.

—Te subiré una cena fría. No puedes acostarte con el estómago lleno de coñac y nada más.

Le quitó con destreza los zapatos, el liguero y las medias.

«No soy una niña pequeña», se dijo ella, y lamentó que él la viera así.

Aunque, por otro lado, se alegraba de importarle. De importarle a alguien. Había perdido tantísimo ya...

A Michael también le importaba. Sabía que sí, pero no como ella quería. Sí, moriría por ella, eso se lo había demostrado, pero nunca lo había tenido como deseaba. Jamás había logrado llegar a lo más hondo de su ser.

Quizá ni siquiera existiese una mujer capaz de hacerlo.

6

El amanecer era de los que le gustaban: suave y delicado como el abrazo de una madre.

Michael espoleó su lustroso caballo blanco y lo puso al trote. El paseo matinal formaba parte de su rutina diaria, pero tomó un camino distinto del habitual, consciente de las limitaciones a causa de los sucesos recientes. A un paso más rápido, le dolía el costado, aunque había descubierto de la forma más compleja posible —por las múltiples heridas soportadas en España— que sanaba rápido y, en ese aspecto, la reciente agresión no parecía diferir de las sufridas en el campo de batalla.

La noche de bodas no se le había dado mal, después de todo.

Una leve neblina ocultaba las sendas del parque, flotando en espectrales volutas. Tirando de las riendas, redujo el paso de Hector y lo llevó por entre los árboles, absorto en sus cavilaciones sobre el inesperado cariz de un matrimonio que siempre había abordado con estudiada indiferencia.

Era todo muy… interesante. Julianne era hermosa, y en ningún momento había dudado de que lograría excitarlo y sacar lo mejor de él en la cama, pero la reacción de ella no había sido exactamente lo que él esperaba.

El gozo desenfrenado de una joven casta y pura no era lo que había imaginado para su noche de bodas. Se había esforzado por complacerla, sí, pero la reacción sensual de ella a sus avances sexuales le revelaban un lado de Julianne que no había previsto. Había aceptado la pasión física, a pesar de sus obvios recelos. Como en su presencia siempre se había mostrado recatada y femenina, había esperado lo mismo en la cama.

¿Qué otras cosas no sabía de ella?

Condujo su caballo por la hierba cubierta de rocío, absorto en sus pensamientos. Debía haberse esforzado más por conocerla antes de la boda. ¿Habría condicionado eso su determinación de casarse con ella?

No. Aunque hubiera sido simple y corpulenta en lugar de preciosa y seductora, habría accedido a la boda de todas formas. Aún recordaba la voz grave de su padre cuando le había pedido que asumiera el compromiso nupcial. El duque jamás suplicaba, pero en sus ojos había visto la desesperación, la necesidad de seguir adelante en lugar de obsesionarse con la muerte de su querido hijo. El padre de Julianne y el suyo eran buenos amigos y, al casarse, con pocos meses de diferencia, se habían prometido que sus respectivos hijos también lo harían si la fortuna lo permitía. Nació Harry y diez años después Julianne vino al mundo. El compromiso se firmó cuando ella era aún un bebé. Julianne se había hecho mujer sabiendo que un día sería la marquesa de Longhaven y, llegado el momento, la duquesa de Southbrook, pero obviamente a Michael siempre lo había visto como su futuro cuñado.

De poco servía pensar en lo distintas que habrían sido las cosas si Harry no hubiera muerto. «Julianne es mi esposa», se recordó —su esposa asombrosamente apasionada y entregada—, y aquello era lo que el destino había querido para los dos.

Lo que le preocupaba era la sensación de que su idea de lo que iba a obtener de aquel enlace no coincidía con la realidad. Ella era joven e ingenua, pero también lista y más aventurera de lo que imaginaba. La prueba era su desinhibida participación sexual de la noche anterior.

Sus acalorados suspiros, su piel suave como la seda, sus ojos del color del océano a medianoche iluminado por la luna...

Para su sorpresa, le había parecido... encantadora. Deliciosamente memorable para un hombre que se había propuesto no aferrarse a experiencias vividas en la medida de lo posible.

Había abordado su matrimonio como si se tratara de una misión más. Había que hacerlo, y podía ejecutar la tarea lo mejor posible y sin involucrarse mucho. Sin embargo, Julianne lo había desarmado y había cautivado sus sentidos y su intelecto con su candidez, tanto en la cama como en la conversación. La conquista de su cuerpo era una cosa, pero Michael contaba con poder mantenerse al margen de todo lo demás. De pronto ya no estaba tan seguro.

Lo incomodaba que lo hubiera pillado por sorpresa. Su capacidad para calar a otras personas lo había mantenido vivo.

No encajaba bien en sus planes que Julianne lo distrajera.

Al cabo de una hora, emprendió el camino de vuelta a casa, aún intranquilo. Debía resolver el dilema de los dos ataques, porque no quería verse obligado a justificar ninguna otra herida misteriosa. Ella no había insistido, pero lógicamente la intrigaba. Aunque la seducción le había permitido eludir sus preguntas, le daba la impresión de que Julianne era demasiado espabilada para posponer la explicación mucho tiempo.

«Maldición.»

El esplendor neoclásico de Southbrook House le producía la misma inquietud que pensar en su nueva esposa. La mansión, palaciega y ostentosa en todo lo posible, ocupaba una impresionante extensión de Mayfair. La luz rosada de la mañana teñía de oro y rojo la fachada de ladrillo y el elegante pasillo de acceso estaba protegido no solo por la caseta del guarda sino también por una verja muy historiada. La muerte de Harry había demostrado que la riqueza no es garantía de buena fortuna, por eso se preguntaba si haría bien engendrando un niño en aquel mundo. Ni siquiera el prestigio y la nobleza podían avalar una vida dichosa.

Era la primera vez que contemplaba en serio la realidad de la paternidad, claro que, antes de su noche de bodas, siempre había sido muy prudente. Ahora, en cambio, debía hacer lo posible por ser padre y cuanto antes sucediera, mejor. Lo que no había previsto era cómo se sentiría si ya hubiese dejado preñada a su esposa, después de todo solía bastar con una vez.

Todo era muy distinto de como lo había imaginado.

Mientras desmontaba y le tiraba las riendas a un mozo de cuadra, que corrió enseguida a cogerlas y se llevó al semental, decidió que quizá había evitado mucho más que el simple contacto con su futura esposa en los últimos meses. No era propio de él, pero no lo había pensado mucho. Había evitado la situación.

Posiblemente fuera algo que no debía posponer más.

—Buenos días, milord. —Rutgers le abrió la puerta con una floritura—. Confío en que haya tenido un paseo agradable —dijo el mayordomo.

Introspectivo, sí, pero «agradable» tal vez no fuese el adjetivo más acertado.

—Hoy hace un día estupendo.

El anciano, canoso y eficiente, siempre tan discreto, inclinó la cabeza.

—Ciertamente, señor.

—Supongo que los invitados todavía duermen… —Michael se quitó los guantes en el espacioso vestíbulo. En los frescos del altísimo techo, los cupidos hacían cabriolas y apuntaban sus arcos. Nunca les había prestado mucha atención, pero el simbolismo no le pasó inadvertido en ese momento.

—La fiesta se ha prolongado hasta hace bien poco, milord.

—He visto los coches aparcados a la entrada. Me alegro de que fuese un éxito.

—Rotundo, señor, si me permite la observación.

También su noche de bodas había sido todo un éxito, pero omitiría aquel detalle.

—Desayunaré arriba para evitar más parabienes —se limitó a decir—. A riesgo de parecer desagradecido, ya he tenido bastantes por un tiempo.

—Me parece comprensible, milord —dijo Rutgers, rigurosamente uniformado, y tan impasible como de costumbre.

Como había servido a su familia desde que Michael tenía uso de razón, llevado por un impulso, inquirió:

—Mis padres… ¿han disfrutado de la celebración?

¿En serio le había preguntado eso? ¿A un sirviente, nada menos? Claro que Rutgers era más que un sirviente, era parte esencial de la casa —de la familia, incluso, en algunos aspectos— y podía responder a la pregunta implícita.

Rutgers se desprendió por un momento de su solemne gesto. Sus ojos azul claro brillaron, y se aclaró la garganta.

—Su madre, milord, está más contenta de lo que la había visto desde... bueno, desde aquello.

«Desde la muerte de Harry.» Michael lo entendía. A fin de cuentas, por eso había accedido a casarse. Asintió con la cabeza y se dirigió a la espléndida escalera, situada al fondo del vestíbulo. Aún era temprano, y se preguntó si ella estaría despierta. La había dejado dormida, con su pelo oscuro enredado y húmedo, aquella piel suave, esas pestañas tan largas descansando en el delicado arco de sus mejillas y sus deliciosos pechos alzándose bajo las finas sábanas de lino con cada respiración.

«Por favor... vuelve a besarme.»

Ni un solo hombre con una gota de sangre en las venas habría podido resistirse a aquella petición susurrada con tanta ternura, y a pesar de eso tan provocativa. Él no había podido; su miembro se había erguido con asombrosa velocidad, considerando que acababa de eyacular. La segunda vez había sido menos comedido, y su joven esposa había respondido a todas sus caricias, a cada estocada, con presteza y visible disfrute.

Había sido una delicia.

Ahora, a la cruda luz del día, debía decidir cómo tratarla.

Estaba sola.

Julianne dio media vuelta y empezó a despertarse, al principio algo confundida por la estancia que le era desconocida. Colgaduras de seda oscura en una cama tallada, ventanales con las cortinas corridas para evitar la luz matinal, un armario en un rincón, la puerta del vestidor discretamente cerrada...

La alcoba de su marido.

Empezaron a asaltarla recuerdos de la noche anterior, primero poco a poco, luego en avalancha. Se le encendieron las mejillas y, al darse cuenta de que estaba completamente desnuda bajo las sábanas de fino lino, hizo un aspaviento de vergüenza. Su camisón estaba tirado en el suelo, junto a la cama, y la bata seguía junto a la ventana, donde estaba Michael cuando ella había entrado en la alcoba.

Clavó los codos en el colchón para alzarse y respiró hondo con el fin de aliviar el malestar que sentía de pronto. No cabía duda de que tenía la entrepierna blanda y se notaba los muslos pegajosos. Con mayor cuidado, se incorporó y descansó los hombros en las suaves almohadas apoyadas en el cabecero de la cama. Había un reloj en la repisa de la chimenea cuyo tictac sonaba solemne, pero por lo demás el silencio era absoluto.

Sujetando la sábana con una mano para taparse los pechos desnudos, Julianne meditó la rara sensación de despertar en la alcoba de un hombre al que apenas conocía. Entendía que, en el momento en que había recorrido el pasillo de la catedral de la mano de aquel hombre, delante de todos, su vida había cambiado de forma irremediable, pero una cosa era saber que algo iba a ocurrir y otra muy distinta vivirlo.

Por una parte, musitó, mirando abstraída cómo el sol se empeñaba en atravesar las colgaduras, su noche de bodas no había sido como esperaba. Él la había acariciado con ternura —y osadía—, y lo cierto era que la avergonzaba recordar su aceptación de aquellas caricias perversas. Le planteaba el problema visible de lo poco que lo conocía, porque, antes de que la tomara en sus brazos por primera vez y la besara de verdad, jamás lo habría juzgado un hombre considerado.

Frunció el ceño. Tampoco era eso exactamente. No lo había creído descortés, porque siempre había sido muy atento, formal pero no remilgado, solícito con su madre, incluso encantador en ocasiones. Sin embargo, la colosal aura de control que lo rodeaba era innegable.

Hasta en el momento en que había notado que Michael cedía a su alivio sexual, se había dado cuenta de que le costaba renunciar al control de su propio cuerpo.

Antes de la boda ya lo había creído complejo y, al convertirse en su amante, había añadido otra faceta a la imagen que ella se estaba formando de él.

—Veo que estás despierta. ¿Quieres que llame a tu doncella?

Como no había oído abrirse la puerta, Julianne se sobresaltó y deslizó la mirada hacia el objeto de sus elucubraciones. Michael, vestido para montar, con chaqueta, camisa blanca sin corbatín, calzones de color canela y botas resplandecientes, enarcó apenas las cejas, inquisitivo, de nuevo distante y enigmático. Guapísimo, sí, a su manera aristocrática, con esa mata de pelo castaño y esos ojos tan llamativos, pero inalcanzable también, como si se hubiese puesto una máscara de frialdad entre el momento en que ella se había dormido en sus brazos y el instante en que había despertado sola.

Adiós al amante tierno. Sintió su ausencia. Julianne, ruborizada, carraspeó. Resultaba imposible no ruborizarse.

—Volveré a mi alcoba y la llamaré yo misma, milord.

—Muy bien. Si me disculpas... —La miró con frialdad.

Ella lo miró también, aferrándose más a la sábana, como si tuviera que taparse cuando había yacido desnuda debajo de él y gemido de placer desenfrenado. Le había visto todo lo que había que ver, pero ella seguía apretándose la sábana contra el pecho con un pudor casi desesperado.

Michael se dio cuenta, porque su mirada se clavó en los dedos rígidos de ella. No obstante, si lo encontró divertido, supo ocultarlo bajo su rostro impasible.

—Lo lamento, pero hoy estoy muy ocupado. Creo que mi madre ha organizado una comida tardía para obsequiar a nuestros invitados. Si puedo, asistiré contigo.

¿Si puedo? ¿No acababan de casarse?

¿Y ya? Se sintió... despreciada.

«¿Esto es lo que me espera como esposa?»

Le costó interpretar la reverencia rápida y elegante de él y la forma en que dio media vuelta y entró en su vestidor. Se quedó mirando la puerta cerrada, consternada por la obvia indiferencia con que la trataba, pero quizá se equivocaba al sorprenderse. No podía demostrarle afecto alguno porque no lo sentía. ¿Cómo iba a hacerlo? No sabía nada de ella. En la cama, podía desear su cuerpo, pero eso era distinto.

Era joven y probablemente ingenua en muchos aspectos, pero eso lo sabía bien. El deseo sexual no tenía por qué ir de la mano de sentimientos más profundos.

Aun así, la desconcertaba pensar que solo le inspirara una distante cortesía, a pesar de las cosas íntimas que habían sucedido entre ellos la noche anterior.

Bajó de la cama lo más rápido posible, cogió su camisón y volvió a ponérselo con dedos trémulos. Salió casi corriendo a su alcoba, y se detuvo lo justo para recuperar su bata. «Es ridículo que me sienta decepcionada», se recordó.

Ridículo.

Tiró del cordón de la campanilla que había junto a la cama y esperó, presa de una mezcla confusa de vago resentimiento y alivio. Si Michael tenía previsto que fueran una de esas parejas que llevan vidas completamente separadas, su actitud lo haría todo mucho más sencillo. La independencia era algo que ella siempre había ansiado y, aunque sus padres eran buenos con ella, siempre les había preocupado mucho el decoro y ella había ido en todo momento acompañada de carabina.

Ya era una dama casada, y no una jovencita inocente necesitada de protección. La idea la atraía. Su asignación había aumentado considerablemente, si no recordaba mal los comentarios de su padre sobre las condiciones matrimoniales. Le vendría bien.

«No», pensó Julianne mientras Camille entraba alborotada en su alcoba, con mirada inquisitiva, los rizos dando brincos bajo la cofia y el uniforme impecable y perfecto para el servicio en la casa de un duque. No se cegaría con los peros de su matrimonio. De nada servía, y había decidido demasiado pronto que la reserva de Michael Hepburn era un obstáculo imposible de salvar.

¿Acaso quería intentarlo? Entre la clase noble, el matrimonio era a menudo más un formalismo que una relación. Si un día después de su boda su esposo ya no tenía tiempo para ella, quizá así fuera como él imaginaba su futuro juntos.

¿Por qué se le hacía un nudo en la boca del estómago? ¿Cómo podía esperar más? Tal vez fuese cierto que era un hombre ocupado. La riqueza y el título eran privilegios, pero para conservar una fortuna había que saber administrarla y los títulos llevaban consigo ciertas responsabilidades.

—¿Desea desayunar, señora?

Julianne, distraída, alzó la mirada. La joven, apenada, con las mejillas coloradas, le hizo una reverencia.

Aquella deferencia la desconcertó un poco; marcaba sin duda su nuevo estatus. Su doncella de casa era más una amiga que una criada, pero no había querido cambiar de jefes. Julianne se aclaró la garganta.

—Té y tostadas, por favor. Y agua caliente para poder bañarme.

—Sí, milady. Enseguida.

Por la noche había estado demasiado nerviosa para apreciar su entorno; sin embargo, mientras esperaba, estudió la alcoba algo ostentosa; decorada, imaginaba, por su suegra al casarse con el padre de Michael, antes de que fuera duque. Estaba adornada en tonos amarillos, del amarillo limón más claro al dorado más intenso. La cama con dosel estaba ornamentada con pequeñas filigranas de rosas, y la alfombra que pisaba era de color marfil y ocre. Unas puertas francesas conducían al balcón y, cuando se aproximó para abrirlas, descubrió que lo compartía con la estancia contigua, que la barandilla se extendía por las dos alcobas. También tenía un vestidor de colosales dimensiones, donde le habían guardado ya la ropa de su equipaje perfectamente doblada.

Claro. Era la marquesa de Longhaven y la futura duquesa.

Como siempre había sabido que se casaría con el marqués, eso no la inquietaba. Era Michael quien la desconcertaba. Se dejó caer en una hermosa silla de color crema con franjas amarillas y, en cuanto su trasero entró en contacto con el asiento, volvió a sentir aquella molestia traidora. Con cuidado, se recolocó. El malestar de su entrepierna era un vívido recordatorio de la noche anterior.

¿Lo habría complacido?

Era un poco injusto, porque ella no tenía nada con qué comparar la vivencia, pero él muy probablemente tenía sobrados elementos de juicio. Mientras se toqueteaba los pliegues del camisón, miró por la ventana y se preguntó si sería preferible ser amante por voluntad propia o esposa por obligación. Tenía su apellido y su protección, pero no su afecto.

Le habría gustado tener ambos, pero, a juzgar por su frío semblante de antes, dudaba que fuera posible siquiera.

Lawrence empujó una bolsa de monedas por la mesa mellada.

—Habrá más cuando tengas algo que contarme.

El joven delgado la cogió enseguida y se la guardó en el bolsillo.

—Entendido.

La taberna era ruidosa y los clientes apestaban. Una camarera rubicunda pasó por su lado como un huracán, derramando cerveza de las jarras que llevaba en la mano. Dado su nefando pasado, el ambiente no le era ajeno. Lawrence arqueó las cejas y notó el tirón de la cicatriz en el lado izquierdo.

—Me bastará con un informe semanal. Lo único que quiero es que no pierdas de vista al marqués y me cuentes cualquier cosa sospechosa. Ya ha sufrido dos ataques. Me temo que habrá un tercero.

—Muy bien, capitán. Lo tendré vigilado.

A pesar de su juventud, Johnson era un hombre capaz y Lawrence ya había hecho uso de sus servicios en alguna otra ocasión con buenos resultados, pero sabía que debía advertirle.

—Tendrás que tener mucho cuidado. Longhaven no es tonto y está alerta. Únicamente te pido que lo observes y veas si alguien más lo sigue.

El muchacho sonrió, dejando ver un diente torcido.

—No me verá más que a su excelsa sombra.

—No lo subestimes —le dijo Lawrence despacio, pasando un dedo por el borde de su jarra de cerveza vacía con gesto pensativo—. Por noble que sea, no es un dandi. Sé de buena tinta que sería un contrincante difícil en una pelea, ya sea cuerpo a cuerpo, con cuchillos o con cualquier otra arma. Bajo esos modales exquisitos y esas ropas finas se oculta un individuo tan temible con un acero bien afilado.

Johnson, que aún no había cumplido los veinte años, con cara de zorro y un pelo grueso y alborotado del color de la paja nueva, asintió con la cabeza.

—Mantendré las distancias.

—Ya sabes cómo localizarme si averiguas algo digno de mención.

—Sí.

El joven apuró su cerveza, se limpió la boca con la manga y salió disparado. Lawrence observó sus movimientos nerviosos con aprobación, con la tranquilidad de haber elegido bien. Pidió otra cerveza y prefirió ignorar la mirada lasciva de la descarada camarera pelirroja, cuyo cuerpo de abundantes carnes no era de su gusto.

Le gustaban las mujeres exuberantes de pelo azabache, ojos oscuros e intensos y pasado tormentoso.

Cuando había salido de casa, Antonia aún dormía. En cambio él se había pasado la noche en una silla, junto a la cama, por si ella despertaba y lo necesitaba, consciente de la pena que la boda de Longhaven le producía. El marqués y ella habían sido amantes. La aventura había durado poco y terminado hacía ya mucho, pero ella seguía aferrada a él. El problema era que, aunque odiaba al guapo aristócrata por aquello, Lawrence entendía perfectamente los sentimientos de Antonia. Para ella, Michael constituía una figura heroica y romántica y, hasta cierto punto, por desgracia, puede que incluso fuera cierto. Longhaven la había rescatado de los franceses, se había ocupado de protegerla y, finalmente, le había proporcionado una nueva vida instándola a casarse con lord Taylor. Al morir su esposo en combate, ella había vuelto a Inglaterra.

La guerra había cambiado también las circunstancias de Lawrence.

De hecho, la fortuna los había unido. La muerte del hijo mayor del duque de Southbrook había repercutido en la vida de los tres. Antonia había seguido a Longhaven a Londres y, debido a la relación de Lawrence con algunos colegas mutuos, sus caminos se habían cruzado. Seguían luchando, pero en lugar de operar tras las líneas francesas, capturando comunicados confidenciales y confundiendo a los grupos estratégicos del enemigo, trabajaban juntos de forma más sutil.

Al parecer, se trataba de un baile mortal. La razón por la que quería que alguien siguiera a Longhaven era sencilla: sabía que, si algo le sucedía, Antonia se aferraría eternamente a su recuerdo.

Lawrence se recostó en la silla, sin hacer caso de una carcajada escandalosa del rincón de aquel tugurio, donde tres hombres desaliñados y sin duda desagradables jugaban una partida de dados. «El matrimonio del marqués ha convertido nuestro interesante trío en un cuarteto», musitó, apartando a manotazos una ráfaga de humo de tabaco especialmente molesta. Antonia amaba a Michael Hepburn, él amaba a Antonia y, antes, Longhaven no amaba a nadie, que él supiera. Por esa razón, había accedido sin rechistar a casarse con esa jovencita inocente.

Lawrence sabía todo lo que había que saber de ella. A fin de cuentas, lo suyo era la información.

A Julianne Sutton la habían prometido a Harold Hepburn, el hermano mayor de Longhaven, nada más nacer, si bien el compromiso había sido más cosa de los padres, y el joven había muerto antes de que se redactara y firmara el acuerdo nupcial definitivo y se hubiera hecho público el compromiso. Ella era una mujer cultivada, refinada, educada en las disciplinas habituales —música y baile—, y la riqueza y la posición de su familia le habrían garantizado un buen enlace aun sin tan temprano compromiso. Debido a la muerte prematura del primogénito del duque, su presentación en sociedad se había pospuesto para permitir el luto de ambas familias y, por lo que Lawrence sabía, a ella no le había importado, pues lamentaba verdaderamente la tragedia.

Interesante. ¿Qué pensaba Michael del anterior compromiso de su actual esposa con su hermano mayor? Sin duda era una pérdida de tiempo especular al respecto, pero ¿cómo se había tomado lady Julianne el cambio de novio?

Sospechaba que, si quisiera, podría averiguar el color favorito de la joven dama, en caso de que fuese necesario. Su antigua niñera se había mostrado locuaz, a juicio del tipo al que había enviado a investigar a la mujer con la que Longhaven iba a casarse; además, uno de los criados del duque había conseguido su empleo gracias a Lawrence.

El conocimiento era poder. Siempre.

Debía confesar que encontraba interesante a la nueva marquesa. Era joven, pero en realidad Antonia solo tenía cinco años más que ella, y muchísima más experiencia. Julianne Hepburn estaba ahora casada con alguien que había influido en la vida de Lawrence. Por eso quería asegurarse de comprender la dinámica de la nueva situación.

Como norma, nunca dejaba nada al azar.

7

—No te he visto.

—¿Por qué ibas a verme? Todo ha estado tan inusualmente tranquilo… o casi. —Michael se mostró impasible—. Bueno, ya estoy aquí. ¿Qué es eso tan urgente?

Malditos fueran los caprichos de aquella mujer. Al verlo entrar en el estudio y cerrar la puerta tras de sí, Antonia bebió. Iba vestido de gala, con una chaqueta finísima de color azul oscuro, el corbatín anudado de forma intrincada, las botas pulidas y algo de encaje en las mangas. El prototipo de caballero, cortés y con título —en su caso—, peligroso en múltiples aspectos, por ejemplo para la tranquilidad de espíritu de ella. Hasta se movía con cierta elegancia letal.

«Necesito tocarte… Abrázame…»

Bloqueó el pensamiento.

—Tengo algo. Algo relacionado con Roget.

Aquello captó la atención de Michael. Hizo una pausa, luego eligió una silla forrada de terciopelo y se dejó caer en ella, pensativo.

—¿Cómo lo has conseguido, si puede saberse? Llevo meses sin saber nada y ambos sabemos que he estado investigando.

Sin que se lo pidiera, le sirvió una copa y se levantó para dársela. Él la aceptó con una cabezada de agradecimiento y la mirada fija en su rostro.

Si no podía retener su atención de otro modo, al menos tenían aquello en común, algo que Michael no podía compartir con su joven esposa. Resultaba gratificante poder verse con él como iguales hasta cierto punto. Puede que el respeto no fuera amor, pero era algo. Volvió a instalarse en su silla.

—Contrabandistas. Hemos logrado interceptar, gracias a un espléndido soborno, una nota interesante. No he podido descifrar el mensaje, pero se menciona su nombre.

—Déjame verla.

Esperaba que se la pidiera, y le sonrió. Se sacó la nota del corpiño del camisón, caliente por estar en contacto con su piel e impregnada de su perfume. Cuando se inclinó —a propósito, para mostrarle el escote—, sus dedos se rozaron.

Él se dio cuenta. Antonia detectó cierto brillo de complicidad en sus ojos, pero Michael aceptó el pedazo de papel vitela sin hacer comentarios. Lo examinó deprisa, frunció el ceño y alzó la mirada.

—El símbolo del halcón es suyo, no cabe duda. Esto es buena señal. Pensé que lo habíamos perdido.

También ella.

—Quiero verlo muerto —dijo Antonia sin inmutarse.

—Yo me encargaré de eso, si es posible.

Antonia lo miró.

—Sé que lo harás.

Michael se limitó a beber de su copa mientras estudiaba abstraído el mensaje.

—El código es nuevo, o al menos yo no lo había visto antes.

—Es un rompecabezas —convino ella, relajándose en su silla.

Hacía una noche estupenda; la tarde había sido calurosa. Michael estaba sentado cómodamente enfrente, y su presencia llenaba la estancia. Cuando estaba con ella, incluso en los momentos de mayor peligro, Antonia se sentía a salvo.

—Supongo que podría ser la razón de los ataques que has sufrido —señaló.

—Explicaría muchas cosas, salvo que es algo que, en circunstancias normales, habría hecho él mismo. Los dos matones que me atacaron no son de la talla de Roget. —Estudió el papel que tenía extendido sobre las rodillas—. Confío en no encontrarme ante dos grupos interesados en liquidarme.

—Lograste confundir a todos los espías de Bonaparte. Seguramente hay una lista larga de personas interesadas en liquidarte —dijo Antonia con fingida indiferencia. Temía por su vida todos los días, aunque dudaba que él agradeciera esa preocupación, no porque despreciara sus sentimientos, sino porque no le agradaba que nadie perdiera el tiempo inquietándose por su destino. A Michael siempre le asombraba que alguien se preocupara por él.

Ella, en cambio, lo amaba con locura.

—Te lo agradezco —dijo él, dando unos golpecitos en el papel—. Veré si puedo descifrarlo. Nos vendría muy bien saber en qué está metido Roget ahora mismo. Charles me ha ofrecido ayuda y, si no consigo interpretar el mensaje, se lo pasaré a él para que lo ponga en las manos adecuadas. Como bien sabes, tengo un interés personal.

—Yo también.

—Sí —coincidió con ella en voz queda—, tú también. Aunque no sabemos cuánto tuvo que ver Roget en la muerte de tu familia.

Guardaron silencio un momento, cautivos de los recuerdos. Luego Antonia forzó una sonrisa.

—Bueno, ¿cómo va?

No la entendió, pero se conocían bien. Michael se hundió un poco más en la silla.

—¿Mi matrimonio? Va bastante bien.

¿Por qué se empeñaba en torturarse?

—Bastante bien —logró decir Antonia con frialdad, o eso esperaba—. Suena a felicidad a medias. ¿Con tan poco te conformas?

—Como nunca he estado casado, no soy precisamente un experto en la materia. Los dos nos vamos amoldando.

—¿Amoldando? Qué poco romántico suena eso. —Antonia sabía que su sonrisa se había convertido en un carámbano.

«¿Qué haría yo si me dijera que es la gloria y su esposa un ángel?»

Por suerte, no llegó a saberlo, porque Michael, como era de esperar, le respondió con una evasiva.

—No creo que vosotras lo veáis como nosotros. El matrimonio, igual que todo, es algo a lo que hay que acostumbrarse, querida. —Le dirigió una mirada penetrante—. Tú, que has estado casada, deberías saber a qué me refiero.

—Con un hombre que me triplicaba la edad y que solo me ofreció su apellido por cortesía y porque tú se lo propusiste. —Sabía que sonaba desagradecida, pero no era su intención. Con el tiempo y a su modo, había llegado a apreciar mucho a su esposo. Era mayor, sí, pero también había sido bueno con ella. Su muerte había dejado un vacío más en su existencia.

—Al general le gustaba presumir de esposa joven. —Como de costumbre, Michael no mordió el anzuelo lo bastante para enzarzarse en una disputa con ella. Era demasiado frío y comedido para iniciar una discusión acalorada sobre el pasado—. Además, te proporcionó cierto estatus social e independencia económica.

Tenía razón, y le fastidiaba. Con frecuencia la tenía. Eso no mejoraba su ánimo.

—¿Sabe complacerte tu jovencita cándida? —dijo con pretendida indiferencia.

—¿Que si me complace?

—En la cama.

Sus ojos pardos la miraron fijamente.

—No querrás que te dé detalles, ¿verdad, Antonia? —le dijo con voz queda—. Eso es algo entre ella y yo.

Sí, quería detalles. Quería oír que la marquesa de Longhaven era aburridísima, una amante decepcionante, una muñeca descerebrada con poco más que una cara bonita y un pelo precioso. Antonia le dio un sorbo rápido a su copa.

—No. A mí qué me importa —dijo sin inmutarse.

—No debería importarte —convino él con delicada rotundidad.

Pero le importaba. Muy a su pesar, le importaba.

—Se enamorará de ti —sentenció, encontrando un placer perverso en informarle de aquel escollo inminente en su existencia—. Y no te gustará, porque detestas sentirte demasiado atado a nadie. No te gustará, pero va a suceder.

Michael se levantó, con la nota en la mano y le dijo, forzando una sonrisa:

—Gracias por avisarme de esto. Te haré saber lo que averigüe.

Hubo un tiempo en que una semana se le hacía corta: siete días de actividad mundana. Sin embargo, ya no era así, pensó Julianne, sentada delante de su tocador con el cepillo en la mano laxa. Llevaba una semana casada y era perfectamente consciente del paso de los minutos de cada hora del día. En parte, debía adaptarse a la vida de otra casa, y Southbrook resultaba asfixiante en muchos aspectos. Los duques eran muy cariñosos con ella, pero no podía decir lo mismo de Michael.

Apenas veía a su esposo. Incluso se atrevería a decir que él evitaba su compañía. Solo había almorzado con ella dos veces. La cena era a menudo un acto social y solía haber invitados de alguna clase, así que normalmente la charla era más intrascendente que otra cosa.

Aunque alguna vez la había acompañado a una fiesta, la costumbre era que hombres y mujeres se separaran, por lo que Michael casi siempre se excusaba y entraba enseguida en alguna de las salas de juego.

Cuando caía la noche, todo era distinto. Se acostaba con ella cada noche sin falta y, a su parecer, lograba satisfacerlo, al menos sexualmente, si bien le daba la impresión de que él lo hacía por cumplir con su deber de engendrar un heredero. Como carecía de experiencia previa, no podía saberlo con seguridad, y eso le resultaba injusto.

No iba a preguntárselo. No parecía de los que contestan a preguntas íntimas.

Julianne estudió su reflejo en el espejo. El pelo suelto y lacio le enmarcaba el rostro y caía en cascada por su espalda. Sus ojos se veían grandes y oscuros, y la luz de las velas potenciaba el efecto. El salto de cama que vestía, diseñado por una modista francesa, le dejaba los hombros al descubierto y era de un tejido finísimo, casi transparente; también resultaba revelador el rubor de sus mejillas, a pesar de su empeño por parecer serena y sofisticada. El escote era tan pronunciado que los pechos amenazaban con desbordarlo y liberarse, y apenas los sujetaba una cintita. Debía haberlo llevado la noche de bodas, pero le había dado vergüenza y había terminado poniéndose un camisón normal, de los que vestía todas las noches.

Con un camisón provocativo, él tendría que verla como algo más que un deber de su título, y estaba dispuesta a intentarlo.

A pesar de su ignorancia de los menesteres conyugales, empezaba a tener claras algunas cosas. Primero, que el distanciamiento de Michael era deliberado. No esperaba que cayera rendido a sus pies... De hecho, no sabía qué podía esperar de su matrimonio, pero sin duda no un esfuerzo denodado por tenerla lo más lejos posible.

Michael Hepburn no quería saber nada de ella salvo en la alcoba. De modo que, si disfrutaba ejerciendo sus deberes conyugales, la cama era el mejor punto de partida para intentar quebrar su resuelta indiferencia.

Hasta donde se lo permitiera.

La magnitud de su control la preocupaba. No, la preocupaba inmensamente.

No sabía de él más que lo delicadas que eran sus caricias y la ternura con que le hacía el amor.

Un sonido en la habitación contigua la paralizó, cepillo en ristre. La voz de él y luego la respuesta de su asistente personal traspasaron la gruesa puerta de madera, aunque no logró descifrar qué decían. Permaneció allí sentada, y un repentino escalofrío le recorrió el cuerpo al pensar en lo que venía a continuación.

Cuando se abrió la puerta, ella aún estaba sentada en su tocador, con el cepillo en la mesa y las manos cruzadas en el regazo. En el espejo, lo vio acercarse por detrás. Él llevaba la bata oscura apenas atada a su esbelta cintura y las pestañas cubrían parte de sus intensos ojos.

—¿Vienes a la cama? —dijo acariciándole con suavidad el pelo suelto.

—Si lo deseas, milord —respondió ella, preguntándose cómo reaccionaría Michael si ella se negaba. ¿Se mostraría sorprendido? ¿Quizá enfadado? ¿Indiferente? Le costaba tanto saber cómo llamar su atención…

—Lo deseo —dijo él mientras se dibujaba en sus labios una sonrisa juguetona. La cogió por la cintura y la instó a levantarse. Los ojos le brillaron de forma especial y de inmediato se desplazaron a sus pechos apenas ocultos—. ¿Qué llevas puesto?

A su juicio, no llevaba nada, pues el tejido casi transparente más que una prenda parecía un adorno.

—Me lo hicieron para nuestra noche de bodas —le explicó—, pero no tuve valor para ponérmelo entonces.

—Me gusta, lo reconozco. —Dejó las manos en su cintura, ligeras y discretas, mientras le examinaba el busto con detenimiento—. A cualquier hombre le gustaría.

Era la clase de comentario que le producía la impresión de que su esposo se esforzaba por distanciarse constantemente. De pronto ya no era solo él quien admiraba su cuerpo a través de aquel encaje casi inexistente, sino cualquier hombre. La irritaba porque no lo entendía. Lo que ella quería era que intimaran, pero no solo como amantes, sino como dos personas que compartían su vida.

—Es solo para ti —dijo a propósito—. ¿A quién le importa si le gustaría a otro?

Percibió un destello en aquellos ojos pardos; al parecer, su irritación no había pasado inadvertida.

—Era un cumplido, aunque quizá lo haya expresado mal. Perdóname, querida. Lo que pretendía decir es que exhibe tu innegable belleza.

Eso estaba un poco mejor, pero no mucho.

—Si a ti te complace, me doy por contenta. Yo… yo… también lo deseo —titubeó, porque aún se estaba adaptando a la intimidad de la proximidad física, y llevó una mano a la planicie de su pecho firme, por debajo de la bata. Su piel era suave como satén caliente sobre granito. Bajo la palma de su mano, el corazón de él latía con un ritmo fuerte y regular.

—Si deseas complacerme, adelante. —La cogió en brazos y la llevó a su cama, algo que ya suponía un cambio, pues él solía preferir su propia alcoba—. Está más cerca —explicó, mientras la dejaba en el lecho y subía después, anclándola a la colcha suave con el peso de su cuerpo— y tengo hambre de ti.

No cabía duda, a juzgar por la firmeza de su erección. Posó su boca en la de ella y luego la atrapó, deslizando la lengua entre sus labios para enredarla en la suya. Julianne estaba aprendiendo que a Michael le gustaba que participara, más que aceptar pasivamente sus caricias, así que le devolvió el beso, agarrándose a su nuca y rozando con los dedos su pelo suave. Él le lamió las comisuras de los labios, le rozó los dientes y, a continuación, sumergió la lengua en el hueco de su boca una y otra vez mientras, con las manos, liberaba su cuerpo de aquel suspiro de seda y encaje. Ella, a su vez, pasó la mano con descaro entre los dos y le deshizo el nudo de la bata. Exploró su torso desnudo, su musculosa fortaleza, impresionante y algo abrumadora. Algo sorprendida, descubrió que ya no llevaba el vendaje, sino apenas una tira de tela.

—Hueles a rosas —susurró él mientras le besaba el cuello.

La cálida sensación de su aliento y sus labios resultaba seductora.

—Tú me regalaste el perfume, milord —dijo ella—. ¿Recuerdas?

—Ah, ¿sí? —Hizo una pequeña pausa en su deliberada seducción, y al menos ella halló respuesta a una de sus preguntas. Todas las noches, desde su boda, había encontrado un pequeño regalo, muy bien envuelto, en la mesilla de noche, cuando iba a arreglarse para la cena: un par de bonitos pendientes de perla, una preciosa miniatura sobre un pedestal dorado, un hermoso abanico chino pintado a mano, guantes de seda...

Aquella noche había encontrado un perfume en un exquisito frasco de cristal, de fragancia poderosa y seductora como una cálida noche estival en un jardín.

Sin embargo, todo ese tiempo se había preguntado si sería Michael quien elegía. El cuidado con que se habían seleccionado la hacía dudar. Aunque todos ellos iban acompañados de una tarjeta firmada por él, le daba la sensación de que había firmado siete tarjetas y se las había entregado a su secretario, o quizá a su asistente personal, y les había pedido que eligieran algo apropiado.

Era decepcionante, pero tampoco la sorprendía.

Michael se incorporó para dejar caer la bata al suelo.

—Buena elección, por lo visto. Perfecto para ti.

—Gracias por el detalle —dijo ella, preguntándose qué estaría pensando él. Aunque empezaba a habituarse a verlo desnudo, más aún, a dejarse ver sin nada encima, seguía sin poder evitar la fascinación.

Su cuerpo era esbelto, bien definido, muy masculino, sobre todo la parte de él que se encontraba erecta, descansando en su vientre plano. Julianne podía ver el pulso de las venas en su miembro rígido, a tono con el ritmo de su corazón y, en la punta roja, las gotas de líquido que probaban su deseo. La luz de las velas jugueteaba con su rostro, ocultando las sombras tras sus mejillas y resaltando los brillos dorados de su mata de pelo castaño. La combinación de potente virilidad y el aire de poderío masculino resultaban estimulantes.

Los pechos de Julianne se veían turgentes y un cálido sonrojo coloreaba su piel ante el escrutinio de la mirada de él, que examinaba su cuerpo desnudo, con el camisón ya tirado a los pies de la cama. Ella esperó, observándolo por debajo de sus pestañas, con la respiración entrecortada por la excitación.

¿Era aquello lo único que tendría de él? En ese caso, aprovecharía cada instante.

Se le estaban planteando algunos problemas serios. Uno de ellos no lo había previsto, y era el atractivo de aquella belleza asombrosa que Michael tenía en la cama delante de sí, con esos ojos azul oscuro, esos pechos extraordinarios que ocupaban sus pensamientos en los momentos más inoportunos y que se estremecían con cada movimiento de ella.

Sus pezones rosados despuntaban, erectos, lo que indicaba que estaba excitada, y apostaba su considerable fortuna a que, cuando la acariciara entre esas piernas largas y deliciosas, descubriría que estaba húmeda y lista para él.

La doncella inocente con la que se había casado por obligación y sentimiento de culpa estaba resultando ser una mujer muy apasionada. No solo aceptaba el intercambio sexual con tentadora sensualidad sino que lo inquietaba de otras formas. Por el aire de reproche con que lo había mirado cuando había mencionado el perfume, presentía que estaba al tanto de que él no había hecho más que pagar los regalos. Una intuición impropia de una joven inocente como ella. ¿Qué más era capaz de deducir?

Fitzhugh había acertado en la elección de los obsequios; era Michael quien había metido la pata con tan desafortunada reacción al recordatorio de ella de que había sido él quien le había regalado el perfume. En parte se debía a la reaparición de Roget, pero también a lo perturbadora que resultaba su esposa en general.

«Limítate a tomarla tantas veces como quieras. Ella lo desea, tú lo deseas y debéis engendrar un niño, o te habrás comprometido de por vida para nada...»

Escuchó aquella vocecilla interior, muy consciente del egoísmo de su consejo. No habría sido para nada, porque complacía a sus padres y, sinceramente, de momento, a él también lo complacía mucho.

Michael se deslizó sobre ella, volvió a besarla con pasión e inició la conquista sistemática de su receptivo cuerpo. Con los labios y la lengua terminó de excitar aquellos pezones ya erectos, acariciándolos, atrapándolos con la boca, succionándolos. Julianne gemía, se agitaba, se arqueaba, todo ello reacciones que satisfacían a Michael, que alimentaban su mente calenturienta y su cuerpo excitado desde que la había visto sentada al tocador, con aquel camisón ligero, sin duda diseñado para hincar a un hombre de rodillas ante alguna mujer que sabía bien lo que hacía.

«Quizá tenga que darle una propina a la astuta modista», pensó Michael, asombrado de la intensidad de su ardor. Su miembro se había erguido casi al instante.

En aquel momento, ansiaba tanto penetrarla que no podía pensar en nada más. Le devoró la boca mientras deslizaba la mano por su entrepierna, satisfecho al ver que separaba los muslos sin oponer resistencia. Como esperaba, estaba caliente y húmeda, y tan excitada que, al introducir un dedo, la succión de sus músculos internos casi le hizo correrse allí mismo, como un adolescente inexperto.

Michael se acomodó entre sus piernas, se ancló a ella y, agarrándole las nalgas, le elevó las caderas para penetrarla. Su miembro erguido sondeó los tiernos pliegues de Julianne, puso a prueba la receptividad de su cuerpo y se deslizó al paraíso.

—Perfecto —murmuró él.

Ella se agarró a sus brazos, clavándole las uñas, e inspiró muy hondo. Hasta que no estuvo completamente alojado en ella, no espiró, y el suyo fue un suspiro largo y muy femenino.

De gozo.

Ignoraba cómo una joven tan inocente e inexperta podía emitir un sonido así y hacer que le hirviera la sangre de aquel modo. Contribuyeron la sombra de sus pestañas, el rubor de su rostro y la presión de sus deliciosos pechos al jadear.

Con movimientos lentos y prolongados, empezó a entrar y

salir, retirando e insertando su miembro, hasta lo más hondo, para alcanzar el clímax juntos. Ella captó enseguida su ritmo, y sus caderas empezaron a mecerse con cada embestida, profiriendo un gemido involuntario al tiempo que cerraba los ojos. Aquel disfrute irreprimido alimentó su propio placer. Sus amantes anteriores habían sido mujeres experimentadas que sabían lo que querían y conocían bien los juegos sutiles de los amantes. Aquello era muy distinto. La sensualidad de Julianne era solo suya, y lo volvía posesivo.

La sensación era única.

La vio alcanzar el clímax, respondió al estremecimiento de su cuerpo femenino y notó como se le encendía el rostro. Se inclinó hacia delante y acarició con sus labios los de ella al tiempo que Julianne se aferraba con vehemencia a sus bíceps.

—Déjate llevar —la instó él.

—Yo... yo...

Lo que fuera a decir se perdió cuando emitió un grito grave, intenso y contenido. Fue como si abriera las compuertas al cuerpo tenso de él y, al poco, se quedó inmóvil, bañado en los temblores internos de ella, derramando su semilla en una eyaculación tempestuosa que le robó el aliento.

Tuvo que hacer un esfuerzo por no desplomarse sobre ella. Se puso de lado y enterró el rostro en el montón de seda de su pelo alborotado, dejando que su respiración agitada resonara en la alcoba completamente silenciosa. Seguían enlazados en un abrazo aún íntimo, que se hizo más íntimo a medida que ambos fueron relajándose.

«¿Cómo demonios es eso posible?» Michael meditó la pregunta, sin moverse, disfrutando de la sensación cálida y tierna del cuerpo pegado al suyo, parte del suyo. ¿Cómo era posible que el placer adquiriera una nueva dimensión con una mujer que no había elegido él para empezar y tan inexperta que él era su único amante?

Julianne se estremeció. Volvió la cabeza lo suficiente para mirarlo y una sonrisa trémula se dibujó en aquella boca dulce y suave.

—Supongo que ya te has recuperado…

¿Le hablaba de sexo? Lo dudaba y esperaba que no. Aún necesitaba un tiempo para actuar de nuevo. No pudo contener la carcajada.

—¿Cómo dices?

—De tu herida.

La inoportuna cuchillada. Como solo le había preguntado la primera noche, confiaba en que no volviera a mencionarlo. Michael la miró a los ojos y sonrió.

—Por si no es obvio, estoy bien.

—Contigo, nada es obvio.

A pesar del goce físico, lo asió una sensación de alarma. Se alzó sobre un codo y, con la mano libre, le apartó un mechón de pelo del hombro.

—No sé bien cómo responder a eso —contestó con sinceridad—. Me temo que soy un hombre reservado, Julianne. Tendrás que habituarte. Cambiar la naturaleza de uno resulta algo complicado.

Ella le devolvió la mirada, y Michael pensó que, aunque lo encontrara distante —que lo era, y a propósito—, ella era justo lo contrario. Sus bonitos ojos albergaban una tristeza que decía mucho. Supuso que no debía sorprenderlo que alguien tan joven como Julianne quisiera un marido más atento y romántico, pero Michael ni tenía tiempo ni le apetecía implicarse más de lo estrictamente necesario.

En realidad, al mantener las distancias, la estaba protegiendo.

—No te pido que cambies, milord. Ni se me ocurriría. Sin embargo, pienso que sería bonito que pudiéramos compartir algo más que la cama.

Las obligaciones de su título, las fincas que ahora eran suyas, las inversiones y su compromiso con la Corona le dejaban poco tiempo para su esposa.

—Soy un hombre ocupado —dijo.

—Si me conocieras mejor, quizá te gustaría. —Esbozó una sonrisa trémula—. Mis amigos dicen que soy una compañía soportable.

De eso no cabía la menor duda. Para haber nacido privilegiada y adinerada, Julianne era una mujer muy íntegra, sobre todo teniendo en cuenta su enorme belleza. Eso era de agradecer, aunque estaba resultando ser demasiado perspicaz para su edad.

—Soy tu marido, no tu amigo.

Supo enseguida que había cometido un error.

—Ya... Veo que tenemos una idea distinta de cómo debería ser un matrimonio. Reconozco que me sorprende. Es evidente que tus padres se quieren muchísimo.

Michael sopesó su respuesta, porque el gesto de pena que se apoderó de pronto del dulce semblante de ella le hizo sentir una punzada de remordimiento.

—Como sabrás, son la excepción que confirma la regla entre aristócratas.

—A mi parecer, las reglas no son más que directrices y algunas están hechas para romperse.

Ahí estaba, envuelta en esa melena luminosa, tras arrojarle el guante, un guante que Michael no podía recoger.

La inclinación desafiante de su barbilla le hizo sonreír, pero no habría sabido explicarle las razones. Su cínica opinión sobre el amor la habría decepcionado también, de modo que no le quedaba más opción que desviar la conversación a otro terreno. Quizá fuera preferible ponerle fin.

—Tu pelo es de un color inusual —susurró, cogiendo un poco entre los dedos—. Confieso que no soy muy poético, pero me parece más azabache que castaño, aunque no del todo negro y con un tono rojizo.

Le soltó el pelo y bajó la mano para rodear con un dedo el círculo perfecto de un pezón rosado.

—Por las noches mi tiempo es todo tuyo, ¿quieres que lo aprovechemos?

—En otras palabras, se acabó la discusión, ¿no? —dijo ella con delicadeza y algo de resentimiento.

Sí, Julianne era sin duda demasiado aguda para su tranquilidad de espíritu.

Bajando la cabeza, le lamió la deliciosa cara inferior de uno de sus hermosos pechos.

—Me temo que vamos a estar muy entretenidos con otras cosas.

8

Lawrence se columpió en la silla y contempló hastiado a Antonia. Iba de viuda recatada, con un sencillo vestido verde, el pelo recogido en un moño bajo, a la altura de la nuca, y sin joyas ni adornos de ningún tipo. Su gesto era de ensayada indiferencia, pero a él no lo engañaba.

—¿Estás segura de que quieres hacer eso? —le preguntó despacio.

—Por supuesto que sí. De lo contrario, ¿por qué iba a proponértelo? —inquirió algo irritada.

Él lo notó. Normalmente significaba que estaba inquieta y necesitaba acción de algún tipo. Cuando tenía mucho tiempo libre, se refugiaba en el pasado, así que quizá fuera preferible que hiciese algo.

—Se trata de una jugada atrevida, milady. Puede que a él no le agrade.

Estaban en el despacho de lord Taylor, aún perfumado de tabaco viejo y coñac, y en cuyo escritorio se encontraban papeles de lo más banales: invitaciones a bailes y cenas, el periódico, tarjetas de visita, cartas personales… En cambio, en los cajones cerrados con llave, dos de los cuales presentaban un doble fondo que él mismo había instalado, se escondían mensajes cifrados y guías de códigos secretos que podrían desencadenar un desastre de caer en las manos equivocadas.

Había descubierto que las repercusiones de la guerra eran infinitas.

Antonia se levantó de repente y paseó despacio por la sala. Luego se detuvo junto a una de las librerías, pasó el dedo por el lomo de un libro encuadernado en piel y se volvió. A la luz vespertina, estaba espléndida, y su piel de color aceituna resplandecía aun con su atuendo y su peinado conservadores.

—Michael está preocupado, de lo contrario se le habría ocurrido a él mismo.

Lawrence no pudo reprimir el bufido de burla.

—Dudo mucho que te quiera cerca de su mujercita y, aunque no es un santo, jamás se le ocurriría pedirle a su antigua querida que protegiera a su esposa. Lo conozco lo bastante bien como para estar seguro de lo que digo.

—Yo era su amante, no su querida.

Él la miró confundido, sin saber bien por qué le preocupaba tanto la diferencia, claro que, cuando se trataba de Longhaven, Antonia era muy susceptible.

—Como prefieras.

—Han intentado matarlo dos veces —prosiguió, persistente—. Su boda con ella lo hace aún más vulnerable. Roget no es tonto. En cuanto se entere del enlace, y creo que ya debe de saberlo, teniendo en cuenta el alcance de sus recursos, lo lógico será que apunte en esa dirección. Si la siguiera un hombre a todas partes, llamaría la atención y despertaría sospechas. En cambio yo, que soy de su misma clase social, amiga de su esposo, pasaría inadvertida. Podría ser perfectamente una conocida. Además, ya asistimos a los mismos actos. Me mantendré alerta de cualquier indicio de peligro.

—Johnson no ha detectado nada hasta la fecha. No ha visto a nadie que lo siga, ni que vigile esa ostentosa mole en la que vive, ni ningún fichaje nuevo en el servicio. Podría ser que ambos ataques fueran simples intentos de robarle. A fin de cuentas, estaba en sitios peligrosos las dos veces y, aunque él crea que puede ocultar su nobleza, su porte lo delata. —Lawrence observó cómo Antonia se paseaba nerviosa, y añadió—: Habiendo nacido en una familia como la suya, ¿qué se puede esperar?

—También yo nací en una familia así —le replicó ella visiblemente dolida—. No es garantía de felicidad, ni de privilegios. De nada nos sirvió cuando los franceses asaltaron nuestro hogar y asesinaron a todo el que se encontraron. No me hables de estatus ni de riqueza. Te lo pueden arrebatar todo cuando menos lo pienses.

Antonia siempre le recordaba a un ave herida. Más que un ave cantora, de presa. Furiosa, peligrosa, aleteando para poder volver a volar, con las garras extendidas.

Deseaba tanto ser él quien la liberara...

No era el instinto de protección lo que la movía a querer introducirse en la vida de la marquesa de Longhaven sino el deseo de saberlo todo de quien compartía su vida con el hombre al que creía amar. Lawrence lo sabía porque la conocía muy bien. Necesitaba evaluar a la competencia, a pesar de haber perdido ya la batalla.

De nada serviría tratar de razonar con ella y hacerle ver la fría y cruda realidad. Debía llegar a esa conclusión por sí sola, y digerirlo.

—No te estaba sermoneando —dijo él, cruzando, sereno, las piernas estiradas—. Yo no lo veo necesario, y tú eres demasiado terca para escuchar, así que ¿para qué? Además, ¿qué te hace pensar que Longhaven no la tiene vigilada ya?

—Puede que así sea. Fitzhugh es eficiente y peligroso de por sí, pero no puede asistir a los actos sociales como yo. No encajaría —añadió con un gesto despectivo—. Roget no es tan inteligente como Michael, pero es muchísimo más despiadado. Cualquier protección es poca.

En eso quizá tuviera razón, si era Roget quien atacaba al marqués. Si realmente había peligro. Longhaven dirigía con eficacia un grupo de inteligencia para el rey Jorge, y era lo bastante importante para que el enemigo lo quisiera muerto, pero en Londres era mucho menos vulnerable que en España. En su tierra natal, Michael Hepburn tenía más poder que nunca. Podía ocuparse de su esposa.

—Dado que estás decidida, no seré yo quien se oponga; sin embargo sí te rebato el comentario sobre la inteligencia de Roget. Hasta la fecha, el competente Longhaven no ha sido capaz de encontrarlo ni esforzándose. ¿Cómo tienes previsto llevar el asunto de la marquesa?

—Empezaré esta noche. Los Redmond dan un baile. Seguro que estará allí.

—Y él —señaló Lawrence con indudable pragmatismo—. ¿Cómo crees que le sentará a Longhaven que de pronto empieces a intimar con su esposa sin que te lo pida?

—No lo sé —ronroneó ella—, pero ya lo averiguaremos, ¿no?

En parte divertido, sintió lástima por Michael. Cuando Antonia se proponía algo, no había quien la parara.

Como en su búsqueda del infame espía Roget, al que odiaba con todo su ser. Ojalá él, el hombre que estaba con ella entonces, pudiera provocar emociones tan vivas.

—Esa no es la mejor forma de llamar su atención, querida mía —le advirtió —. El marqués desea que cumplas sus órdenes, no que te entrometas en su vida.

Ella lo miró un instante, con los ojos vidriosos, luego volvió la vista a la pared forrada de madera. Bajo el corpiño del vestido, sus pechos tentadores se hincharon y Antonia respiró hondo.

—¿Cuándo importará lo que quiera yo, Lawrence? ¿Cuándo?

La angustia de esa última palabra se le clavó como un puñal en el corazón.

Solo se le ocurría una respuesta: a él siempre le importaba. La vida no la había tratado bien, pero tampoco a él. ¿No entendía que estaban hechos el uno para el otro? Longhaven nunca la había necesitado como ella ansiaba que un hombre la quisiera, como él la quería.

—Lo cierto es que parece un buen plan —convino cariñoso—. Si Johnson sigue al marqués y tú vigilas a la marquesa, quizá detectemos el peligro cuando lo haya.

—Roget lo odia.

También Lawrence lo odiaba a veces, claro que eso era una cuestión personal, y se debía a los celos más que a otra cosa. A Michael en sí lo admiraba de muchas formas, pero detestaba sin remedio lo que representaba para Antonia.

—Y Longhaven lo odiará a él. Son archienemigos, ¿no? No solo por la guerra, sino por la batalla de ingenio que libraban. A nadie le gusta perder, y menos a un tipo como Roget. Longhaven hizo lo que pudo por eliminarlo.

Antonia, de pronto, se cubrió el vientre con los brazos, como si tuviera frío.

—Lo creíamos muerto.

—Quizá lo esté —señaló Lawrence. Para él, había muerto. La guerra de España había terminado. ¿Por qué tenía que perdurar todo aquello?—. Otro podría estar usando su firma. No sabemos nada con certeza. Ahora que le has entregado la nota, Longhaven se servirá de todos sus recursos para averiguarlo. Si se trata de Roget, acabará con él.

—Ya no puede dedicarse al cien por cien a estos asuntos —insistió Antonia—. Ahora debe hacer el papel de heredero del ducado, y tiene una esposa a la que atender. Si tensa mucho la cuerda, esta podría romperse. Quiero ayudarle.

—Si te necesita, él mismo te lo dirá. Todo hombre tiene sus limitaciones, y no es tan arrogante como para creerse una excepción.

Mientras trataba de convencerla, Lawrence se preguntó si ella no tendría razón. En parte, Longhaven no había renunciado a su puesto porque, en aquella etapa de la posguerra, la cesión de sus responsabilidades habría debilitado un vínculo esencial para el espionaje británico. Sabía cosas que nadie más sabía y, aunque ya no dirigía la operación en suelo español, resultaba de gran valor al Ministerio de Defensa, pues podía interpretar los datos recabados con la precisión de quien conoce bien al enemigo y sus tácticas. Además, Lawrence sospechaba que por ser quien había sido y lo que había sido, y seguía siendo, Longhaven se resistía a ocupar una posición donde no estuviera al tanto de lo que acontecía en una Europa que trataba de recuperarse de tan largo conflicto, y la resurrección de Roget era el mejor ejemplo.

Michael Hepburn continuaría siendo un blanco francés hasta que la animosidad entre sus países acabara, tanto si servía a su rey como si hacía de elegante aristócrata. Para protegerse, debía estar al tanto de las intrigas de sus enemigos, y tenía muchos; para enterarse de esas maquinaciones, debía seguir haciendo su trabajo.

La situación era endemoniadamente compleja.

Él habría hecho lo mismo. De hecho, había tomado idénticas precauciones. Nunca se retiraría del todo. No era posible, salvo que abandonara Inglaterra.

—Ya te dije que te quiero al margen de esto. Veo que no piensas complacerme. El problema es que uno se aficiona al peligro... se acostumbra a él. No echo de menos el sufrimiento físico de la guerra, pero sí el hacer frente al enemigo. Me temo que sufres el mismo mal, mi amor.

—Sí —reconoció ella, con mirada sombría—. Mis batallas no han terminado.

Lawrence ladeó un poco la cabeza y estudió a Antonia, dejando que una sonrisa se dibujara en sus labios.

—Así que supongo que no hay nada de malo en que quieras hacer de niñera de la hermosa marquesa. Como todos somos espías, la cosa queda en familia, ¿no es así? Tú la vigilas a ella, yo hago que lo vigilen a él, él la tendrá vigilada y probablemente alguien lo esté siguiendo a él. Una maravilla, para el que disfrute complicando las cosas. Si a eso añadimos al esquivo Roget, la situación se pone interesante.

Aquello era un fastidio y la angustiaba tener que encontrar un modo de resolverlo. Julianne miró al asistente de su esposo y le dijo con una serenidad muy creíble:

—Me acompaña mi doncella, Fitzhugh. Con eso es suficiente.

—Milord me ha pedido expresamente que la acompañe a donde vaya —repuso Fitzhugh con la firmeza del que no piensa ceder. Era un hombre de edad incalculable, de frente ancha y muy bronceada, canas ensortijadas y porte erguido, en perenne alerta. Su fuerte acento irlandés decía mucho de su ascendencia;

además, su doncella le había dicho que Fitzhugh había servido con Michael en España y había decidido servirle a él al volver a Inglaterra.

—No es necesario —insistió ella, con la sensación de que perdería la batalla.

—Mis órdenes son claras. No querrá que me castiguen por incumplir mi deber, ¿verdad? —Fitzhugh, pulcramente vestido a medida, a su lado en la entrada circular situada delante de Southbrook House, la observó imperturbable.

—Claro que no.

—Entonces tendrá que permitirme que la acompañe.

—Te... tenía pensado... visitar a una amiga —dijo, poco convincente, tanteando un modo de escapar de aquel repentino inconveniente—. Podría llevarme horas.

Él le abrió la puerta con una floritura.

—Soy un maestro de la espera. Cuando guste...

De pronto se encontró con un doble problema: Fitzhugh y su propia doncella. Subió al coche y pensó furiosa: «¿Y ahora qué hago?». El matrimonio debería reportar mayor libertad, no al contrario. Se sentó con las manos en el regazo, sobre el bolso. Podía posponer la visita, a su pesar, aunque aquello desbarataría el delicado equilibrio de la situación y ella debía procurar que eso no sucediera; además, corría el riesgo de que la descubrieran.

Así que podía seguir adelante con su plan inicial, que siempre le había ido bien, y esperar que nadie notara nada. Camille no habría sido un problema, pero Fitzhugh era otro asunto. Le daba la sensación de que era muy observador.

Llegaron a casa de Melanie justo a tiempo, y enseguida la condujeron al salón. Su amiga, con su pelo castaño claro cubriéndole parte del rostro, se puso en pie de inmediato y le dedicó una sonrisa. Luego cruzó la estancia y la recibió con un abrazo fugaz.

—Estaba impaciente por verte. Pediré que nos traigan el té.

—Solo puedo quedarme un momento —confesó Julianne.

Melanie, hermosa y dulce, la miró decepcionada pero resignada.

—Lo peor de todo es que ahora apenas nos vemos. Todo el mundo cree que pasamos horas y horas juntas, pero…

—Lo sé. —A Julianne también la entristecía—. Pero no sé qué otra cosa hacer. Peor aún, la cosa se está complicando. Por alguna razón extraña, mi esposo ha decidido que su asistente y mi doncella me acompañen a todas partes.

—¡Vaya por Dios! —Melanie se dejó caer en una silla, con el ceño fruncido—. Supongo que los criados no pueden interrogarte.

—Mi antigua doncella nunca, porque le gustaba uno de los criados de tu padre —observó socarrona—. Le venía bien que yo pasara aquí tanto tiempo como quisiera. Confío en que Fitzhugh y la joven que el duque ha elegido para ayudarme no empiecen a sospechar. Camille no me preocupa tanto como él. Mi esposo y Fitzhugh no parecen mantener la típica relación de señor y criado.

En el rostro de Melanie se dibujó de pronto una sonrisa y se le formaron hoyuelos.

—Sé que tienes que irte enseguida, pero, cuéntame, ¿qué tal la vida de casada? —inquirió, recolocándose las faldas, con los ojos como platos.

Su amiga estaba prometida, y a Julianne no le molestó esa pregunta tan personal, pero el novio algo petimetre e irreflexivo de Melanie nada tenía que ver con Michael. Lord Day era un buen partido y dueño de una respetable fortuna, pero el matrimonio con él, presentía, sería algo muy distinto.

—Es… interesante —mascculló esquiva.

—Por favor, Jule. ¿Qué respuesta es esa? ¿En el buen sentido o en el malo?

Julianne se ruborizó.

—En el bueno, sobre todo, pero no lo veo mucho durante el día. Más que nada interactuamos… luego.

—Ah, ya entiendo —dijo su amiga, algo sofocada pero intrigada—. El marqués es formidable. Me preguntaba qué tal os llevaríais.

Julianne no pudo evitar recordar todas las cosas íntimas que

Michael había hecho con su cuerpo desnudo, ni en lo mucho que le habían gustado. Se le encendieron las mejillas. Habría dicho que empezaban a conocerse, pero eso no era del todo cierto.

—Parece que hemos encontrado un punto de encuentro —dijo en cambio.

O, por lo menos, un lecho de encuentro.

Le fastidiaba verlo de aquel modo, pero quizá con el tiempo... No estaba segura, aunque lo único que podía hacer era intentarlo. De momento, algo más urgente ocupaba su mente.

—¿Puedo salir por la puerta de servicio sin ser vista? No creo que tarde tanto como de costumbre, así que espérame un poco antes.

—Iré yo primero y me aseguraré de que nadie te vea salir. —Su amiga se levantó y le hizo una seña para que la siguiera.

Por suerte, todo fue bien, y Julianne encontró el coche de alquiler en su puesto y al cochero esperándola según lo acordado. Subió al vehículo y este partió enseguida calle abajo, rumbo a Curzon Street. El trayecto solía durar algo más de una hora, lo que le dejaba quizá otras dos para la visita. Mientras recorrían barrios poco recomendables, se preguntó qué ocurriría si ponía fin a su argucia y contaba la verdad. Su intención era buena, pero dudaba que todos supieran verlo así.

¿Qué pensaría su esposo de lo que había hecho? ¿Y los duques? ¿La condenaría toda la familia Hepburn?

No tenía ni idea.

Cuando el coche se detuvo en la dirección indicada, Julianne se apeó y saludó con la cabeza a una mujer que pasaba por la calle. La anciana era delgada y gibosa, y llevaba una barra de pan. Sus ojos examinaron el vestido de Julianne con gran interés. Aunque aquella no era una zona de mala reputación, ni tan peligrosa como otros sitios, tampoco era un barrio en el que se viera a menudo a damas exquisitas vestidas de seda. Tras pedirle al cochero que la esperara, con la promesa de una recompensa, subió los peldaños del discreto portal y llamó a la puerta.

Con energía. Con determinación. La vez en que había temido, aterrada, que Leah se hubiera ido sin avisar había sido terrible y le había dejado un recuerdo imborrable.

Para su alivio, abrió la puerta la misma criada desastrada de siempre.

—Ah, es usted, milady —dijo—. Bien. La espera impaciente. Están en la salita.

La casa olía un poco a repollo cocido, pero Julianne sabía que Leah no invertía en ella el dinero que le daba. Siguió a la anciana criada a una estancia pequeña decorada con sofás raídos y cortinas descoloridas. La mujer no mentía: allí estaba, emocionada como siempre, ataviada con un vestido de satén esmeralda más propio de otro momento del día, algo viejo y manchado, pero que resaltaba su figura. Al oírla llegar, Leah se volvió y espetó:

—¿Dónde demonios te habías metido?

Hacía tiempo que Julianne se había acostumbrado a no tener en cuenta los gruñidos de aquella mujer.

—Ya estoy aquí —dijo con calma.

—¿Has traído el dinero?

—¿No lo traigo siempre? —Abrió el bolsito y saco una bolsa de monedas—. Aquí está.

La joven casi se abalanzó sobre ella y se la arrebató de las manos.

—Yo me encargo de eso.

—Sospechaba que lo harías —masculló Julianne con sequedad. Sin embargo, no le interesaba la obsesión de Leah por la bebida. En cambio, contempló a la niña que estaba sentada en el suelo, abrazada a una muñeca. Unos sedosos rizos castaños enmarcaban su rostro angelical, pero su cuerpecillo era muy delgado y su mirada, demasiado solemne para una criatura que aún no había cumplido los tres años.

Julianne había elegido a conciencia esa muñeca, cuya carita de porcelana contrastaba con las mejillas mugrientas de la pequeña.

—Entonces, ¿te quedas aquí sola?

—Una hora o así. No puedo alargarlo más.

—Claro —espetó la otra—. Ahora eres una gran marquesa y todo eso.

Si hubiera decidido replicarle, habría oído más injurias, así que optó por callar. La otra mujer esperó, con su pelo rojizo recogido en un moño alto, los labios pintados de rojo y una mirada de desprecio en los ojos.

Pero Leah la necesitaba, y las dos lo sabían. Al poco, salió aprisa por la puerta, en medio de un remolino de satén verde, mascullando por lo bajo alguna vulgaridad.

Julianne cruzó la sala para arrodillarse junto a la niña que la miraba fijamente.

—Chloe —le susurró.

No hubo respuesta. Rara vez la había. La pequeña debería hablar ya, pero apenas sabía emitir algunos sonidos.

Como de costumbre, cuando Julianne le tendía los brazos, la pequeña de Harry se ponía en pie y vacilaba un instante antes de arrojarse a ellos, sin soltar su muñeca.

9

La multitud hacinada giraba alrededor de ellos y la música se disputaba el protagonismo con un murmullo de cientos de voces. Michael se abrió paso entre el gentío, sofocado por el calor excesivo del salón de baile. No lo entusiasmaba el entretenimiento frívolo, y aquel no era una excepción. Como no era de recibo rechazar todas las invitaciones, debía ser muy selectivo. Ahora que estaba casado, debía considerar también la opinión de Julianne, aunque no hubiese una norma que los obligara a ir a los mismos actos.

Ignoraba lo que opinaba ella, pero quizá tendría que preguntarle.

«Veo que tenemos una idea distinta de cómo debería ser un matrimonio…»

Le daba la impresión de que lo había dicho muy en serio.

El caso era que su joven y bonita esposa no era tan superficial como la mayoría de las jóvenes damas de la aristocracia londinense. El dinero y el título que había adquirido al contraer matrimonio con él no parecían interesarla tanto como la fusión de sus existencias. Quería de él algo más que sexo, eso le había quedado claro.

Que Dios lo protegiera de las jóvenes románticas e idealistas de seductores ojos azules y piel cálida y sedosa, porque no estaba seguro de poder ofrecerles mucho más.

Julianne estaba preciosa esa noche, con su tul de un rosa intenso rematado de cintitas plateadas y un corpiño que exhibía la parte superior de sus deliciosos pechos y dejaba al desnudo sus hombros y sus brazos. Llevaba su sedoso cabello oscuro recogido en un moño sencillo que favorecía su belleza natural, y no lucía otro adorno que un par de pendientes de perla que resaltaban su estilizado cuello. Michael había tenido la sensatez de pedirle a Fitzhugh un informe de los regalos que le había hecho y las fechas en que se los había dado, para no cometer de nuevo el mismo error. Se le daban bien los detalles, pero tenía otras cosas en la cabeza aparte de perfumes y joyas.

Lo seguían y, aunque de forma profesional y encubierta, lo había notado y trataba de decidir cómo solucionarlo. Podía esperar a que se produjera otro ataque. Ahora siempre estaba alerta e iba armado en todo momento, así que no se dejaría matar. Si lograba atrapar a su asaltante, con casi total seguridad le sonsacaría información. Cualquier hombre era susceptible de revelar sus motivos si se le interrogaba bien.

El otro problema era el de siempre: Roget. Charles le había enviado una notita para comunicarle que tenía informadores al tanto de cualquier indicio de su reaparición.

Michael se apartó para dejar pasar a una matrona y exploró la estancia atestada. Era enorme, de techo gótico abovedado y complejas molduras, con lámparas de araña que bañaban el enjambre de invitados de una luz titilante. A pesar de su gran estatura, encontraba casi imposible localizar a nadie.

—Longhaven. —Una mano le palmeó el hombro—. ¿Buscas a alguien?

Al volverse, detectó el rostro familiar de Niles Beckham. Eran primos hermanos por parte de madre, y Niles era un tipo agradable e inteligente. Incluso se parecían, aunque su primo era más bajo y tenía los ojos oscuros, unos ojos que en aquel momento lo miraban risueños.

—¿Quién puede encontrar a nadie entre tanta gente? —dijo Michael esbozando una sonrisa socarrona.

—Si buscas a tu joven y bella esposa, acabo de verla junto a la puerta del balcón. —Beckham hizo un gesto señalando con su copa de champán hacia el ala sudeste del salón. Luego sonrió—. Dime, ¿qué tal la vida de casado?

Muchos le habían hecho ya esa misma pregunta —sobre todo amigos solteros— y empezaba a estar harto de ella.

—Pruébalo y lo sabrás —le propuso con sequedad.

—Eso no es una respuesta.

—No pretendía serlo. —Michael miró hacia donde le indicaba su primo—. Y sí, la buscaba a ella. ¿Está bailando?

—No. Charlando con la viuda de Taylor, creo.

Michael, que estaba a punto de darle un sorbo a su copa, se quedó helado. «Charlando con Antonia.»

Interesante. No, alarmante.

—Ya veo —mascculló Michael con estudiada indiferencia—. Si me disculpas, creo que voy a ir a pedirle el siguiente baile.

Niles inclinó la cabeza y lo despidió con la mano.

—Claro. Lo entiendo. Tu marquesa es un diamante de primera. Todo el mundo lo piensa.

Sin saber muy bien por qué, aquel comentario le molestó. «Julianne es preciosa y es lógico que otros hombres lo vean», se recordó Michael al tiempo que le entregaba la copa a un criado que pasaba cerca y se encaminaba a donde le había indicado Niles. Lo que más le preocupaba en ese momento era qué se propondría Antonia.

Era una criatura apasionada, y Michael sabía que no le complacía su boda, porque se lo había dejado muy claro. El pasado aún los vinculaba de alguna forma, pero no de la que ella quería. Lamentaba decepcionarla, pero sabía que sus sentimientos por él eran una compleja mezcla de emociones que quizá ni siquiera ella comprendía, y dudaba que ninguna de ellas fuera amor verdadero.

Tampoco estaba seguro de que existiera el amor verdadero. Lo que necesitaba era un hombre que le ofreciera esa misma pasión intensa y esa devoción absoluta, y Michael lo había sabido desde el instante en que la había conocido, derrotada, desolada y solitaria, en España. Los franceses habían matado a su familia y se habían quedado con su casa, y ella había logrado huir porque dos criados fieles la habían obligado a salir cuando habían aparecido los primeros soldados. La habían sacado por la puerta trasera y arrastrado hasta la seguridad relativa de las montañas cercanas, donde la habían ocultado durante tres días.

Cuando al fin pudieron regresar, no encontraron más que muerte y escombros. Michael, a cargo de la pequeña patrulla de inteligencia situada tras las líneas francesas, había visto las columnas de humo procedentes de la propiedad incendiada y la habían encontrado allí, conmocionada y con la mirada perdida, sentada en el patio destrozado de lo que en su día había sido una hermosa villa. Decidió llevársela con ellos; dejarla allí habría sido condenarla a morir, y les costó casi una semana conseguir que hablara. Sus primeras palabras revelaron enseguida su fiero temperamento.

«Los mataré. Los mataré a todos.»

Se convirtió en uno de sus mejores agentes y, fiel a su palabra, despachó a tantos enemigos como cualquiera de ellos. La necesidad de venganza era una fuerza poderosa, y Antonia aún la llevaba dentro.

El que de pronto convirtiera a Julianne en blanco de su atención lo incomodaba. Al fin las divisó junto a las puertas abiertas de la terraza, medio ocultas tras una planta, en claroscuro, la belleza clara de su esposa contrarrestada por la tez oscura de Antonia. Hablaban, observó sombrío, y Antonia, al parecer muy animada, gesticulaba y sonreía. Cuando se proponía ser encantadora, no tenía rival. Mientras se acercaba, Michael oyó reír a Julianne.

—Buenas noches —dijo, simpático, acercándose y obligándolas a volverse.

—Milord —murmuró Antonia con voz grave, y le tendió la mano, distinguida.

Michael la aceptó, se inclinó sobre ella, y el temblor de sus dedos la delató. Tramaba algo, sin duda. La soltó, se irguió e intentó calibrar su gesto. Aquella noche iba de seda amarillo limón, color que contrastaba con su pelo azabache y su piel aceitunada, y una peineta de pedrería le sujetaba el complejo recogido. Se la veía guapa y exquisita, pero el destello malévolo de sus ojos oscuros no le pasó inadvertido a Michael.

—Siempre es todo un placer verte. Confío en que estéis disfrutando de la fiesta —señaló en tono neutro y cortés, mirándolas.

—Demasiada gente —dijo Antonia con desdén—. Por eso tu bella esposa y yo nos hemos refugiado en este rincón. Ha sido una delicia poder hablar con ella un rato. Le he contado que tú y yo somos viejos amigos.

—Ah, ¿sí? —Michael maldijo para sus adentros, preguntándose qué demonios le habría contado exactamente. Julianne parecía más intrigada que otra cosa, y lo miraba pensativa con aquellos ojos azules de largas pestañas que él tanto admiraba.

—Lady Taylor me ha dicho que os conocisteis en España —declaró su esposa.

—Así es. Ella estaba casada con otro oficial —le dijo. Las verdades a medias eran su especialidad.

—De hecho, Michael me presentó a mi marido —intervino Antonia. La lánguida ondulación de su abanico sintonizaba a la perfección con su lenta caída de ojos, y ambos reflejaban un motivo oculto del que Michael desconfiaba.

—Como sospechaba, lord Taylor se enamoró al instante —dijo, desenfadado.

—Qué galante eres. —Antonia le dedicó una espléndida sonrisa.

—En absoluto. —Con un gesto más posesivo de lo pretendido, cogió a Julianne del brazo, sin interés alguno en dar pie a aquella intriga. Por suerte, la orquesta empezó a tocar la melodía deseada—. Sé que los esposos no tienen por qué estar siempre juntos, pero, con el permiso de lady Taylor, ¿me concedes este baile?

Resultaba interesante, pensó Antonia con una falsa sonrisa en el rostro, ver a Michael, un hombre por lo general tan despegado, acudir al rescate de su bonita y cándida esposa. ¿De qué tenía miedo? ¿De que le contara la verdad? ¿Que le confesara que había yacido en sus brazos y disfrutado sus besos apasionados, y que sabía de la potencia de su deseo? ¿Que le revelara que sus manos habían acariciado aquel cuerpo bien modelado y conocían la textura de su pelo?

Ese no era ni mucho menos su plan.

Con un movimiento rápido de muñeca, agitó el abanico de encaje y se estampó en la cara una desagradable ráfaga del aire cargado. Desde su rinconcito privilegiado, observó la escena con ojo crítico. Bailaban muy juntos, y hacían una magnífica pareja. Julianne era elegante y femenina; él, guapísimo, todo masculinidad. Ella le dijo algo y él respondió con una sonrisa fugaz.

Antonia reconoció aquella sonrisa. Era una sonrisa ensayada, y solía significar que estaba pensando en otra cosa.

Probablemente se preguntara qué estaba tramando ella. Bien. Lo que quería.

Aunque Michael se había acercado a ellas con su habitual mueca indescifrable en el rostro, ella había visto la pregunta no formulada en aquellos intensos ojos pardos.

Luego se volvió hacia la terraza y cruzó las puertas en busca de aire fresco. Apoyada en el mirador, escuchó un rato la música, el leve chirrido de los insectos instalados en los árboles del jardín, el tintineo de una fuente cercana...

Se preguntó si Michael habría hecho algún progreso con la nota cifrada que le había entregado. De algunas cosas no estaba al tanto. Antes solía preguntar por el final de sus misiones, pero le respondían con evasivas, cuando le respondían.

Que fracasaran los franceses era lo único que le importaba.

Y Michael. Michael también le importaba, por desgracia.

¿Acaso era extraño? Aún recordaba cuando se habían conocido. Era de noche y hacía frío, pero no temblaba por eso. Aunque había oído llegar a los caballos, aturdida, ni se había inmutado. Había pasado esa tarde enterrando a sus padres y a su hermana, y la evidencia de la brutalidad de que habían sido objeto la había horrorizado de tal modo que se había quedado como aletargada. Les habían saqueado la casa, toda la comida había desaparecido, y los criados estaba muertos o dispersos. Lo que no habían quemado lo habían destrozado, la masacre era tan absoluta que sospechaba que también su alma se había roto en un millón de pedazos.

Así que se quedó allí sentada y dejó que la encontraran. Si eran los franceses, podían matarla también. Le daba igual.

Sin embargo, no eran los franceses. Era un hombre alto de chaqueta oscura, calzones corrientes, botas polvorientas y un sombrero calado hasta las cejas. Sin miedo, sin interés ya, lo vio desmontar en las ruinas de la que fuera una espléndida hacienda, y acercarse despacio a ella. Al llegar al montón de escombros en el que estaba sentada, se agachó y la miró a los ojos. Vio algo en aquellos intensos ojos castaños, algo verdosos, que la despertó de su conmoción. Una intensidad, una determinación y una compasión que aún brillaban en ellos con furia.

Entonces él alargó la mano y le acarició la mejilla, y ella supo —lo supo— que la furia era por ella.

Reavivó algo en el seno de su fría apatía. En los días siguientes, la instó a comer, y a hablar, y esa noche, cuando ella gritó en sueños, él abrazó su cuerpo trémulo. Nunca, ni una sola vez, trató de convencerla de que todo iría bien. Michael no era dado a la compasión hueca. Sabía que su vida había cambiado para siempre, y se mostraba pragmático hasta el exceso. Ella no tenía dinero, ni familia, ni hogar. No tenía nada.

Pero mientras el odio se agitaba en su interior, él le ofreció algo maravilloso. Siendo una noble española, no pensaba que tuviera ningún poder, menos aún aquel.

El de la venganza.

Eso la había mantenido con vida.

—¿Se puede saber a qué ha venido eso?

Una voz suave la hizo volverse, y una sonrisa lenta se dibujó en su rostro. Era él. ¿Cuánto tiempo llevaba allí, recordando el pasado… su pasado juntos? No le parecía que hubiera transcurrido mucho rato desde que él había salido a la pista con su joven esposa.

—¿Acaso no puedo entablar amistad con la marquesa? —inquirió muy dulce—. A fin de cuentas, fuiste tú quien nos presentó.

Michael echó un vistazo a su alrededor y exploró los jardines oscuros, repasando las sombras, visiblemente alerta.

—Estabas en la fila de recepción de invitados de nuestra boda, ¿qué iba a hacer?

—Creí que estabas bailando con ella —dijo, recostándose apenas en la baranda de piedra—. Ha sido conmovedor descubrir al esposo devoto.

Al parecer, Michael no percibió amenaza alguna y, tranquilo, la miró a la cara.

—El baile ya ha terminado. Ahora está bailando con lord Pearson. Por favor, responde a mi pregunta, Antonia.

—Solo pretendía ser agradable.

—Por supuesto —repuso Michael, escéptico, con su traje de gala a medida, perfecto para su cuerpo atlético—. No olvides que te conozco. Esa mentira ni siquiera resulta convincente. Tú sabes hacerlo mejor.

—Podría ser. He aprendido del mejor. —Le dedicó una sonrisa frágil—. Dime, ¿con qué frecuencia le mientes tú? ¿O quizá debería preguntarte cuántas veces le dices la verdad?

Michael hizo una mueca. De frustración, tal vez. ¿Remordimiento? No, él no; Michael no podía permitirse el remordimiento.

—Lo que decida contarle no es asunto tuyo. Además, dadas las circunstancias, creo que deberías mantener la distancia.

—¿Dadas las circunstancias? ¿Te refieres a que trabajo para ti o a que una vez compartimos cama? —le pinchó—. Ambas cosas pasmarían a doña Cándida, sospecho.

Enfrentarse a Michael nunca era buena idea.

Él miró hacia otro lado un momento, y le dejó ver su perfil distante y severo, luego giró la cabeza de nuevo, con gesto implacable.

—Yo le envidio esa candidez, y apuesto a que tú también. Te devolvería la tuya si pudiera, pero no está al alcance de mi mano. Te la robaron antes de que nos conociéramos siquiera.

Michael tenía la perturbadora costumbre de apelar a su conciencia. Cuando creía que ya no le quedaba de eso, él la despertaba de su letargo y la revivía de un codazo. Antonia abrió el abanico y volvió a cerrarlo; después soltó un suspiro de rendición.

—Solo la protejo. No quiero hacerle ningún daño. Si pretendiera desencantarla con tu nefando pasado, ya lo habría hecho. No seas tan suspicaz.

Aún lo era. Lo veía en sus ojos.

—Ya la protege Fitzhugh.

—Una mujer puede resultar más eficaz —le rebatió.

Para su sorpresa, Michael titubeó, luego reconoció:

—Tienes razón, pero necesito alguien de confianza, y pensé que no te interesaría la tarea.

—¿Porque estoy celosa? —dijo con delicadeza—. Si fuera cualquier otra mujer, quizá, pero no olvides que yo busco a Roget tanto como tú. Quiero arrancarle de cuajo el corazón y sostenerlo en mis manos, delante de su cara, mientras aún lata. Con ese fin, protegería encantada a tu esposa por si alguno de sus hombres viene a por ella. Si atrapo a algún asaltante, créeme, confesará o perderá las pelotas —añadió—. Una a una.

Michael la miró horrorizado y soltó una carcajada ahogada.

—Sigues siendo igual de fiera que siempre, señora. Espero que nunca estemos en bandos opuestos.

—Entonces, ¿puedo protegerla…? —Procuró no desvelar su perversa necesidad de conocer mejor a aquella joven que tenía lo que ella tanto deseaba.

¿O era Julianne Hepburn quien lo tenía a él?

Solo en el apellido. Por deber. Por obligación.

En realidad, pensaba que ninguna de las dos lo tenía. Quizá fueran más aliadas que rivales.

—Si quieres contraer esa obligación, adelante. Te lo agradezco —dijo Michael con gesto inescrutable.

Antonia se acercó y le preguntó con voz ronca:

—¿Cuánto?

—Más vale que vuelva dentro —contestó él, ignorando la insinuación—. Mantenme informado.

Presa de sentimientos encontrados, Antonia lo vio regresar aprisa al salón de baile. En cierto sentido, había logrado su propósito, porque podría intimar con la marquesa de Longhaven y contaba con el beneplácito de Michael.

Pero también había perdido, porque él la había rechazado.

Como siempre.

10

El carruaje avanzaba traqueteando, y Julianne observaba al hombre que tenía delante por debajo de la cortina de sus pestañas, procurando que no pareciera que lo estudiaba como uno estudiaría las obras expuestas en una galería de arte.

¿Cómo se llamaría la exposición? ¿«Lecciones sobre un hombre inescrutable»?

Una analogía muy acertada. Su gesto variaba casi tanto como la fachada pintada en un lienzo. Michael estaba allí sentado, visiblemente abstraído, con el rostro vuelto lo justo para que ella pudiera apreciar su perfil griego. Como siempre, se le veía distante, algo que reflejaba también su pose, recostado en los cojines, con el cuerpo en apariencia relajado y aquellas piernas largas cruzadas desenfadadamente a la altura de los tobillos.

Pero todo era un engaño. No había nada de relajado en Michael. Lo quisiera o no —y tenía la sensación de que no—, Julianne sabía ya algunas cosas de su guapo esposo. Una de ellas era que cuanto más distante parecía más involucrado estaba en la situación.

En aquel momento lo notaba muy distante.

La culpable era lady Taylor. Michael sabía controlar muy bien sus emociones, pero Antonia Taylor no. Durante el baile, lo había mirado de una forma que revelaba sus sentimientos.

Julianne no sabía bien cómo digerirlo, ni siquiera si tenía derecho a decir algo. Los hombres de su categoría social podían hacer lo que les apeteciera. Michael se resistía a reconocer que había tenido con la bonita española algo más que una efímera amistad, pero era obvio que había habido otra cosa.

La pregunta era qué otra cosa.

¿Acaso sentía celos? No estaba segura. Su enlace era fruto de una opción ajena, no de una elección propia, pero ella no sabía separar la pasión y la intimidad que compartían de sus sentimientos. Eran amantes en el sentido físico, pero él se ocupaba de que la cosa no fuera más allá. ¿Sería lady Taylor la razón?

Por otra parte, había ido a rescatarla, y eso la había complacido. Le preocupaba un poco lo que ella pensara, a pesar de todo.

—Lady Taylor es encantadora —tanteó el terreno al tiempo que se recolocaba las faldas con aire desenfadado como si el comentario fuese casual.

—Sí.

—Es evidente que los dos os conocéis bien.

—Ah, ¿sí? —respondió esquivo.

Por supuesto. No le apetecía dejarlo que se fuera de rositas. A fin de cuentas, había sido ella la que la había buscado. Antonia se había acercado a ella a propósito.

—Supongo que la guerra une hasta a los seres más dispares, ¿no? —dijo Julianne como si se tratase de algún pensamiento abstracto—. Genera amistades donde en otras circunstancias quizá no las habría.

—¡Qué filosófica estás esta noche! —La sonrisa no le alcanzó la mirada. Aquellos intensos ojos pardos parecían, en cambio, ¿alerta? No, no. Cautelosos, mejor. Era lógico, supuso. Cualquier hombre se mostraría cauteloso si su esposa le preguntara por una antigua querida.

La despampanante lady Taylor y él habían sido amantes, y quizá aún lo fueran. Lo supo con creciente convicción y pesar. No tenía intención de compartir a su esposo. ¿Habría aún algo entre ellos?

—Más que filosófica, perpleja —le dijo, a propósito, para que él preguntara.

Michael, como era de esperar, no se lo puso fácil.

—Todos nos sentimos perplejos alguna vez. Aunque fastidia, es ley de vida.

Lo fastidioso era su facilidad para la ambigüedad. Julianne resistió la tentación de preguntarle directamente por su amante, y necesitó mucho autocontrol para lograrlo. No se le daban bien los juegos. En su mundo, si tenía alguna duda, preguntaba sin más.

—Seguramente, sí —masculló, buscando con la mirada la vista poco atractiva de la cortina corrida sobre la ventanilla del vehículo.

Si la notó de pronto retraída e inquieta, lo disimuló. Al llegar a la mansión ducal, la acompañó adentro con su habitual cortesía distante. Ya en su alcoba, Julianne dejó que su doncella la ayudara a quitarse el elegante vestido y despidió enseguida a la joven para poder cepillarse el pelo y prepararse para ir a la cama con la confianza de que se abriera la puerta que separaba su cuarto del de Michael.

No se abrió.

Se sentó a esperar, observando cómo el reloj de bronce de la espléndida repisa de mármol italiano de la chimenea iba marcando el paso de las horas. Aun no queriendo que la sorprendieran tras la puerta, incluso se acercó de puntillas con la esperanza de oír a su esposo hablando con Fitzhugh.

Silencio.

Al fin, se armó de valor y abrió la puerta ella misma; se encontró la alcoba vacía. Las paredes impersonales y sin decorar, la enorme cama tallada, la inmensa y carísima alfombra... todo estaba ahí. Menos su esposo. Ni siquiera su fiel asistente estaba allí. No había rastro de Fitzhugh.

Michael se había cambiado de ropa, porque el corbatín que llevaba esa noche estaba tirado de mala manera sobre el respaldo de un sillón orejero, junto a la chimenea, y su chaqueta, encima de la cama. Animada por la ausencia de alguien que pudiera verla, entró y dejó la puerta entornada.

Quizá estuviera abajo, en el estudio de su padre, o tal vez hubiese decidido dar un paseo por los jardines de la finca, pero lo dudaba. Su instinto le decía que se había cambiado de ropa y había salido. Dado que el escrupuloso Fitzhugh jamás habría dejado la ropa de su señor tirada de ese modo, parecía probable que hubiera ido con él.

Michael no le había dicho que tuviera otros planes. Aunque no tenía por qué darle explicaciones a ella, le extrañaba que no hubiera mencionado que saldría otra vez.

Si antes ya estaba perpleja, ahora lo estaba más aún. Julianne se acercó y cogió la chaqueta oscura a medida que Michael se había puesto esa noche. Llevaba su olor, masculino y fragante. Luego, mirando culpable por encima del hombro, metió la mano en el bolsillo delantero. Nada. Ni siquiera una bolsita de tabaco, una cajita de rapé o unas monedas sueltas. Como ya había hecho lo impensable registrándole un bolsillo, se los registró todos, con idénticos resultados. Hasta el pañuelo estaba intacto, impoluto.

«¿Cómo podía ser aquel hombre tan difícil de conocer?», se preguntó Julianne, frustrada e indignada. Ni siquiera estaba al corriente de sus malos hábitos. Si se mordía las uñas o tamborileaba los dedos cuando estaba aburrido, o si bebía demasiado clarete, no lo había notado. En camisón, se sentó en la cama, con la chaqueta aún en las manos, y contempló la chimenea vacía. Lo que necesitaba era más información.

Y un plan.

Michael era demasiado reservado. Nunca le contaría nada. No quería revelarle nada de sí mismo. Aunque le doliera reconocerlo, estaba convencida de que así era. Michael se confesaba un tipo discreto y, por lo que había podido ver, sin duda lo era. Sin embargo, la verdadera pregunta era: ¿se trataba de algo innato e inmutable o algo calculado?

Lo ignoraba.

Si se trataba de lo primero, ella se encontraba en la deprimente situación de haberse casado con un hombre que le ocultaría sus cosas durante el resto de sus vidas. Si se trataba de lo segundo, debía averiguar por qué había levantado tan formidable muro.

Los generales ganaban batallas con grandes ejércitos, pero precisaban estrategia. Un gran ejército no garantizaba la victoria. ¿No podría una mujer tumbar las defensas de su esposo si lo abordaba de la forma correcta?

Frustrada y cansada, se tumbó un momento sobre las espléndidas almohadas, discretamente bordadas con el blasón de la familia Hepburn. Se abrazó a la chaqueta de terciopelo de su esposo, sin saber cómo resolver aquella situación fastidiosa —al menos para ella— y trató de valorar sus opciones.

Por un lado, Michael era cortés hasta el aburrimiento, un amante considerado y muy generoso en cuestiones económicas, como por ejemplo en su asignación.

Por el otro, se mostraba intencionadamente distante, reservado, y sospechaba que en aquel momento andaba en la cama con la exótica e impredecible lady Taylor. Lo había visto salir del salón de baile y, al poco de volver, había aparecido también ella. Se habían encontrado en la terraza. De eso no le cabía la menor duda.

«¿Dónde estará ahora? ¿Con ella?»

Por desgracia, los ojos se le llenaron de lágrimas. La sensación la sobresaltó, porque, aunque encontraba natural que le doliera que su esposo tuviese alguna querida, no esperaba que eso le hiciera llorar.

La desconcertaba aquella implicación sentimental. Ella no lo amaba.

¿O sí?

Solo tenía la sensación de que su matrimonio era de verdad cuando la estrechaba en sus brazos y ella experimentaba la delicada seducción de sus besos y sus caricias. Si todo era una comedia, estaba muy bien orquestada, pero el hombre de carne y hueso era inalcanzable. Enamorarse de Michael Hepburn sería una estupidez.

La cama era cómoda, era tarde, había poca luz.

Se encontraba inmersa en un misterio. Fue el último pensamiento de Julianne antes de quedarse dormida.

11

No esperaba que sus pesquisas de medianoche resultaran fructíferas, y menos mal porque no lo habían sido. Alguien estaba jugando con él. Le estaba proporcionado pequeños soplos de lo más ambiguo, que lo confundían. Abrió la puerta de su alcoba, pensando aún en el infame Roget, y se quedó pasmado en el umbral.

Aunque no era la primera vez que alguna mujer lo esperaba en su propia cama, no recordaba haberse sorprendido nunca tanto.

Fue la naturaleza de la escena, y su simbolismo, lo que lo dejó clavado al suelo, no tanto por lo que significaba como por lo que él habría querido que significara.

Julianne estaba de lado, de forma que el virginal camisón de delicado linón resaltaba la tentadora curva de su trasero y la capa resplandeciente de su cabello cubría sus mejillas de porcelana y sus hombros desnudos. La vio preciosa, y muy joven, abrazada a su chaqueta de gala mientras dormía.

Solo se le ocurrió que se hubiera quedado traspuesta abrazada a su chaqueta como si fuera algo muy valioso.

Se quedó allí, paralizado, inmóvil, preguntándose si habría algo que ella pudiera haber dicho o hecho que le hubiera producido semejante impacto visual y emocional.

Michael, que tantas veces había sobrevivido gracias a su capacidad de reacción en situaciones difíciles, se sentía incapaz de resolver esa. Desarmado por la inocencia de una joven que ahora era su esposa.

Al final entró en la alcoba y se sentó para descalzarse, satisfecho de haberle dicho a Fitzhugh que ya no lo necesitaría esa noche. Solo él debía ver a su bonita esposa en su cama; además, el irlandés le había comentado en más de una ocasión que Julianne terminaría por nublarle el juicio. En general le parecía que estaba logrando mantenerse a cierta distancia de ella, pero en aquel momento se sentía muy vulnerable.

Lo que debía hacer era cogerla en brazos, llevarla a su propia alcoba y acostarla. Pronto amanecería y, aunque en España se había acostumbrado a no dormir casi nada, también había aprendido a aprovechar la ocasión de descansar cuando podía.

Sin embargo, su miembro erecto le decía que despertar a su cándida y seductora esposa de la forma más placentera posible era aún mejor opción.

Indeciso, se quedó allí sentado, inquieto, con la camisa medio desabrochada, contemplando crispado su esbelta figura. ¿Sería aquello una seducción y él la víctima? Si le hacía el amor, confirmaría que ella tenía cierto ascendiente sobre él.

Y esa era precisamente su única norma: llevar él siempre las riendas.

«Si duermo en la silla, no tendré que tocarla», se dijo Michael, desconfiando de su capacidad para resistir la tentación cuando ya la tuviera en sus brazos. Había dormido en sitios mucho peores.

Si ella no se hubiera movido en ese momento, se habría quedado donde estaba, pero ella suspiró y se volvió hacia él, con sus tiernos labios separados y el camisón pegado a sus pechos turgentes. A través del fino tejido, pudo adivinar el tenue rosa de sus pezones y una leve sombra tentadora entre sus muslos.

De pronto se puso en pie, abandonando la silla en la que estaba contemplándola. «¿Por qué no?», se dijo mientras se sacaba la camisa de los calzones y se la quitaba. Ella era su esposa. Además, una de las razones por las que se había casado era para dar continuidad a la familia Hepburn, y solo había un modo de cumplir esa misión.

Sus calzones cayeron al suelo. Desnudo y muy excitado ya, se metió en la cama. Empezó por acariciarle el pelo suelto, de mechones suaves y tibios. Rozó con la yema de un dedo el arco de una ceja perfecta, y aquellas largas pestañas se estremecieron.

Ya había descubierto que estaba cautivadora al despertar. Había algo muy íntimo en el instante en que alguien pasaba del sueño a la vigilia: un suave jadear, un lánguido movimiento de una mano, un sutil cambio de postura... Cuando Julianne levantó los párpados y aquellos ojos azules lo reconocieron, él le arrebató la chaqueta del regazo y la arrojó al suelo. A Fitzhugh le daría un infarto por la mañana, cuando viera la carísima prenda tirada en el suelo, hecha un ovillo, pero a Michael le daba igual en ese momento.

—Siento haberte despertado. Permíteme que te compense. —Michael se dispuso a desatarle el camisón. Cuando la prenda se abrió, introdujo la mano dentro sin pensarlo y le agarró uno de sus pechos firmes, flexibles, cálidos, de peso perfecto, tan tentadores, y paseó despacio el pulgar por su cúspide abultada.

Ella se estremeció y su cuerpo reaccionó: el pezón se endureció con sus caricias.

—No... no pretendía... ah...

Apartó la prenda, bajó la cabeza y, con la lengua, dejó el otro en idéntico estado, interrumpiendo de ese modo lo que supuso una justificación atropellada de su presencia no solicitada en aquella alcoba. Acarició, lamió y prodigó atenciones a ambos pechos hasta que ella se le arrimó y, arqueada, se agarró con fuerza a sus hombros.

—¿Te gusta esto? —le susurró él a su fragante piel.

—Sí —admitió ella con cierta timidez, pero también con la certeza femenina de que su disfrute alimentaba el de él.

De hecho, él ardía.

Y, a juzgar por su mirada, ella lo sabía.

Aunque, por lo general, era más delicado, el tiempo que había pasado en la silla, meditando lo que iba a hacer, había hecho mella en su autocontrol. Michael se desplazó, le levantó las faldas del camisón hasta la cintura y recorrió la cara interna de sus muslos esbeltos hasta que encontró la zona húmeda y caliente. Le introdujo un dedo, y le satisfizo comprobar lo rápido que se había excitado.

—Michael —susurró, acalorada, estremecida, y él quiso estremecerse con ella.

Él no respondió. Retiró la mano, le separó las piernas y, en un solo movimiento rápido y voraz, se introdujo en ella.

Así, sin más. Sin el habitual preámbulo de besos tiernos y caricias estimulantes. Sin aquella estudiada seducción con la que se aseguraba de excitarla y de que lo deseara con idéntico fervor. Ni siquiera se había desnudado del todo, y, sumergido en el paraíso, eso le dio igual. También a ella, a juzgar por su respuesta a tan impetuosa posesión. Alzaba las caderas con cada embestida de su miembro erecto, con los ojos entornados, y sus pechos desnudos temblaban cuando él la penetraba. Una y otra vez.

«Sublime», pensó en medio del éxtasis que inundaba sus sentidos. Tan excitada, tan húmeda alrededor de su miembro, tan extraordinariamente femenina en su desaliño, debajo de él. Julianne presionó con una mano su zona lumbar, arrimándoselo, él le dio lo que quería —lo que los dos querían—, y pecho contra pecho, sus cuerpos empezaron a moverse a un ritmo febril.

Confiaba en que ella llegara primero, pero no estaba seguro de poder aguantar hasta entonces, algo raro en él. Cuando ella contuvo un gemido y sus músculos internos se tensaron, él, satisfecho, espetó una blasfemia y se dejó llevar por su propia explosión.

Apenas capaz de equilibrar su peso para no aplastarla, Michael apoyó la frente en la cama e intentó recobrar el aliento. El pelo de ella, suave y fragante, le hacía cosquillas en la nariz.

«He perdido el control», se dijo, algo contrito. Julianne era una dama refinada, bien educada, desconocedora de la pasión, y él le había levantado las faldas y la había tomado sin darle siquiera un beso. Le sorprendía que hubiera alcanzado el clímax, porque él había hecho bien poco por llevarla hasta el éxtasis sexual.

No había nada que odiase más que las disculpas.

Bueno, eso no era cierto. Detestaba inmensamente la conducta impredecible, sobre todo cuando se trataba de la suya.

Por ejemplo, como acababa de suceder.

Julianne paseó los dedos por el cuello de su esposo, ensayando una caricia. En contraste con su recia musculatura, los rizos sedosos de Michael le acariciaban la piel.

La había sobresaltado al despertarla, desnudo y excitado, rondando sobre ella, pero de una forma agradabilísima, decidió, notando aún la sensación embriagadora de su miembro erecto, pulsátil, en su interior.

Quizá aquello hubiera sido una especie de victoria. Por un lado, le preocupaba que a él le molestara su intromisión en su alcoba sin ser invitada. En su defensa, debía decir que no pretendía quedarse dormida en su cama, aunque, a juzgar por su reacción, no parecía haberle importado mucho.

¿O sí? Michael no se había movido ni había dicho nada después de haberle hecho el amor de esa forma tan irreflexiva e impropia de él. Tampoco la íntima fusión de sus cuerpos le proporcionaba acceso a sus pensamientos, si es que alguien sabía lo que le pasaba por la cabeza en algún momento.

Al fin levantó la cabeza, con un gesto de arrepentimiento en el rostro.

—Dime que no he sido demasiado impaciente.

Ella sonrió.

—Yo estoy perfectamente, te lo aseguro.

—¿No te habré hecho daño?

—No. ¿Te ha parecido que estuviera incómoda? —dijo con las cejas enarcadas, saboreando aún la potencia muscular de su cuerpo. En brazos de Michael, se sentía empequeñecida por su envergadura, aunque más protegida que asustada. Jamás habría pensado que él pudiera hacerle daño. Por inescrutable que fuese en muchos aspectos, eso lo tenía muy claro.

Michael sonrió, con un auténtico gesto risueño que ella apenas le había visto.

—No, pensándolo bien, quizá me preocupo por nada.

Cuando él se retiró y se tumbó boca arriba, ella sintió la punzada de su ausencia. A la luz de la luna que se colaba por la ventana, la piel de Michael se veía cubierta de una fina capa de sudor y, al doblar el brazo para llevarse la mano a la nuca, el bíceps se le abultó de forma notable. La prueba larga y oscura de la herida que ella le había visto en su noche de bodas quedaba a la vista, sin los vendajes, parecía una línea dentada que le cruzara las costillas.

Aunque fuera un noble caballero de una de las familias más ricas de Inglaterra, cuando estaban así y él se tumbaba desnudo a su lado, aquel cuerpo tan bien modelado, decorado con todas aquellas heridas, se le antojaba mucho más propio de un guerrero. Además de la herida reciente, la más significativa era una cicatriz fruncida y plateada de unos veinte centímetros en el muslo izquierdo y el recordatorio circular de un orificio de bala en el hombro derecho.

Todavía más interesantes eran varias cicatrices, rojas y brillantes, que parecían quemaduras, en el abdomen.

—Londres debe de parecerte un tostón comparado con los rigores de la guerra —dijo ella en voz alta después de pensarlo mucho.

Michael permaneció inmóvil, con los ojos entornados, pero ella notó una leve y repentina tensión de sus músculos.

—Lo dices por estos feos recuerdos de España, supongo. No había pensado que las cicatrices pudieran desagradarte. Si es así, te pido disculpas, pero te aseguro que no me las hice de buen grado.

—No me desagradan —repuso Julianne con sinceridad. Estaba muy desarreglada, con el camisón arremangado por encima de los muslos y los botones desabrochados, pero, en su estado de deliciosa plenitud sexual, le daba igual—. Lo que pasa es que me recuerdan lo poco que sé de ti.

—Con el tiempo, nos iremos conociendo.

Se le daba bien hacer comentarios inocuos que no revelaban sentimiento alguno.

—Eso espero —dijo ella en voz baja, volviéndose un poco para verle mejor la cara. Su rostro anguloso apenas alojaba indicios de su pensamiento—. Yo sé algunas cosas —se atrevió a decir. Se sentía osada después de cómo la había despertado. De haberse quedado esperando en su alcoba, aún dormiría, sola y desolada.

—Ah, ¿sí? —intervino Michael, arqueando una ceja.

—No te gusta casi ningún pescado, salvo el lenguado, me atrevo a suponer, porque lo tomaste el otro día para cenar. Tampoco te encantan los dulces, porque sueles elegir algún postre sencillo o prescindes del postre por completo. Siempre te levantas antes de que amanezca y el más mínimo ruido te despierta. Cuando suena música, finges que te agrada, pero creo que en general te aburre, con la excepción de las piezas más complejas de Bach. —Julianne hizo una pausa, preguntándose si debía seguir—. No querías casarte conmigo, el sentido del deber te ha llevado a hacerlo; en realidad, estás haciendo todo lo posible por compensar a tus padres por la pérdida de tu hermano.

Había captado su atención. No se había movido, pero sabía que la escuchaba.

—Eres muy observadora, parece —dijo él al poco, muy seco—. Casi todo lo que has dicho es cierto.

—¿Sí? ¿En qué me he equivocado?

—Me encanta el salmón escocés, si está bien preparado. —Su esposo le dedicó una mirada prolongada, y sus ojos pardos brillaron.

—Tomo nota de ello —aseguró Julianne como si nada.

—No tenía ni idea de que me vieras tan interesante.

—Entonces, a lo mejor no conoces bien a las mujeres, milord. Eres mi esposo. Claro que te veo interesante.

Se dibujó en sus labios una leve sonrisa, y de repente fue

muy consciente de su desnudez y de los lustrosos riachuelos de su secreción sexual en sus muslos. El poder que pudiera tener en su matrimonio se encontraba en la alcoba. Quería más, no de él sino con él, pero ese parecía el único lugar en el que podía tenerlo.

De momento. Si podía, pretendía cambiarlo.

—Nunca he presumido de conocer a las mujeres —señaló él con sarcasmo—. Creo que pocos hombres las conocen; además, no está de Dios que así sea.

No había negado que no quería casarse con ella. Le dolía, aunque no entendía por qué. Lo había sabido desde el principio. Tampoco ella quería casarse con él.

Sin embargo, de pronto, a pesar de su distancia, se alegraba de haberlo hecho. ¿Acaso era reprochable que esperara lo mismo de él?

—Vosotros siempre nos frustráis —repuso, combativa—. En parte porque no sois capaces de hablar de nada ni remotamente relacionado con los sentimientos.

—Si buscas sentimientos, me reconozco inexperto. —Volvió a colocarse encima tan deprisa que ella se quedó sin aliento—. Me declaro culpable. Pero, si lo que buscas es placer físico, me confieso más que dispuesto. Creo que esta vez lo haremos más despacio.

La besó con intensidad, perversamente seductor, y la desarmó por completo. Esta vez le quitó despacio el camisón y conquistó su cuerpo con caricias tiernas y ensayadas y, cuando se instaló entre sus muslos de nuevo, la potencia de su penetración le robó un suspiró largo y estremecido.

Ya sabía algo más de él, se dijo, ahogándose en aquella sensación cautivadora: le gustaba poner fin a las conversaciones de cariz personal de forma muy placentera.

«Llevaba tres días sin ver el sol y la imposibilidad de abrir los ojos al mediodía español seguía siendo la parte más insoportable del rescate. Estaba tan débil que hasta le costaba tragar, y el agua fría le chorreaba por los labios cortados. No era más que un amasijo de contusiones y huesos rotos, y el dolor se había convertido en una religión que profesaba con cada respiración, porque significaba que seguía vivo.

»Alex St. James había sido quien lo había levantado y sacado a duras penas del pequeño fuerte donde los franceses no solo almacenaban la munición sino, al parecer, también encarcelaban a sus presos más notorios. De no ser por Alex, y Luke Daudet, que había insistido a Wellington para que enviara a unos hombres a buscarlo y liberarlo, habría muerto allí.»

Los británicos habían volado el fortín tras su rescate, así que el espantoso zulo en que lo habían retenido y torturado había desaparecido. Pero su recuerdo permanecía.

Julianne le había acariciado con ternura las cicatrices del abdomen fruto del intento de un coronel francés particularmente sádico de sonsacarle el nombre del oficial que había robado los planos de batalla que Michael llevaba encima cuando lo atraparon.

Michael se había negado cortésmente a responder. El resto apenas lo recordaba, y se alegraba de que así fuera. No era solo por los planos hurtados que llevaba encima; los franceses llevaban casi toda la guerra esperando la ocasión de echarle el guante.

Quizá debía haberle explicado a ella lo que había ocurrido, pero en el fondo valoraba demasiado su inocencia para dañarla, por eso había preferido hacerle el amor.

Había resultado muy placentero, pero el sueño jamás había sido su aliado, y aquella noche no era una excepción.

Aquella mañana, más bien.

Michael registró el tenue resplandor del sol naciente solo de forma abstracta, porque su pensamiento se centraba en la mujer acurrucada a su lado. Dormía tranquila, como de costumbre, con la paz de los inocentes, una mano bajo la mejilla, su cuerpo voluptuoso relajado y sus suaves pestañas como abanicos sobre sus delicados pómulos.

No es que viviera completamente ajena al mundo.

Su deliciosa esposa era inteligente y, peor aún, observadora. Esa misma noche había sabido que sentía curiosidad por Antonia, algo de lo que probablemente él tuviera la culpa, por espantarse al verlas juntas. No había respondido a las preguntas tentativas de ella sobre su relación con la voluble señora Taylor, aunque sabía que se refería a eso cuando le había dicho que estaba perpleja.

Aunque no estaba acostumbrado a justificarse, quizá debería tranquilizarla, asegurarle que su relación con Antonia no era íntima. Era la verdad, y ofrecerle ese dato por iniciativa propia sería un signo de buena voluntad. Dudaba que a ninguna mujer, aun casada por conveniencia, le agradara que su marido le fuera infiel, sobre todo recién casada.

Él jamás le permitiría a Julianne que tuviera un amante.

«¿De dónde demonios ha salido ese pensamiento tan posesivo?»

A lo mejor era porque estaba cansado y físicamente satisfecho, y su tentadora esposa estaba en aquel momento entre sus brazos, tierna y cálida.

Los sentimientos encontrados que le producía la oferta de protección de Antonia se complicaban con la ausencia de información disponible sobre su antiguo enemigo. De no ser por los dos ataques sufridos últimamente, habría desechado el rumor del regreso de Roget. Con Julianne, debía ser mucho más que cuidadoso hasta que tuviera información fiable.

Ella era una debilidad, una responsabilidad que nunca había tenido en el pasado. Desde el punto de vista puramente racional, siempre había sabido que tener esposa sería una desventaja, porque ella era el blanco más fácil de la venganza o el ajuste de cuentas en los juegos peligrosos a los que jugaba, pero nunca había reparado en cuánto.

Ella ya no era un concepto abstracto, algo impuesto por el sentimiento de culpa y la necesidad de aliviar la pena de sus padres.

La mujer que dormía en su cama simbolizaba su cambio de vida.

Lo quisiera o no.

Con un dedo, le apartó de la cara un mechón suelto, maravillado de la suavidad de su piel. Entonces descubrió, sorprendido, que quizá era aquello lo que quería.

12

—¿Insinúa, monsieur, que Roget ha seguido activo en los círculos que solía frecuentar? Supongo que está seguro. —Antonia le dedicó una sugerente sonrisa y agitó su copa de vino.

El agente asintió, mirándole de cuando en cuando el pecho.

—Sí, señora. Aún tiene esa voz inconfundible. La oí antes de que se rumoreara que había muerto y volví a oírla hace unas noches.

—Cuéntemelo otra vez.

—Hablaba de que había planes nuevos. —El joven se chupó los labios, nervioso—. Mencionó al marqués de Longhaven. Captó mi interés. Cuando empecé a escuchar con atención, caí en la cuenta de quién estaba hablando.

Eran tan pocos los que conocían el verdadero papel de Michael en el gobierno inglés que aquello apestaba a mentira. Antonia se inclinó lo justo.

—¿Y por qué me lo cuenta a mí? —ronroneó.

—Su relación con el marqués es bien conocida.

No, no lo era. Excepto para los que formaban parte de los círculos adecuados. Para el bastardo de Roget, sí, claro.

De modo que sus hombres lo sabían. Cabía la posibilidad de que aquel joven fuera un doble agente, enviado por el propio Roget para tenderles una trampa.

Se le erizó el vello de la nuca, y se recolocó despacio el guante largo.

—¿Qué gana usted con todo esto?

—Digamos que mi jefe prefiere que el marqués siga vivo. Me envía él.

—¿Quién?

—No puedo revelar su identidad, señora.

Quizá fuese Charles Peyton, si aquel era un auténtico agente inglés. Peyton tenía más influencia que el propio rey y ya se había servido antes de las aptitudes de Michael.

El joven se inclinó, y su pelo rubio y fino le enmarcó el rostro ovalado.

—Roget es más que peligroso —dijo en voz baja—. Si es él quien trata de matar a Longhaven, a mis superiores les gustaría que el marqués hiciera frente a la situación lo antes posible.

—¿Por qué no ha ido a ver al marqués? —Antonia lo miró con frío recelo.

—Los franceses lo vigilan. Usted, lamento decirlo, no es tan importante —dijo el joven, encogiéndose de hombros. Luego se levantó e hizo una reverencia cortés. Vestía como un miembro de la clase baja acaudalada, bien pero sin ostentación—. Además, la casa ducal funciona de tal forma que un humilde comerciante de seda no podría esperar que el marqués lo recibiera. Usted lleva una vida más sencilla y resulta más accesible.

Dijo aquella última palabra con cierta insinuación, y ella vio cómo la miraba. Era atractivo, joven y viril, pero Lawrence lo empalaría si lo miraba siquiera de soslayo, y no le apetecía que se cometiera un asesinato en su casa. En su lugar, se puso en pie y le tendió la mano con una sonrisa comedida.

—Pasaré la información al marqués. Lo que haga con ella es cosa suya. Longhaven es un hombre muy particular.

Cuando se hubo marchado, Antonia se dejó caer de nuevo en una silla forrada de brocado y apuró despacio su copa medio vacía. Lawrence no tardó en reunirse con ella; no lo esperaba, pero agradeció su presencia. Necesitaba pensar en voz alta. Era curioso, porque, aunque ocupaban posiciones sociales bien distintas, Lawrence, a su manera, era un hombre tan seguro y astuto como Michael.

Su misterioso pasado la intrigaba, pero por más que se empeñara en sonsacarle él se mostraba tan reticente a hablar de ello que Antonia enseguida lo dejaba estar. Sabía bien que la vida puede presentar a un ser humano experiencias muy amargas que es preferible no recordar.

—¿Qué demonios quería ese tipo? —A esa hora de la tarde, Lawrence llevaba una camisa blanca de manga larga, calzones pardos y botas sin pulir. En vez de sentarse, se acercó a la mesita auxiliar y se sirvió un poco de clarete—. Tengo la impresión de que no quería venderte telas para vestidos. Si él es vendedor de seda, yo soy monja.

Antonia contempló la anchura de sus hombros, su imponente estatura y el brillo cínico de sus ojos oscuros y rió.

—Dudo que Dios tomara en serio tu devoción; además, creo que el hábito no te sentaría bien.

—Claro que no la tomaría en serio —coincidió Lawrence, sorbiendo su vino—. La ha puesto a prueba muy a menudo. Bueno, ¿qué quería nuestro taimado amigo?

—¿Amigo? ¿Lo conoces? —inquirió Antonia enarcando una ceja.

—Conozco a los de su calaña. Me sorprende que todavía podamos engañarnos unos a otros. Era demasiado meticuloso y, en cuanto ha preguntado por ti, he sabido que no tenía nada que ver con la venta de tejidos.

Ella volvió a reír, pero no de regocijo.

—Los espías se detectan entre sí, ¿no es eso? Confiemos en que no sea cierto, aunque yo nunca me he considerado dentro de esa categoría.

Lawrence se llevó la copa a los labios y preguntó por encima del borde:

—¿Qué eres tú entonces?

Pero no había nada casual en aquella mirada fija.

—Un instrumento de justicia en la forma necesaria —respondió ella, serena. Aunque el recuerdo de las atrocidades sufridas por su familia en España no seguía vivo, aún no lo había superado del todo, y le había dejado un poso de dolor punzante que temía que jamás se disipara—. Como bien sabes, he matado cuando ha hecho falta. Roget es sin duda una oveja negra que hay que eliminar. Y yo lo haré con gusto.

—¿Ese falso comerciante ha venido a hablarte de Roget? —Con la copa a medio camino de la boca, Lawrence la miró fijamente.

—Parece cada vez más probable que se encuentre en Londres.

Él maldijo por lo bajo, lo suficiente para que ella no entendiera las palabras, pero su gesto lo dijo todo. No le extrañó. Aquel malnacido les había complicado la vida durante toda la guerra. Eliminarlo sería un placer que Antonia llevaba años esperando.

—Deja que el marqués se encargue de eso, Antonia.

—Por supuesto. —Sonrió y se recostó en la silla, consciente de que el escote pronunciado de su vestido dejaba ver sus pechos de forma tentadora—. Pero, si mientras vigilo a su cándida esposa me topara con Roget, bueno... eso sería el destino, ¿no?

—Aún me cuesta creer que Longhaven haya accedido a tu propuesta de proteger a su esposa.

—Conoce bien mis aptitudes.

Como suponía, tan desvergonzada alusión irritó a Lawrence. Lo miró seductora, sabiendo que lo ponía celoso pero sin entender por qué lo hacía. Lawrence no ocultaba que la deseaba, pero ella lo ponía a prueba todo el tiempo. Quizá se debiera a su pasado; la experiencia era siempre difícil de digerir. Sin comerlo ni beberlo, primero sus padres y luego su esposo la habían dejado. Michael, al que amaba, se había casado con otra.

Lawrence también podía dejarla. La aterraba pensar lo mucho que había llegado a depender de tenerlo siempre ahí, dispuesto a protegerla, pendiente de su bienestar.

La incomodaba aquella debilidad.

—Yo le llevaré el recado. —El rostro marcado de Lawrence se mostró ceñudo, y la copa de pronto pareció absurdamente delicada en sus dedos largos y poderosos—. Apenas has dormido esta noche. Una siesta te ayudará a reponerte para los festejos de esta noche.

—¿Qué sabes tú de lo que he dormido esta noche? —Le fastidiaba que no hubiera ido a verla, pero no iba a reconocerlo.

—Lo sé todo de ti —respondió él, cariñoso—, aunque no me acueste contigo. Por ejemplo, ahora mismo te preguntas por qué no fui a verte anoche.

Antonia empezó a negarlo con desdén, pero él la interrumpió.

—Sin mí, estabas inquieta —añadió Lawrence, con irritante acierto, antes de que Antonia pudiera hablar.

Sí, estaba en lo cierto, y aunque casi le había ordenado que acudiera a su alcoba, él no había aparecido.

—He dormido muy bien, gracias.

—Mentirosa. Has estado malhumorada toda la mañana. —Esbozó una sonrisa—. Eso me alienta. Me preguntaba qué harías si declinaba tu tentadora oferta.

Antonia se sonrojó, y eso era raro en ella. Los sonrojos eran para otras mujeres; hacía mucho que ella ya no era doncella. Era verdad, quizá había estado algo impetuosa desde su regreso del baile. En parte, se debía al champán; en parte a cierta sensación de victoria —mezclada con desesperación en igual dosis— por su charla con Michael.

El marqués había bailado con su bonita esposa y Julianne Hepburn había mirado a su esposo con un gesto que Antonia conocía muy bien. Ya era presa de su embrujo, claro que tampoco le sorprendía. ¿Eran conscientes los hombres de que la confianza necesaria para que una mujer se entregara a un amante era un obsequio casi tan grande como el del propio acto del amor? Cuando una mujer confía, suele seguirle el amor. Quién sabe qué ideas románticas habría albergado lady Longhaven sobre el matrimonio. Era joven e ingenua, y Michael, un hombre muy atractivo. Inevitable que se enamorara.

Le fastidiaba darse cuenta de que ya había sucedido, pero no culpaba a la joven. A fin de cuentas, también a ella le había ocurrido.

—Me apetecía coquetear un poco, y a ti te tenía muy a mano —dijo Antonia encogiéndose de hombros.

—¿Muy a mano? ¡Qué halagador!

A pesar de su tono seco y risueño, notó que lo había ofendido, pero su rechazo también le había dolido a ella, por mucho que le costara admitirlo.

—No tan a mano, por lo que se ve. Al final, he dormido sola.

—Siempre estoy a mano, por si no te habías dado cuenta —respondió Lawrence en un tono modulado y uniforme—. Pero no para consolarte de Longhaven. Anoche fue su noche de bodas. Pensabas en él, no en mí. No soy un miembro de recambio, listo para servirte cuando lloras la pérdida de lo que, para empezar, nunca tuviste.

Aquellas palabras le escocieron.

—Lo he tenido, te lo aseguro —replicó ella, acalorada.

—No, mi amor —la corrigió Lawrence—. De la forma que querrías, jamás.

El comentario despertó su furia, pero esta se esfumó con idéntica rapidez. «Tiene razón», se dijo Antonia con desconsuelo. Michael nunca le había pertenecido como un hombre debería pertenecer a una mujer.

Además, Lawrence tenía razón en otra cosa. De repente se notaba algo apática. Si iba a hacer frente a alguien como Roget, más le valía estar alerta y preparada.

Asintió sin ganas.

—Tienes razón. Deberías ser tú quien le llevara el recado al marqués.

—Muy bien —dijo Lawrence—. Lo saludaré de tu parte.

Su rival lo miraba con estoico desafío desde el otro lado de la mesa, su rostro impasible. La cicatriz de una herida anterior destacada por la escasa luz de la tarde.

Michael vio a Lawrence dejar un papel en la mesa como si nada, pero no se dejó engañar. No había nada de indiferencia en su visitante.

—¿Así que es cierto que Roget está en Inglaterra? —dijo Michael, inmutable—. Me reconforta saber de su paradero, aunque preferiría que estuviera en otra parte.

—Enterrado en el abrupto suelo español, a ser posible. —Lawrence sonrió, mostrando sus dientes blancos—. Los dos sabemos que el mundo estaría mejor sin él. He pensado que deberíamos encargarnos de eliminarlo.

—Me parece que no.

—¿Te parece?

Aquello era responsabilidad suya. Siempre lo había visto así. Michael se recostó.

—Supongo que Antonia se propone encontrarlo.

—¿No lo ha hecho siempre?

—Sí. —La visceral lady Taylor jamás hacía nada a medias—. ¿Es consciente de que esta información podría provenir del propio Roget? No sabemos si es cierta.

—Estoy de acuerdo. Si fuera una trampa, prefiero que caigamos en ella tú o yo —confesó sin disimulos.

—Cierto.

—Entonces, ¿cómo resolvemos esto?

—Le preguntaré a Charles si ha sido su hombre el que ha ido a visitarla. Dime, ¿el tipo al que has pedido que me vigile ha visto que alguien más haga lo mismo?

Se hizo un breve silencio, luego Lawrence rió.

—Supongo que fui ingenuo al pensar que no lo notarías —dijo con resignación.

Lawrence no era ingenuo, en absoluto. Michael arqueó una ceja.

—Me preguntaba si sería una vigilancia amistosa o inspirada por un enemigo, así que investigué un poco por mi cuenta. Me alivió saber que lo habías contratado tú. ¿Te ha informado de algo interesante?

—A Johnson lo destrozará saber de su fracaso.

—Perdona, pero sus sentimientos no eran una de mis prioridades cuando noté que me seguían. Como es lógico, he tomado medidas. No he observado que me ronde nadie más. Aun así, el tipo que ha ido a ver a Antonia asegura que nuestro rival tiene vigilada mi casa, ¿no es así?

—No sabemos con certeza que Roget tenga algo que ver.

Disculpa mi franqueza, pero, como tú mismo has dicho, tienes otros enemigos. Con este trabajo, es inevitable.

Eso era cierto, pero la situación le inquietaba.

—Los demás no me preocupan tanto como Roget.

—Es un enemigo astuto, lo reconozco.

Julianne había salido. Michael cogió un pisapapeles y lo hizo girar distraído entre los dedos, satisfecho de haber enviado a Fitzhugh con ella, aunque sabía que le desagradaba tener que salir siempre escoltada por su doncella y el asistente de él. Cuantos más, mejor; además, Fitzhugh era un tipo capaz y con buena puntería.

—Solo ha visto algo sospechoso, milord —dijo Lawrence con naturalidad—. Tiene más que ver con lady Longhaven que contigo, pero Johnson me lo ha comunicado de todas formas, por si era importante.

Michael dejó de girar el pisapapeles.

—¿Qué? —inquirió con aspereza.

—Cuando te perdió a ti un día, y ahora que sé que sabías que te seguía supongo que te deshiciste de él a propósito, la siguió a ella por si teníais previsto encontraros. ¿Sabes que sus visitas a lady Melanie son en realidad un ardid?

Michael confió en que su rostro no revelara angustia, pero todos los músculos de su cuerpo se habían tensado.

—¿Un ardid en qué sentido?

—Entra, saluda un momento a su amiga y sale por la puerta trasera en un coche de alquiler. Al volver, invierte la operación.

Eso, por lo visto, lo tranquilizó.

—No puede ser. Mi asistente la acompaña.

—Yo solo te transmito las anotaciones de mi hombre sobre su actividad.

¿Julianne, una mentirosa? No cuadraba con lo que sabía de su joven esposa. Michael se quedó allí sentado, esperando no parecer tan desconcertado como se sentía.

¿Por qué iba a hacer algo así? Él nunca le preguntaba qué hacía, ni le organizaba el tiempo, con lo que la subversión era aún más perturbadora, por innecesaria.

O al menos —le indicó la fría lógica de su profesión— él no la veía necesaria.

No obstante, debía de haber una razón.

Michael se tranquilizó, consciente del escrutinio de Lawrence.

—Los dos sabemos que todo el mundo tiene secretos. Tratándose de Julianne, estoy seguro de que es algo completamente inocente, pero te agradezco que me lo hayas hecho saber.

—Me pareció interesante. —Lawrence titubeó, luego añadió con desahogo—: Me sorprende mucho que hayas accedido al plan de Antonia respecto a tu esposa.

—¿En serio crees que podía impedírselo? —preguntó Michael con firmeza—. Cuando Antonia se propone algo, es mucho mejor canalizar las aguas que improvisar una presa para detenerlas.

—Eso es cierto. —Lawrence permaneció inmóvil, mirándolo con aquellos ojos de largas pestañas—. La conoces mucho mejor de lo que quiero reconocer, milord.

Aunque trabajaban juntos y, lógicamente, interactuaban, nunca habían hablado cara a cara de la antigua relación de Michael con lady Taylor o de la actual relación de Lawrence con ella.

Quizá había llegado el momento de hacerlo.

—Yo soy para ella un vínculo entre pasado y presente —dijo Michael, sereno, tratando de iniciar la conversación de forma delicada—. Con el tiempo, lo entenderá. Aún no lo ha superado. Olvidarme significa olvidar también su odio y su certeza de que la guerra ya ha terminado.

—Estoy contigo en eso. ¿Crees que algún día se rendirá? Tú la conoces bien, y me interesa tu opinión.

Lawrence no era humilde de natural, así que, si preguntaba, era porque valoraba la respuesta de verdad.

—No lo sé. —Michael recordaba bien a aquella mujer destrozada, sentada, inmóvil, entre los escombros de lo que había sido su hogar—. Tiene mucho que olvidar, y este no es su país. Para Antonia eso supondría renunciar a mucho, y ella no es de las que renuncian a nada fácilmente.

—Ya lo he notado. —Forzó una sonrisa—. He topado con su carácter español más de una vez. Es una mujer temperamental, pero también una de las más valientes que he conocido.

—Al menos en eso estamos de acuerdo.

—Mantenme informado de lo que averigües de Roget. —Lawrence se levantó, le hizo una pequeña reverencia jocosa y se marchó.

Michael se quedó pensativo, ordenando sus prioridades. Roget primero, claro. Llevaba años tras el infame espía. Pero Roget trabajaba para los franceses, y Michael cada vez estaba más convencido de que su rival era inglés, y alguien muy próximo.

Debía estar alerta, listo para actuar, para atacar, para poner fin a aquel juego mortal de una vez por todas.

Sin embargo, se encontraba preguntándose por qué su bonita esposa habría recurrido al ardid de fingir que visitaba a una amiga. Aquella distracción no le ayudaba.

No obstante, después de todo, su especialidad era resolver pequeños misterios, y también resolvería aquel.

13

Empezaba a dársele bien evitar al atento Fitzhugh. Esta vez Julianne fue a tomar el té con su madre a casa de una amiga, dijo que tenía una cita más tarde con la modista y, cuando la dejaron a la puerta, pidió enseguida un coche de alquiler.

Ni siquiera el asistente de su marido podía empeñarse en acompañarla si salía con su madre.

Su gozo disminuyó, como de costumbre, cuando el vehículo de alquiler llegó a la dirección acostumbrada. No es que no quisiera ver a Chloe, pero temía el inevitable enfrentamiento con Leah.

Al acercarse a la puerta, se irguió. Llevaba meses tratando con aquella mujer, y podía seguir haciéndolo.

Le abrieron en cuanto llamó, lo que le hizo pensar que Leah la estaba esperando. Tampoco le extrañaba, pues el dinero era la única razón por la que la dejaban entrar allí.

—Ya era hora —le dijo la mujer con aspereza—. Te he estado esperando.

—¿Puedo pasar? —Julianne llevaba el dinero en su bolsito, pero ya había aprendido a no sacarlo hasta encontrarse en presencia de Chloe. En otra ocasión, después de pagarle a Leah, esta le había dicho que Chloe había salido con una «tía». Dado que Leah aseguraba estar sola en este mundo, lo de su tía resultaba poco creíble, pero le había enseñado a Julianne a no entregarle a Leah ese dinero que tanto ansiaba antes de poner por lo menos un pie en la casa. Su relación podía calificarse a lo sumo de simbiótica.

—Si su excelencia insiste… —Leah, ataviada ese día con un ajado vestido marrón con volantes de encaje en el escote, retrocedió con deliberada insolencia—. Como ves, mi mayordomo está de vacaciones.

También su doncella, a juzgar por el estado de abandono del pasillo, pensó Julianne, pero no dijo nada. El polvo y el aire general de desidia eran descorazonadores. A su juicio, aquel no era un ambiente idóneo para criar a un niño. Sus zapatillas crujían en el suelo sucio, y olía a rancio y a humedad.

—¿Dónde está Chloe?

—¿Cómo se encuentra la marquesa? ¿Su excelencia le da buena vida?

La crudeza de aquellas preguntas habría ruborizado a Julianne en otro tiempo, pero ya estaba acostumbrada a las observaciones mordaces de la resentida Leah.

—¿Dónde está Chloe?

—Ahí dentro —admitió al fin la otra mujer de mala gana, señalando.

Al menos, tras todos los meses que llevaba visitándolas, lograban entenderse. Julianne pasó despacio a la sala y vio a la niña sentada en el suelo, absorta en una pila de bloques de madera de vivos colores. Chloe alzó la mirada y no sonrió, pero eso era esperar demasiado. Sin embargo, miró a Julianne pensativa, con aquellos ojos pardos muy abiertos, como si la reconociera.

Los bloques eran el obsequio de su última visita. Esta vez Julianne le había traído una bolsa de chucherías, dulces de una de las mejores confiterías de Londres. Como temía que Leah le confiscara el regalo de inmediato, esperaría a quedarse sola con la niña para dárselos.

—Solo puedo quedarme una hora —dijo escueta—. ¿Quién se ocupará de ella cuando yo me vaya?

Leah apoyó una cadera en el marco de la puerta y esbozó una sonrisa fría.

—Tenemos que volver a casa a arreglarnos para un baile elegante, ¿verdad?

—Contéstame, por favor. —Tenía motivos para no haberle dado el dinero aún.

—La anciana de la casa de al lado —respondió Leah, irguiéndose y señalando con la cabeza hacia la izquierda—. Dame mi dinero y déjala allí cuando tengas que irte. Ella conoce bien a la señora Hopkins.

«Ella.» Como si la niña no tuviera nombre. Julianne se arrodilló, sacó el dinero de su bolsito, lo dejó en el suelo y no hizo caso de la mujer cuando se agachó a cogerlo.

«¿Cuánto tiempo voy a aguantar esto?», se preguntó Julianne mientras miraba a Chloe a los ojos. Cada día le costaba más separarse de ella, y ahora que estaba casada y podía imaginarse con un hijo propio, la situación se le hacía aún más insostenible.

«Es como cualquier otra mentira —pensó con una mezcla de culpa y tristeza—. Cuanto más tiempo la sostienes, más cuesta decir la verdad.» En ese caso, la mentira no era solo suya, pero no estaba segura de que otros lo vieran así.

—Buenas tardes, Chloe —le dijo con ternura, y alargó la mano para acariciarle la mejilla rechoncha a la pequeña. Sin importarle que la suciedad del suelo estropeara sus faldas de muselina, se sentó—. ¿Quieres que hagamos un castillo como el último?

Y la niña la recompensó con un amago de asentimiento y un esbozo de sonrisa.

No sabía si sentirse halagado o avergonzado de que la conversación se interrumpiera bruscamente cuando él entró en la sala. El sol de aquella tarde otoñal entraba a raudales por las ventanas con parteluz del salón y otorgaba calidez a los diversos grupos de sillas y mesitas esparcidos por la estancia, un escenario ideal para un té vespertino en familia. Su madre, que servía la infusión en ese momento, se detuvo, con un gesto de sorpresa. También su padre se sobresaltó, y Julianne dejó en la mesa el plato con el pastelito que se estaba comiendo y sus hermosos ojos lo miraron inquisitivos.

No solía reunirse con su familia en las comidas y, desde su regreso de España, jamás tomaba el té con ellos, eso era cierto. No tenía tiempo para sentarse ocioso a sorber té de una taza de porcelana e intercambiar palabras corteses. Era un lujo que no podía permitirse.

En realidad, no tenía muy claro por qué había decidido unirse a ellos entonces, pero debía admitir que su esposa estaba preciosa con aquel vestido azul de manga francesa rematada de encaje de color crema, su sedoso cabello castaño oscuro recogido en un moño sencillo con algunos mechones sueltos por su esbelto cuello.

—Rutgers me ha dicho que estabais todos aquí. Espero no llegar tarde —dijo, simpático.

—Claro que no —dijo su madre con tanto entusiasmo que él no pudo evitar sentirse culpable por no haber hecho aquello antes—. Nos encanta que nos acompañes. Precisamente le estaba diciendo a Julianne que casi no te vemos. Siéntate, por favor, que voy a servir el té.

¿Casi no lo veían? Más bien su madre trataba de justificar ante su bella esposa sus evidentes y frecuentes ausencias. Era consciente de que sus padres habrían querido ver en él el entusiasmo de Harry por la administración de las propiedades familiares. También él habría querido demostrar un poco más de interés, pero aunque se reunía con banqueros y abogados, repasaba las cuentas y atendía otros asuntos financieros, todo aquello se le hacía muy árido y, sinceramente, como aún tenía otras ocupaciones, le dedicaba poco tiempo.

Sin embargo, esa tarde no quería esperar a la noche para ver a su esposa, y no sabía si eso lo intrigaba o lo desconcertaba.

Se sentó a su lado, rozando sus faldas con las botas al estirar las piernas, divertido de ver que su llegada, por alguna razón, la había sonrojado. O quizá sí supiera la razón, porque suponía que ella recordaba la impetuosa reacción de él al encontrarla en su cama dormida.

—Me gustas de ese color —le susurró él de pronto—. El azul te sienta bien.

Julianne se azoró aún más, pero también lo miró como si fuese un desconocido.

—Gracias.

Quizá fuera un completo desconocido. Se había propuesto serlo. Sí, conocía bien su exquisito cuerpo, pero se había mantenido alejado de ella. Michael se inclinó y tomó la taza de té que su madre le ofrecía con un murmullo de agradecimiento.

—Fitzhugh me ha dicho que ayer te reuniste con Liverpool. ¿De qué quería hablarte el primer ministro? —Su padre cogió un bollo del carrito del té, pero se limitó a dejarlo en su plato.

Era absurdo, que un duque preguntara a un criado por las actividades de su hijo. Quizá el modo en que evitaba deliberadamente a su familia fuera un error. El problema era que aún sentía la presencia de Harry, y estaba seguro de que los demás también. Encontraba extraño que a él, que había visto tanta muerte durante la guerra y perdido a tantos camaradas en ella, lo persiguiera de ese modo un solo fantasma.

Se había casado para complacer a sus padres, se justificó enseguida.

Y aquello no estaba saliendo según había previsto. Observó cómo Julianne daba un sorbito de la taza de porcelana que sujetaba con sus finos dedos. Sus movimientos eran elegantes, muy femeninos; sus largas pestañas se deslizaron apenas sobre sus ojos de un azul intenso. El escote de su vestido, aunque muy recatado, realzaba las curvas perfectas de sus pechos turgentes. Luego la desnudaría y…

—¡Michael!

Los tres lo miraban expectantes.

—Liverpool —le recordó su padre, quizá con un amago de sonrisa en los labios.

—Aunque la guerra ha terminado, aún quedan algunos cabos sueltos —explicó en un tono neutro.

El esquivo Roget, ¿un cabo suelto? Eso era un eufemismo descomunal.

—Entiendo. —El duque cogió otro bollo y su esposa lo miró ceñuda—. Convenientemente vago, pero cierto, sin duda. ¿Te he hablado del nuevo administrador de Southbrook Manor? Lo contraté la semana pasada, pero viene muy recomendado. Supongo que estarás presente cuando revisemos los planes para la primavera, claro. Estaba pensando que podíamos irnos todos a Kent dentro de unas semanas. ¿Estarás libre?

No si Roget seguía suelto, claro que no podía ahondar en ese asunto.

—Confío en que sí —murmuró, porque esa era la verdad absoluta, aunque no le interesaban nada los problemas agrícolas, ni los arrendatarios de las tierras, ni la enorme finca rural que había sido sede de los duques de Southbrook durante siglos.

La conversación derivó luego en temas generales de los que todos podían hablar: la lista de actos sociales pendientes y algún que otro chisme. Cuando entró un criado a llevarse discretamente el carrito del té, Michael se descubrió estudiando con disimulo a Julianne otra vez.

La suya era una belleza natural, con aquel vestido sencillo, sin joyas, y el pelo recogido sin más en un simple moño.

—Hace un día precioso. ¿Te apetece pasear por el jardín? —preguntó, sin saber de dónde venía aquella propuesta, ni su estado de ánimo familiar, porque, la verdad, siempre se había creído desprovisto de estados de ánimo. Era un hombre tranquilo, incluso calculador a veces, pero llevaba una vida carente de emociones ingobernables.

En su profesión, no podía permitir que los sentimientos determinaran sus actos. No era muy prudente dejar que la hoja afilada de la vulnerabilidad penetrara en su piel.

Aunque todo eso quizá estaba cambiando. Continuaba siendo una imprudencia —eso no había cambiado—, pero su resistencia ya no era tan sólida como de costumbre.

—Me encantaría —contestó Julianne, y se levantó de su asiento, con una sonrisa tan luminosa como el atardecer. Él le tendió el brazo por cortesía y notó que el agarre de sus dedos en la manga de su chaqueta tenía un curioso efecto en su respiración.

Además, fue perfectamente consciente de que su madre los veía salir del salón con una sonrisa algo turbia en el rostro.

Si su esposa no hubiera sido tan tentadora y perturbadora, habría lamentado más su papel de esposo sustituto, pero justificaba sus actos, devolvía a sus padres la alegría que habían perdido y... le permitía tener a Julianne muy cerca.

—Estoy sorprendida —le susurró ella mientras él la acompañaba por el pasillo que llevaba a donde el vestíbulo principal se abría al invernadero.

—¿Y eso? —inquirió Michael, aunque sabía bien a qué se refería.

—¿Qué te ha impulsado a tomar el té con nosotros?

«Quería verte.»

No lo dijo.

—Me gusta el té —dijo en cambio, encogiéndose de hombros. Quitó el pestillo de una de las puertas de cristal y se apartó para que ella pasara primero—. ¿Por qué iba a tomármelo solo si puedo hacerlo con vosotros?

—Nunca lo habías hecho antes. —Pasó delante en un susurro de suave perfume, y él la miró un instante, entre inquisitivo y vacilante.

Su nuca lo fascinaba. Ojalá no fuera así, pero cuando Julianne pasó por la puerta Michael la siguió como si aquella parte de su cuerpo fuese un faro.

Quería acercar sus labios a esa nuca. Oírla suspirar y sentir cómo se estremecía. Tener todo lo que vendría después, cuando ella se encontrara debajo de él y él le hiciera el amor con lenta y perversa persuasión...

Y ni siquiera había anochecido. «Maldición.»

El aire era cálido y suave para ser otoño, y el sol había iniciado su forzoso descenso, bañando los jardines de un intenso resplandor. Con las manos cruzadas a la espalda, Michael eligió al azar un sendero a su derecha.

Tenía que preguntarle por el ardid del que le habían hablado, aunque no estaba seguro de cómo plantearlo. ¿Por qué demonios tenía que fingir una visita a una amiga o una cita con la modista?

¿Adónde iba?

«¿Me mentirá?» La creía demasiado ingenua para hacerlo en modo alguno, porque le habían mentido de casi todas las formas imaginables, y algunos adversarios verdaderamente amorales y convincentes. Aun siendo un talento de valor cuestionable, su capacidad para detectar el embuste era de una precisión difícil de igualar.

—Tengo entendido que has salido antes con tu madre... ¿Lo has pasado bien?

—¿Bien? —dijo ceñuda—. No estoy segura de poder calificarlo así. Digamos que no ha sido una salida memorable, pero sí necesaria.

—¿Y la modista? ¿Advierto a mi administrador que le llegará otra factura suya? —Le sonrió deliberadamente para quitarle hierro a la pregunta.

Notó un destello de algo en sus ojos.

¿Arrepentimiento?

¿Culpabilidad?

—No, milord. Mi asignación es más que generosa, te lo aseguro.

Debía reconocer que sabía bien cómo eludir la verdad. A él tampoco se le daba mal, pero solo cuando era necesario. La cuestión era: ¿para qué? Fitzhugh le había informado que Julianne había entrado en la tienda apenas un momento tras apearse del coche de su madre, y que casi de inmediato había parado un vehículo de alquiler. Por desgracia, debido a un incidente entre un hombre que llevaba una calesa con excesivo entusiasmo y un carro de heno que se había cruzado en su camino, Fitzhugh había perdido de vista el vehículo. Julianne había vuelto horas después, y lo había hecho a pie, probablemente porque la habían dejado en algún sitio próximo.

Michael no tenía razones para sospechar, solo sentía mucha curiosidad.

Bueno, quizá sospechara un poco. Seguramente no muchas damas recién casadas de diecinueve años tenían secretos infames, pero Julianne se tomaba muchas molestias para evitar que Fitzhugh la acompañase en sus pequeñas excursiones.

¿Por qué?

El sol del ocaso iluminaba su bonito pelo y daba un tono dorado a su piel blanca. Michael sopesó su respuesta, y pensó si no sería más sencillo preguntarle directamente qué escondía. Sin embargo, a pesar de ser su esposo, no sabía si tenía derecho a aquello. A ojos de la ley respondía ante él, pero, desde el punto de vista ético, no lo veía bien. Después de todo, ella nunca lo había interrogado por sus constantes ausencias.

Era más sensato —y justo— dejarlo estar, decidió, sobre todo porque el que Fitzhugh la hubiera perdido de vista era mera casualidad. Pronto sabría adónde iba y, aunque su mentira lo desconcertaba, en ese momento lo embrujaba más su presencia.

Qué curioso que algo tan sencillo como pasear por un jardín con una mujer lo distrajera de aquel modo. Cambió de tema.

—De pequeño, me encantaba este jardín. Siempre que estábamos en Londres pasaba horas aquí, entre senderos.

Al ver que ella lo miraba sin ocultar su sorpresa por una revelación tan personal, añadió con sequedad:

—Sí, yo también he sido niño.

—Aunque soy más joven, lo recuerdo —repuso ella al poco—. Eras... callado. Harry era el risueño. Tú eras muy reservado.

—Piensas que aún lo soy.

—¿Ahora sabes leer el pensamiento, milord?

Él la miró de soslayo.

—Como es cierto y tú eres una mujer inteligente, no tiene mérito, querida.

—Supongo que no. —Ella, en cambio, le sonrió con picardía—. A riesgo de que eso te recuerde las innumerables obligaciones que te tienen siempre ocupado y vuelvas a recluirte enseguida, debo decir que me alegra que hayas tomado el té con nosotros.

No le importaría recluirse en ese instante, pero no solo. Como acababa de decir, conocía esos jardines como la palma de su mano. Nadie los encontraría en su escondite.

14

—Por aquí.

Julianne no había explorado mucho los jardines, claro que no llevaba ni un mes en la mansión. Además, el otoño inglés había sido húmedo ese año, aunque esa tarde hacía un tiempo espléndido y muy agradable.

¿O quizá fuera solo el fulgor de la esperanza, tonta tal vez, que había despertado en ella la decisión de Michael de tomar el té con ellos?

Abstraída y complaciente, se dejó llevar a lo que resultó ser un rincón apartado, cercado por densos matorrales. Parecía un callejón sin salida, pero, cuando él apartó algunas ramas bajas y le indicó que pasara, Julianne se introdujo en un pequeño jardín amurallado cuyo cuadrado de hierba estaba completamente aislado del resto del sendero y de los lechos de flores por el verde follaje.

Era precioso, aunque estaba algo descuidado, y por las piedras musgosas de uno de los muros se derramaba una cascada de flores blancas de pétalos delicados que se volvían de color rosa por el reflejo del sol poniente. En medio de aquel diminuto espacio, había un deslustrado reloj de sol cubierto de musgo, y también un banco de piedra.

—¿Qué es esto? —preguntó Julianne volviéndose a él, encantada pero también sorprendida.

—Un rincón olvidado. —Erguido en aquel lugar tan pequeño, Michael le parecía más alto que nunca—. Mala planificación, creo, de Gerald, el jardinero de mi abuelo, encargado de la reconstrucción de los jardines hace años. Los setos lo aislaron del resto. Yo lo descubrí un día. Era mi secreto. No se lo conté a nadie y lo convertí en mi reino.

¿Un hombre sensible? Jamás lo habría pensado, pero su mirada parecía risueña, quizá incluso nostálgica. Era como poder echar un vistazo al niño que había sido.

—¿Así que te escondías aquí?

En los labios de su esposo se dibujó una mueca burlona.

—Yo creía que los tenía intrigados, desapareciendo durante horas, pero supongo que nuestra institutriz al final debió de seguirme, porque de repente dejó de regañarme. Harry, en cambio, nunca encontró este sitio y no paraba de darme el tostón para que le dijera adónde iba.

De modo que, ya de niño, tenía sus secretos.

—Ni se me habría ocurrido que aquí pudiera haber algo así. —Julianne se acercó a las hermosas flores blancas y acarició los pétalos aterciopelados—. ¿Qué flor es esta? No la conozco.

—No sé nada de botánica, lo siento. A juzgar por lo descuidado que está todo, supongo que será alguna mala hierba.

—Qué bonita.

—Bonita —convino él.

Pero había cambiado de tono. Su voz era más grave, algo ronca y, al volverse, descubrió que no contemplaba la flor sino a ella. Se acercó despacio.

—Aquí nunca viene nadie. Estamos solos, y sí, me pareces muy bonita, Julianne.

La acarició con sus largos dedos, le alzó la barbilla y acercó su boca a la de ella, ahogando así su pequeño aspaviento. El repentino contacto de sus cuerpos despertó un fuego traicionero en su interior, aun cuando la parte racional de su cerebro le insistía en que estaba fuera y, a pesar de que el sol estuviera poniéndose, aún había luz.

El delicado juego de lengua sobre lengua, la suavidad de su pelo en el dorso de su mano mientras se agarraba a su nuca, la fuerza de su brazo masculino al deslizarse por su cintura para atraerla hacia sí, todo eso fue aún más mágico bajo el leve susurro de las hojas que tenían encima y alrededor, el jardincito tranquilo y silencioso y el aroma embriagador de las flores. Notó el cálido aliento de Michael en su mejilla cuando dejó de besarla y le dijo al oído:

—Te deseo.

Estando tan cerca, no le cupo duda de que decía la verdad, pero su escandalosa propuesta la dejó pasmada.

—¿Aquí?

—Ahora. —Volvió a besarla, lentamente, mientras le desabrochaba con descaro el vestido. Cuando la prenda se deslizó por sus hombros, él se apartó, sonriendo pícaro, y se despojó de la chaqueta a una velocidad pasmosa para tenderla en la hierba altísima a modo de manta antes de empezar a soltarse la camisa—. Quítate la combinación. Quiero verte mientras me desnudo.

Lo decía en serio. Se proponía hacerle el amor en aquel jardincillo apartado.

Aunque le costó hacerse a la idea, descubrió que no le disgustaba un poco de aventura, y la complacía saber que la deseaba. A juzgar por lo abultado de sus calzones, la deseaba mucho.

Perfecto. Aquello desató un lado promiscuo de sí misma que desconocía.

Primero se quitó las horquillas del sencillo recogido, con lo que no solo se soltó el pelo de forma seductora sino que, al alzar los brazos, también se alzaron sus pechos por encima del fino tejido y del borde de encaje de la combinación.

Michael, claro, se dio cuenta y observó embobado cómo tiraba con delicadeza de la cinta de la combinación.

«¿De verdad estoy haciendo esto?»

Por lo visto, sí. Haciendo un esfuerzo, dejó que el tejido de la combinación se deslizara por sus brazos, quedándose casi desnuda.

Su esposo también se quitó la camisa y la tiró al suelo. Se sentó en el banquito para descalzarse.

—Déjate las medias puestas —le dijo al verla inclinarse a soltarse el liguero—. No me preguntes por qué pero me gusta la idea de que lleves solo las medias.

—Jamás te preguntaría por qué —confesó ella con más candor del habitual, alentada por el deseo de sus preciosos ojos—. Sería inútil. Eres muy reservado, milord.

—Michael —la corrigió él con comedida intensidad y, cuando se puso en pie y la tomó en sus brazos, su beso reveló una urgencia que sus palabras no mostraban. Paseó las manos por su cuerpo, incendiando no solo su pasión sino también su alma. Julianne se derritió con cada caricia, cada roce, y cuando él la tumbó en su chaqueta, ella, con los ojos entornados, lo vio desenfundarse los calzones. A la tenue luz del día, su erección parecía aún más primitiva, rígida, y su pene se veía hinchado y resbaladizo, rematado por una gota ya visible de su secreción masculina.

Se tumbó a su lado y le cogió la mano y, para su sorpresa, se la llevó a los labios en un gesto cortés a la vez que erótico, acariciando los dedos con un roce lento. El sol doraba su recio pelo castaño y resaltaba el contorno musculoso de su cuerpo atlético.

—Dudo que hace años, cuando me ocultaba en este lugar, llegara a imaginar jamás la compañía de una dama deliciosa tan ligera de ropa —reconoció, acariciándole la parte superior de una media de seda y resbalando el dedo al interior del muslo—. ¿Puedo?

No podía resistirse al embrujo de su seductora sonrisa. Julianne asintió y lo vio soltarle el liguero y, despacio, como si saboreara la tarea, deslizar la seda de la media por su pierna. Hizo lo mismo con la otra y, cuando terminó, su mano ascendió de nuevo en un viaje indolente de exploración y apasionante descubrimiento. Cuando le acarició la entrepierna, ella cerró los ojos y se arqueó ante la experta manipulación, sintiendo cómo se le encendía la piel. Entonces, con naturalidad, él se instaló entre sus muslos y entró en ella de un solo embate.

Aquella impetuosa penetración la dejó casi sin aliento, y el placer le hizo olvidar el jardín iluminado, la chaqueta mullida en la que descansaba su cuerpo, el azul intenso del cielo…

Su reacción fue tan poderosa, tan apasionada que la propia Julianne se maravilló de su entrega absoluta aun siendo consciente de la temeridad. Michael no solo tomaba —también lo daba todo—, pero, igual que el niño que fue, seguía guardando, ocultando una parte de sí mismo en su escondite, y no iba a rendirse fácilmente.

«Pero lo haría», decidió, presa del placer en sus brazos mientras él la poseía hasta hacerla estremecerse de delicioso goce. Allí mismo, envueltos en la fragancia de la hierba aplastada, las flores y el atardecer otoñal, tumbados juntos, jadeando, supo que al final lo haría.

Ignoraba el origen de aquella certeza. Quizá la intuición femenina no estuviera tan sobrevalorada, porque tenía el presentimiento de que el hecho de que la hubiera llevado a su escondite era ya una forma de velada rendición. Había ocultado aquel lugar a Harry, y a su familia, pero se lo había enseñado a ella.

Un triunfo conmovedor.

Con suerte, aquello era solo el principio.

Mágico. La puesta de sol. Una ninfa espléndida en sus brazos...

Parecía algo irreal.

De niño se había refugiado en ese lugar para soñar. Ahora, tumbado encima de su esposa, exhausto, sosteniendo apenas el peso de su cuerpo, arrollado por el orgasmo, Michael decidió que había encontrado una especie de conexión mística con su destino, o como quiera que se le llamara.

Algo debía de haberlo tentado a llevarla a los jardines con el solo propósito de seducirla al atardecer. Había sucedido y Julianne había respondido con dulce anuencia y arrebatadora pasión.

El olor de la hierba aplastada se mezclaba con la fragancia de su pelo, y el rostro de Michael se hundía en aquella sedosa maraña. «Aquí es donde la decepciono», pensó. A esa unión física debían seguir las palabras tiernas, cuando ambos se encontraban desnudos y satisfechos en brazos del otro. Antes de Julianne, ni se lo había planteado, pues las otras buscaban el compromiso tan poco como él, solo querían placer fugaz.

Era habilidoso en otros menesteres, pero el romanticismo no era su fuerte.

Con esfuerzo, alzó la cabeza. Ella tenía el rostro sonrosado, los ojos entornados.

—Confieso que encuentro tu pequeño secreto de lo más delicioso —se adelantó a decir ella, con una risa entrecortada.

—Ah, ¿sí? —Le besó despacio el cuello, y se preguntó si sabría que lo había desconcertado. Con frecuencia era él quien se servía de la distracción física para evitar las charlas profundas—. Yo confieso que no pretendía tomarte cuando te he propuesto que saliéramos a pasear, pero coincido contigo en que el resultado ha sido delicioso.

Era la verdad. Y aquella era la segunda vez que el deseo por ella se había apoderado de él hasta hacerlo rendirse al impulso carnal.

Él nunca era impulsivo.

Ella era… tan distinta…

—Admito que, si me hubieras dicho que ibas a dejarme desnuda a plena luz, aquí fuera, no te habría creído. —Le acarició con suavidad la espalda.

Y, aunque acababa de alcanzar el clímax, aquella caricia lo excitó de nuevo.

Además, deseaba saber en qué pensaba ella. Quizá fuese aquel entorno idílico y la lánguida satisfacción del momento, pero no se sentía solo amante sino marido. El té con sus padres, que siempre se habían llevado muy bien, tal vez le había proporcionado una asombrosa perspectiva de la vida conyugal. ¿O habría sido la cara de sorpresa de Julianne al verlo aparecer?

—Dime lo que más te ha gustado —la instó, arrimándole la mano a un pecho. No fue una caricia subversiva, sino un suave roce mientras contemplaba su rostro—. Dices que soy muy reservado, y no te lo discuto, pero las concesiones son la base de cualquier acuerdo y, a mi juicio, el matrimonio es un acuerdo en el sentido más puro de la palabra: dos partes muy distintas que convienen en formar una alianza.

—Tal y como lo planteas, parece que estemos en la guerra.

Él había estado. ¿Tan habituado estaba a pensar en esos términos que incluso lo aplicaba al matrimonio?

—A lo mejor no me he expresado bien —se excusó—. Lo que quería decir es que hombres y mujeres a menudo ven las cosas de distinta manera.

—Supongo que sí. —Titubeó, después añadió—: Aunque este lugar es precioso, lo encuentro encantador porque tú estás aquí. —Sonrió, tímida y sublime, y sus ojos inocentes lo miraron con absoluto candor.

Bueno, casi absoluto. En ese momento, con su cuerpo tierno y complaciente entre sus brazos, a punto había estado de olvidar el engaño de antes sobre su paradero.

«… porque tú estás aquí…»

¿Qué demonios significaba eso?

Recordó entonces las palabras de Antonia: «Se enamorará de ti…».

—Y ahora… un trato es un trato —dijo ella enseguida, como para distraerlo de lo que acababa de decir—. Cuéntame algo que yo quiera saber de ti.

—¿Como qué?

—¿Cuál es tu color favorito?

La sencilla petición le pareció divertida, pero también enternecedora.

—¿Mi color favorito? —repitió—. Esperaba una pregunta más personal.

—Ah, ¿sí? —repuso ella subiendo la voz y acariciándole la espalda—. Descubrirás que las esposas, o al menos la tuya, no somos tan predecibles, milord.

Coincidió con ella, llevado sobre todo por la magia de su risa y la felicidad que sentía él en ese momento.

—El azul —respondió, mirándola a los ojos—. No el color del cielo en un día soleado de verano sino más oscuro, más intenso y aterciopelado.

—Muy poético. —No le pasó inadvertida la alusión a la belleza poco corriente de sus ojos—. Supongo que con eso has cumplido, porque me revela algo de ti que hasta ahora desconocía.

—Me intrigas, milady. ¿Qué revela de mí? —Dibujó el contorno de su cuello con un movimiento desenfadado de su dedo, pero estaba muy atento a su respuesta.

—Que yo te desconcierto.

Se quedó quieto y enarcó las cejas, atónito. Empezaba a pensar que era cierto, pero no tenía ni idea de que ella lo hubiera notado.

Deliciosa, despeinada y más tentadora de lo que seguramente sabía, prosiguió.

—Te has casado conmigo por razones que ambos conocemos, porque a mí no me quedaba otro remedio que hacer lo mismo. ¿Ha resultado ser como imaginabas?

No. En absoluto. Pero, si coincidía con ella, ¿qué sería de su vida? Tenía razón. Para empezar, estaba desnudo en un pequeño jardín al atardecer tras haberla seducido. Su comportamiento era completamente impropio de él, por usar un término suave.

—Para mí no —confesó ella con un hilo de voz—. Aunque confieso que estaba preocupada porque Harry era muy asequible y tú... no.

Michael se aclaró la garganta, aún tendido sobre su espléndido cuerpo.

—Es cierto. No me parezco en nada a él.

—Y, aunque jamás habría pensado que me sentiría así, me alegro —confesó, alargando la mano para acariciarle la mejilla—. Tú eres... tú.

Inexplicablemente, lo desarmó, allí mismo.

No se parecía en nada a su hermano jovial, llano y simpático, y por primera vez en su vida alguien se alegraba de ello.

15

Aquella mujer estaba en todas partes. Julianne sonrió con elegancia al criado que le llenó la copa, preguntándose si sería una coincidencia o el destino que lady Taylor estuviera sentada a la mesa enfrente de ella. Esa noche, la antigua querida de su esposo iba despampanante con un vestido de seda verde esmeralda y el pelo peinado hacia atrás y recogido con una mantilla española que resaltaba su exótica belleza morena.

«¿Cómo voy a competir con ella?», se preguntó Julianne, intranquila e innegablemente celosa. Michael brillaba por su ausencia: se había excusado en el último momento con una breve nota y la había dejado en compañía de sus padres. La presencia de la imponente lady Taylor había reavivado en ella aquella angustiosa preocupación por sus constantes ausencias.

¿Estaba con ella cuando desaparecía?

Se recordó compungida que eso no podía ser porque, en las últimas semanas, cuando él no la acompañaba a un acontecimiento social, lady Taylor estaba allí. Si se proponían convencerla de que no tenían una aventura, lo hacían muy bien, pero tenía la sensación de que había algo más.

Primero Fitzhugh la seguía casi a cualquier parte, y ahora aquella mujer.

Casi parecía que Michael la tuviera vigilada.

¿Por qué iba a hacer algo así? Si se hubiera enterado de sus visitas a Chloe, seguramente le habría preguntado sin rodeos...

—¿Le está gustando el cordero asado, lady Longhaven?

Aquella pregunta fría, hecha en un inglés con acento, la sacó de sus cavilaciones.

—Está delicioso —respondió mirándola, aunque solo había dado un bocado.

—No está comiendo nada.

—Qué observadora —replicó Julianne, cogiendo su copa de vino.

La otra se ruborizó, lo que resultó revelador. Apenas se notaba, era solo un rubor en las mejillas, pero el destello de sus ojos le dijo mucho más que cualquier otra cosa.

—Me preguntaba si su falta de apetito se debía a que le sucede algo.

—En absoluto. —Julianne forzó la mejor de sus sonrisas. Por suerte, el caballero sentado junto a la hermosa lady Taylor entabló con ella una conversación, con los ojos clavados en su escote, y Julianne pudo comer, o no. Lady Taylor tenía razón: no hizo más que picotear la comida hasta que llegó el postre. Entonces las damas se retiraron para que los caballeros pudieran disfrutar de su oporto.

Esta vez prestó atención al sitio que ocupaba cada invitada en aquel salón, mientras su elegante anfitriona, de la edad de su suegra, charlaba animadamente.

En efecto, lady Taylor se las ingenió para sentarse a su lado, observó. Interesante, como poco. Debido a la disposición de los asientos y a que casi todas eran mujeres mayores, lady Taylor y ella terminaron casi solas en un rincón de la estancia, una junto a la otra en un sofá. Julianne la miró con un gesto lo más amable posible.

—Entiendo que Michael y usted se conocieron bien en España.

—¿Eso le ha dicho? —La otra sonrió, pero la sonrisa no le llegó a los ojos.

—No me lo ha dicho —respondió Julianne, de pronto consciente del esplendor de la magnífica tez y la figura voluptuosa de la española—. Si tan bien lo conoce, sabrá que rara vez se explaya hablando de nada, menos aún de su pasado.

—¿Qué le hace pensar que lo conozco bien? —Lady Taylor se recostó, elegante y femenina, en el sofá de franjas verdes y crema, con sonrisa afable y mirada vigilante.

Julianne estaba aprendiendo a interpretar esa mirada. Michael la tenía a menudo.

—Por la forma en que se miran —espetó con descaro. Hizo una pausa y negó con la cabeza—. No, por eso no. Más bien por el modo en que evitan mirarse.

—¿Qué demonios insinúa, lady Longhaven?

—Me decepciona —señaló Julianne al poco, manteniendo la voz serena—. Pensé que sería más honesta.

—¿*Cómo*? —dijo en español.

Julianne se quedó sentada, cortés, sin entender la palabra.

—Disculpe —suspiró lady Taylor—. A veces se me escapa. Quería decir que no acabo de entender qué insinúa.

—Pues, fíjese, yo creo que sí.

Antonia la miró extrañada.

—No es usted tan cándida como él cree, ¿verdad? La admiro sinceramente. Michael no es alguien fácil de engañar.

—No tengo ni idea de lo que piensa de mí. —Julianne no estaba segura de si aquella conversación era prudente, pero, a fin de cuentas, la había empezado ella—. ¿Me cree muy cándida?

—Hablar por *Miguel* nunca es aconsejable —repuso, encogiéndose de hombros.

Aun así, la insinuación de que había hablado de ella con su marido estaba ahí, y Julianne descubrió que la irritaba, porque la intimidad que aquello implicaba le produjo otra punzada de inevitables celos. Aquel sentimiento infructuoso era doblemente inútil con Michael.

—Estoy segura de que tiene razón —dijo con toda la frialdad de que fue capaz.

Se hizo un silencio incómodo, y Julianne se preguntó si resultaría grosero que se levantara y saliese de la sala sin más. Mucho, decidió. Aunque, la verdad, ¿qué cortesía le debía a una mujer que había tenido una relación con su marido o incluso aún la tenía? No tenía más prueba que la propia confesión de

Michael de que se habían conocido durante la guerra, pero la noche en que lady Taylor se había acercado a ella en el baile él se había esforzado por interrumpir la conversación cuanto antes.

—Tengo la impresión de haberla ofendido —dijo Antonia, tocándole el brazo—. No lo pretendía. No nos llevamos tantos años y, en muchos aspectos, aún soy forastera en Inglaterra. Vivo en la casa de mi esposo, pero no con él, porque lo mataron en Quatre Bras, cuando la guerra estaba a punto de terminar. Una lástima. Era todo un caballero. Pero las cosas son así, y yo lo acepto. Sin embargo, no me vendría mal tener una amiga.

En ese caso, habría sido mezquino rechazarla. No obstante, seguía dudando de los motivos de Antonia.

—Por supuesto —murmuró Julianne.

—*Miguel* me salvó la vida. —Aquellas palabras se perdieron en el parloteo de los otros rincones de la sala. Los ojos oscuros de Antonia la miraron intensamente—. Los detalles no son... importantes, pero siempre habrá eso entre nosotros. Por lo demás, no somos más que amigos.

Toda una revelación a la que Julianne no supo cómo reaccionar. Michael había sido el caballero errante de aquella hermosa dama.

Lady Taylor prosiguió.

—En la gran ciudad, con todas sus fiestas y sus bailes, y sus exquisitos modales, no pueden imaginar las atrocidades sufridas en mi país. España e Inglaterra eran aliadas; sin embargo sus tierras no fueron invadidas y arrasadas. —Apartó la mirada, y su gesto se volvió fiero por un momento—. No la culpo por no saberlo; ojalá yo no lo supiera.

Ella no lo sabía, reconoció para sí, porque no sabía nada de ejércitos invasores, ni batallas sangrientas, ni destrucción gratuita. La historia de Inglaterra estaba marcada por la lucha por mantener el frágil equilibrio del poder soberano, pero no durante la vida de Julianne, o al menos no en suelo inglés. Ella había leído mucho sobre la materia, pero no lo había vivido en sus propias carnes.

—Por lo menos eso ya ha terminado —dijo torpemente, porque ¿cómo podía hablarse con tacto de la pérdida de una nación aunque, al final, se hubiera recuperado?

—La España que yo conocía ya no existe. No se deje engañar, lady Longhaven. Nada ha terminado aún.

Desconcertada, consciente de que su conversación nada tenía que ver con las que hacían reír y susurrar a las otras damas, Julianne miró fijamente a su acompañante.

—Bonaparte ya no es una amenaza.

—Una guerra se libra en muchos frentes. En este caso, hay un claro perdedor, pero el maldito corso no es más que un hombre. No tomó medio mundo él solo. Tampoco todos los que lo ayudaron han pagado por sus desalmados crímenes.

La vehemencia de aquel discurso no pasó inadvertida a Julianne, que se recostó en el asiento, no asombrada sino verdaderamente estremecida. ¿Seguía Michael metido en esa «guerra» constante? Sin duda andaba siempre ocupado con otras obligaciones.

Si era así, ¿por qué no se lo había dicho?

—¿Qué hace exactamente mi esposo para la Corona? —preguntó con tal énfasis que varias mujeres se volvieron.

—Hablo demasiado. —Antonia hizo una mueca, y a pesar de ese gesto tan poco femenino siguió viéndola preciosa—. No me haga caso. Cuando hablo de mi tierra natal soy muy apasionada. Quizá deberíamos cambiar de tema. Dígame, lady Longhaven, ¿qué le parece la nueva exposición de pintura italiana de la National Gallery?

Charles Peyton empujó un pedazo de papel por la mesa con el dedo índice. Su rostro revelaba pesar, pero no arrepentimiento.

—Tengo seis nombres y un posible séptimo, considerando múltiples factores, entre ellos, claro, tu suposición de que Roget es inglés.

Michael examinó la lista.

—Uno de ellos es el tuyo —señaló socarrón.

—Según tus criterios, sí, encajo. —Charles se recostó en el asiento, al otro lado de la mesa, y cruzó las manos—. Siervo fiel de la Corona, con acceso a información confidencial. Tampoco he excluido a lord Liverpool. No habría sido muy caballeroso por mi parte dejar fuera a un sospechoso tan obvio, ¿no te parece?

—¿Al primer ministro?

—Tu indignación me ofende. Mi nombre tendría que haberte sorprendido más.

Una carcajada contenida escapó de los labios de Michael; por lo demás, se limitó a examinar de nuevo la lista.

—Me sorprenden dos —murmuró entonces—. Solo dos. ¿En qué lugar deja eso a nuestra profesión, Charles? No me extrañaría que cualquiera de los otros cinco fuera el soplón de Roget.

—No voy a preguntarte si yo soy uno de los dos o de los cinco. En todo caso, significa que los que vivimos de esto guardamos bien nuestros secretos, sobre todo cuando uno de nosotros es culpable. ¿Cómo no iban a sospechar los demás?

—Ya veo. Ese es el problema —dijo Michael, dando un golpecito en el papel—. ¿Qué voy a hacer si el cómplice de Roget está en esta lista?

—Apresarlo. Eso sí, más vale que las pruebas sean irrefutables.

—En teoría, parece posible. En la realidad, no estoy tan seguro.

—Si quieres resolver este asunto, no te queda otra alternativa, y los dos sabemos que lo harás.

La pequeña sala estaba en una zona desierta de Whitehall, oscura, mal ventilada, iluminada por una sola lámpara, un cuadrado inhóspito que el frío aire otoñal convertía en un espacio oscuro y húmedo. Aquel no era el despacho habitual de Charles Peyton y Michael nunca había estado en esa parte del edificio oficial. Quizá por tantos años de subterfugios, o por sus responsabilidades como marqués, o por su reciente matrimonio, la intriga de todo aquello ya no lo atraía como antes.

Quizá estuviera cansado.

Quizá fuera por Julianne. Nunca había acariciado la idea de sentar la cabeza. Tampoco de llevar —Dios lo librara— la vida de caballero rural que su padre deseaba, pero sí le apetecía disfrutar de una existencia algo más convencional. Ya no tendría que preocuparse por la seguridad de su esposa, y no podía negar que repetiría de buen grado el idílico episodio de la otra tarde en el jardín. La enorme finca ducal en el campo estaba rodeada de un parque privado...

—Es posible que me jubile cuando atrapemos a Roget.

—Te aburrirás. —La silla en la que Charles estaba sentado crujió con fuerza cuando este se recolocó en ella—. Y eres muy bueno en lo tuyo. Inglaterra te necesita.

—Aunque no lo he buscado yo, ahora soy el heredero del ducado. Es mi familia quien me necesita.

—Veo que tu joven y hermosa esposa está teniendo una repercusión previsible en tu orden de prioridades.

Aquella lúgubre estancia empezaba a resultarle angustiosa.

—Julianne no tiene nada que ver con esta decisión.

Menuda mentira.

Charles también lo sabía, y eso que a Michael solía dársele bien el engaño.

—Soy un hombre casado —le comunicó su colega en voz baja—. Felizmente. Tengo tres hijos y mi esposa es el amor de mi vida. La adoro. Por desgracia, el mundo no es perfecto.

»Si no fuera por mí, y por otros hombres como tú, quizá Inglaterra no sería un lugar seguro donde formar nuestras familias. Sirvo a una causa muy específica, y lo sé. Nada más casarme, igual que tú, me di cuenta de que no solo ponía en peligro mi vida con mi trabajo sino el bienestar de mi familia. Respeto tus reservas, créeme.

—Si quisiera un sermón, ya recurriría a mi padre, que me lo soltaría encantado. —Aunque se esforzó por sonar jocoso, no lo consiguió del todo.

—Yo no soy tu padre, ni te estoy sermoneando. Te estoy resaltando los hechos desde el punto de vista de alguien que sabe a lo que te enfrentas.

No era precisamente el consejo que esperaba oír.

—Mi trabajo no interfiere en mi vida privada.

A aquella afirmación siguió una leve carcajada.

—Me temo, amigo mío, que debes ir haciéndote a la idea de que tu vida privada va a interferir en todo lo que hagas. Ahora tienes una esposa, y pronto tendrás hijos y, por mucho que quieras mantenerte al margen de eso, créeme, forma parte de ti. El tipo que antes realizaba misiones rutinarias a cientos de kilómetros, tras las líneas enemigas, ya no existe.

Quizá fuera cierto. Lo meditó un instante.

—Mi prioridad es manejar esto lo más discretamente posible. ¿Qué margen de acción tengo?

Charles meditó ceñudo mientras sonaba el fuerte tictac de un pequeño reloj sobre una estantería polvorienta. Sus ojos claros lo miraron sombríos.

—Un juicio sería un desastre, y una vergüenza para el gobierno inglés.

—No soy ningún asesino, Charles.

—No, pero conoces a unos cuantos. Confío en que, como de costumbre, tomes la decisión más acertada. Tienes carta blanca.

Lo que esperaba. Michael asintió con la cabeza y, esbozando una sonrisa cínica, se puso en pie.

—Que no me servirá de nada, porque si las cosas se pusieran feas negarías cualquier conocimiento del asunto de todas formas, ¿me equivoco?

—En absoluto. —Charles sacó su pipa y la sacudió en la mesa antes de hundirla en la pequeña petaca—. Qué bien nos entendemos.

16

Caía una fina cortina de lluvia fría, y aquel cambio repentino del tiempo hacía estremecer a Julianne, incluso envuelta en su capa, mientras avanzaban con dificultad por caminos embarrados.

Esa escapada había sido más difícil que la mayoría. Primero había tenido que inventar una razón para que Fitzhugh no la acompañara, algo cada vez más complicado. Como mentir no se le daba bien, le había pedido a su doncella que distrajera al asistente de su esposo. Decir que se sentía culpable era poco, pero solo se le había ocurrido eso.

La situación se enredaba por momentos.

Al parar ante la puerta, la casa le pareció deprimente: los lados grises del edificio, rayados de humedad, la calle repleta de charcos y peatones empapados. Julianne se apeó, se echó por la cabeza la capucha de la capa y subió corriendo los escalones.

Tiritando en el pórtico, llamó a la puerta, y la ausencia de respuesta la irritó. Volvió a llamar con mayor urgencia y vehemencia, pero tampoco hubo respuesta.

Leah siempre quería su dinero.

Aterrada, empezó a aporrear la puerta, con el corazón desbocado.

Nada. Ni un indicio de movimiento en la casa. Por las ventanas no se veía luz, aun a pesar de lo sombrío de la tarde.

Aquel había sido siempre su temor: que un buen día Leah cogiera a Chloe, desapareciera y la dejara... desolada. Estampó el puño en la puerta con más fuerza aún, hasta que se dio cuenta de que nadie iba a abrir.

No podía ser. Leah la necesitaba. «Necesita mi dinero», se corrigió enseguida, y ella le había pagado religiosamente desde que había descubierto lo de la niña...

En medio de aquella tromba de agua, con la capucha echada, bajó aprisa a la calle y rodeó el vehículo de alquiler para situarse delante. El cochero era un hombre mayor que aguardaba con paciencia y, si le sorprendía que una dama tan bien vestida visitara un domicilio así, no lo demostró.

Le preocupaba muy poco la naturaleza clandestina de sus visitas en ese instante. Estaba demasiado angustiada por Chloe.

—Por favor, necesito su ayuda para entrar en esa casa —le dijo, tan agitada que le faltaba el resuello—. Soy la marquesa de Longhaven. Mi esposo le recompensará.

¿Tenía algún derecho a prometer nada en nombre de Michael? En caso contrario, ya se ocuparía de eso más adelante. Empezaba a sentirse aterrada de verdad.

El hombre menudo bajó del coche y miró con recelo la casa desmadejada, pero luego examinó el vestido y la capa de Julianne y asintió con la cabeza.

—La ayudaré en lo que pueda, señora.

Fiel a su palabra, se acercó a la puerta, probó a abrirla y lo pensó un poco antes de servirse del puño para hacer un ruido espantoso. Al ver que no funcionaba, gritó y sacudió el pomo.

La ausencia de respuesta resultaba espeluznante.

«Quizá estoy exagerando», se dijo, respirando hondo, con la capa cada vez más empapada. Quizá Leah había olvidado su cita y había salido. «Solo que a Leah jamás se le olvida», le señaló con lógica aplastante una voz interior. Le importaba tanto el dinero que con frecuencia se lo reclamaba antes de que Julianne pusiera un pie en la casa.

No, ocurría algo. Lo presentía.

—Tengo que entrar. —Si Leah se había mudado sin avisar, sus cosas tampoco estarían allí—. ¿Cree que podría forzar la puerta?

El anciano empujó con el hombro la vieja puerta, pero no cedió. Mala suerte.

Cuando el hombre se apartó, lo intentó ella, arrojando su peso contra la chapa, pero nada. Soltó un sollozo de frustración.

—¿Puedo ayudarla?

Se volvió al oír aquel suave acento escocés. Allí estaba Fitzhugh, con el rostro oculto bajo el ala empapada de su sombrero.

«Luego le pediré que me explique cómo ha aparecido tan oportunamente», decidió Julianne. De momento, la alegraba ver la cara amiga de aquel hombre corpulento y competente.

—Necesito entrar en esta casa.

—Permítame, lady Longhaven.

El asistente de su esposo, del que ella siempre había sospechado que era mucho más que quien le planchaba la ropa y se encargaba de sus otras necesidades menores, resultó ser de lo más útil. La puerta crujió, saltó la cerradura y Julianne entró corriendo, pasando por delante del cochero.

—¿Leah?

No hubo respuesta. La casa estaba fría y el aire apenas contenía restos de humo de la chimenea y un leve olor a rancio de comidas pasadas. Desolada, cruzó el vestíbulo y echó un vistazo al salón, y luego a la pequeña estancia emplazada junto a la cocina, donde había visto a la pequeña por última vez.

La casa estaba desierta, eso era evidente, y no por las estancias vacías y el frío, sino por el silencio absoluto. Ni siquiera andaba por allí la anciana criada grosera que solía abrir la puerta. Dado que Leah no era una mujer de fiar, quizá Julianne no debería estar tan asombrada.

Tan desolada.

Pero lo estaba. Ella había intentado ser buena…

—No está aquí —sentenció Julianne, tratando de contener en vano la avalancha de furia y angustia—. He cometido un gran error. ¡Que Dios me asista…!

—¿Quién no está, milady? —preguntó Fitzhugh sombrío al ver las lágrimas que le rodaban por las mejillas.

—Una niña… así de alta —explicó, señalando con la mano a

medio muslo—. Hay una señora en la casa de al lado… quizá esté con ella…

Entonces oyó un sonido. Era muy leve, ni siquiera podía calificarse de gimoteo, pero estaba ahí. Julianne se volvió.

—¿Chloe?

—Venía de allí. —Fitzhugh ya se dirigía decidido a la cocina.

—Ya he mirado ahí… —Julianne se levantó las faldas mojadas y corrió tras él. Al llegar a la estancia oscura, se detuvo y echó un vistazo—. ¿Chloe? —dijo, más alto.

Otro sonido. Levísimo, casi inaudible. Lo siguió y, al abrir de golpe la puerta de la despensa, fría y húmeda, y ver aquel pequeño bulto en un rincón, sintió una mezcla de pánico y alivio. Se arrodilló junto a la niña, incapaz de creer que ni siquiera alguien tan resentido e irresponsable como Leah pudiera dejar a una pequeña sola en una casa a todas luces abandonada.

—Soy Julianne —le susurró, sin decidirse a abrazarla.

—¿Quién ha dejado a esta pequeña aquí? —preguntó Fitzhugh con voz ronca—. No hay nada que odie más de Londres que ver niños abandonados. Y esta criatura, encerrada en la fría despensa… —Se interrumpió y negó con la cabeza.

Aquellos ojos enormes la escrutaron con su habitual solemnidad, pero esta vez, cuando Julianne se inclinó hacia delante, Chloe se abalanzó sobre ella, dejando que estrechara en sus brazos su cuerpecito helado y tembloroso.

—Volvemos a Southbrook. De inmediato —dijo Julianne con rotundidad.

—Sí, milady.

—Supongo que luego me explicará su oportuna aparición —añadió, mirándolo fijamente a los ojos.

—¿Está herida? —espetó Fitzhugh, mirando a la pequeña que Julianne llevaba en brazos y pasando por alto su comentario. Perfecto. Estaba helada, empapada y no tenía ninguna gana de discutir.

—No lo creo. —Julianne examinó el rostro pálido de la pequeña—. Hambrienta, imagino, y asustada, pero, por cómo se ha abrazado a mí, no lleva mucho tiempo sola. Aún tiene fuerzas.

¿Habrían sido solo un par de horas? A juzgar por el frío que hacía en la casa, temía que hubieran sido más. ¿Toda la noche? Una aterradora noche en una casa abandonada era demasiado para cualquier niño.

Julianne tenía ganas de llorar, pero, curiosamente, también estaba contenta. Todo había terminado. Iba a tener que contar la verdad.

Qué alivio.

El condenado ataque lo pilló por sorpresa. La bala le alcanzó la manga y el antebrazo, y le desgarró la capa. Instintivamente, se tiró al suelo —un viejo truco de soldado— y sopesó sus opciones mientras rodaba para ocultarse bajo la sombra de un seto podado. La gente ya gritaba, porque, aunque muchos de sus conocidos eran hombres deportistas, en Mayfair no se oía con frecuencia el eco estrepitoso de un disparo.

Sin importarle el daño que pudieran sufrir su chaqueta y sus calzones, carísimos, decidió arrastrarse entre los setos para localizar a su asaltante bajo la lluvia torrencial. Él iba armado, pero no con un rifle ni una pistola.

Su agresor estaba escondido. No era un ataque casual a un hombre bien vestido para robarle la bolsa.

Aun así, había sido una temeridad intentar dispararle con aquel tiempo. Impropio de Roget. Se ocultó entre las sombras y se acurrucó tras un seto chorreante, esperando a que surgiese una figura oscura del callejón del otro lado de la calle. Casi era de noche, y la luz escaseaba.

Una vez localizado el enemigo, el juego se tornaría más equilibrado.

No era el momento de cruzar la calle a toda velocidad para perseguirlo. Bajo semejante manta de agua, quizá su atacante creía haber acertado al blanco. Michael se puso de lado y esperó, alerta, cualquier movimiento.

«Allí.» Apareció una silueta bajo la lluvia, apreció el destello de un rostro pálido, luego la figura dio la vuelta y se quedó inmóvil al caer en la cuenta de que no había nadie en el suelo donde esperaba encontrar el cadáver. Después corrió hacia un callejón próximo y se perdió en la lluvia.

«Has fallado, malnacido», pensó Michael con tristeza. Aunque se sintió tentado de seguirlo y en circunstancias normales lo habría hecho, no llevaba arma de mano.

Qué curioso. En circunstancias normales lo habría seguido, aun estando herido, pero tenía la sensación de que sus días de jugarse el pellejo, como bien le había indicado a Charles, habían acabado. Mientras, sangraba, algo que parecía ocurrirle con frecuencia últimamente. Se subió la manga, maldiciendo, luego sacó el pañuelo y trató de detener la hemorragia. Con las chaquetas y camisas que estropeaba, su sastre se iba a hacer rico.

Un tercer intento fallido... Eso no era cosa de Roget.

Esa conclusión lo tranquilizaba —seguía vivo porque no era Roget— y también lo agobiaba. No tenía idea de quién quería matarlo, y su antiguo enemigo andaba suelto.

—¿Se encuentra bien, milord? —Un joven criado de una casa vecina se acercó corriendo, con el pelo y la librea empapados. Miró el pañuelo ensangrentado que presionaba la manga de Michael—. ¡Le han disparado! —exclamó con un espanto casi cómico.

—Solo es un rasguño —le aseguró, maldiciendo por lo bajo que le hubiera ocurrido tan cerca de casa. Era obvio que aquel criado lo había reconocido, y no tardaría en correr el rumor de que a lord Longhaven lo habían atacado en la calle.

—¿Quiere que llame a un médico?

—No hace falta, gracias —le dijo al servicial joven. Para evitar más ofertas de ayuda de otros peatones curiosos, emprendió la marcha calle abajo. Podía volver a casa de Antonia, o a la de Luke, ya puestos, que vivía unas cinco casas más allá, pero supuso que, si se plantaba ensangrentado a la puerta del vizconde de Altea, el rumor volaría. Luke ni se inmutaría, pero el servicio chismorrearía.

Era mejor que fuese a casa y subiera a su alcoba con la mayor discreción posible para examinarse la herida. Fitzhugh había salido a seguir a Julianne, pero podía curarle la herida más tarde, si fuera necesario. Le ardía, pero no parecía grave.

Lo peor iba a ser explicárselo a su esposa. Una mala cuchillada no era corriente, y no se le había ocurrido una explicación razonable; si aparecía al poco con una herida de bala en el brazo iba a tener que sincerarse con ella. Empezaban a conocerse un poco más que en la cama, y sabía que ella tendría preguntas que hacerle, y se las haría.

«Si fuera al contrario, yo sin duda le preguntaría qué había ocurrido», se dijo mientras subía los espléndidos escalones mojados de Southbrook House. «Y además, esperaría que me contara la verdad.»

La sola idea de Julianne herida le resultaba... inaceptable.

No, aquella palabra era fría, insuficiente para expresar lo que sentía al imaginar que algo pudiera mancillar la piel perfecta de Julianne, causarle dolor, poner en peligro su vida. Confiaba en Fitzhugh, pero ella había esquivado a su asistente más de una vez. Con aquel tercer ataque, quizá debiera asignarle a un agente la vigilancia de Julianne. Vigilándola dos hombres, además de Antonia, seguramente estaría a salvo.

Salvo que un francotirador la atacara desde lejos. La seguridad era una ilusión. Lo que debía hacer era encontrar al que quería matarlo y acabar con aquello.

—Buenas tardes, milord. —Rutgers lo recibió en el vestíbulo, listo para cogerle la capa. Michael negó con la cabeza y se aferró a la prenda encubridora.

—Está empapada, Rutgers. Le diré a Fitzhugh que se ocupe de ella, que la seque al fuego.

—Muy bien, señor. —El anciano mayordomo retrocedió.

—¿Está lady Longhaven en casa?

—Aún no ha vuelto, milord.

Estaba anocheciendo. ¿Qué demonios ocurría?

Una gota de sangre salpicó en la bota de Michael.

—Que se me informe de su regreso enseguida —dijo con todo el aplomo de que fue capaz antes de volverse y enfilar el pasillo hacia la enorme escalera de caracol que conducía a los cuartos privados de la familia. Confió en no dejar un reguero de manchas de color escarlata tras de sí.

Al cabo de una hora, después de bañarse con agua caliente para librarse del frío del otoño, improvisar un vendaje sobre lo que resultó ser, como sospechaba, una herida superficial y vestirse con ropa seca, Michael se reunió con su padre en el estudio.

—¿Deseabas verme, padre? —Escogió una silla y se dejó caer en ella; el brazo no le dolía más, pero tampoco había dejado de dolerle.

El sexto duque de Southbrook le sirvió una copa de carísimo coñac francés y se la pasó.

—Supongo que esta noche cenarás con nosotros.

Michael enarcó una ceja.

—Dicho así, no suena a decreto ducal, pero supongo que sí lo es.

—Sé que te parece tan aburrido como una tostada sin mantequilla, pero esta cena que ha organizado tu madre es importante para ella.

—Para la sobrina de lady Hampton, ¿verdad? —Le parecía aburrido, en efecto. La joven era debutante y, si no recordaba mal, algo tontorrona. Eran primos lejanos y, claro, que la presentara en sociedad la duquesa de Southbrook era todo un triunfo.

—Da la casualidad de que lady Felicity es, además, buena amiga de tu esposa. —Su padre sonrió amable por encima del borde de la copa.

Insinuaba que, si asistía, Michael complacería a la vez a su madre y a su esposa.

—Prométeme que, como compensación, sacarás una de tus mejores cosechas.

Una carcajada.

—Claro. Tampoco a mí me apetece, pero el matrimonio es una concesión.

O un acuerdo, como él le había susurrado a Julianne cuando yacían en el jardín. Quizá ella tuviera razón: ya había tenido guerra de sobra. Concesión sonaba mejor, aunque en el fondo era lo mismo.

Michael echó un vistazo al reloj de pared del rincón.

—A propósito de mi esposa, parece que se retrasa.

«Maldición. Fitzhugh, espero que la estés cuidando bien...»

—La cena no será hasta dentro de unas horas —señaló su padre.

Cierto. Michael procuró relajarse todo lo posible; aún tenía fresco en la memoria el balazo inesperado en aquella tarde horrible. El dolor del brazo le impedía olvidarlo.

«¿No podría encerrar a Julianne en casa hasta que esto se arregle?», se preguntó, repantigándose, desanimado, en la silla, y escuchando solo a medias la descripción de su padre del semental que estaba pensando adquirir para incrementar la pureza de sus caballos de raza.

No, no podía prohibirle salir sin decirle que temía que estuviera en peligro.

No sin revelarle más de lo que deseaba sobre quién era y lo que era.

Inquieto, bebió más coñac y se preguntó dónde estaría.

17

La rueda se había roto, y los había dejado tirados.

El coche era muy viejo, así que quizá no era de extrañar, pero el bandazo lateral en el barro no le había sentado bien, y la lluvia incesante había convertido los caminos en un cenagal. Como si la pobre Chloe no hubiera tenido ya bastante.

El leal Fitzhugh había acudido a su rescate una vez más; había subido a Julianne y a la pequeña a su caballo, y lo había llevado él, aunque aquello había eternizado su regreso y, al final del viaje, los tres estaban calados hasta los huesos y temblando. Por entonces, era más de medianoche.

Más de medianoche.

¿Qué hora sería, exactamente? No tenía ni idea. Habían parado en una taberna para asegurarse de que Chloe comía algo, y tanto Julianne como Fitzhugh se habían quedado pasmados al ver a una niña tan pequeña engullir un pastel de carne entero y beberse de golpe varios vasos de agua como si estuviera muerta de sed. Como siempre, no había dicho una palabra. En una ocasión, el asistente de su marido la había mirado intrigado por el silencio de la criatura, pero ella se había limitado a negar con la cabeza.

Tenían todos un aspecto lamentable cuando llegaron a las elegantes calles de Mayfair, y ninguno de ellos parecía pertenecer a aquel lugar. El vestido de seda de Julianne estaba destrozado, sus zapatos eran irreconocibles y estaban inservibles, y llevaba la capa tan empapada que ya no la protegía del frío. Lo único gracioso de todo aquello era que Julianne era incapaz de decidir cuál de los dos —si ella o el asistente de su esposo— se sentía más abochornado cuando, embarrados y desaliñados, desmontaron de su extenuado caballo.

Las luces de la mansión brillaban con intensidad, y de pronto cayó en la cuenta de que aquella noche se celebraba una cena y que posiblemente ya hubiera empezado. Se sintió desmoralizada. No era así como ella quería haber hecho las cosas.

No era precisamente una llegada ideal.

—Podemos entrar por la puerta de servicio, señora.

Lo dijo tan apenado que casi la hizo reír, pero no estaba de humor para risas. La sola idea de rodear la casa le parecía demasiado. Quería entrar al calor del hogar lo antes posible, no por ella sino por Chloe.

—No —dijo con resolución—. Sé que hay invitados, pero me niego a meterla por la puerta trasera, Fitzhugh. Ya ha estado bastante tiempo escondida.

Por un instante, le pareció que se lo iba a discutir, pero luego miró a la niña empapada y desaliñada que Julianne llevaba en brazos y asintió con la cabeza.

—Puede que tenga razón, lady Longhaven.

—No estoy impaciente por contarles a todos lo que he hecho —confesó—. Usted conoce a Michael mejor que nadie. ¿Me lo perdonará?

—El coronel es un hombre justo. Tendrá que pasar esa puerta para averiguarlo. —Aun calado hasta los huesos y cubierto de barro, el antiguo sargento tenía un porte formidablemente digno.

Julianne miró el elegante pórtico con su exquisita puerta labrada y recordó que Chloe tenía todo el derecho del mundo a estar allí. Habría preferido no estar sucia y extenuada ella también, y esas no eran las circunstancias en las que ella había previsto revelar su secreto, pero debía hacerlo, y quizá fuera mejor acabar cuanto antes.

De hecho, no se le ocurría otro modo de hacerlo. Colarse por la puerta trasera quizá no fuese mala idea, pero sí esconder a Chloe. La niña era un ser humano y, aunque las circunstancias de su nacimiento no fueran las ideales, ella no tenía la culpa.

Aun así, delante de todos aquellos invitados...

Con un poco de suerte, estaban todos en el comedor y Julianne podría al menos entrar discretamente y darse un baño y cambiarse de ropa antes de dar explicaciones.

Todavía no estaba segura de cómo reaccionarían los duques.

—Vamos, cielo —dijo, apartándole el pelo de la cara. La niña estaba exhausta y tenía los ojos medio cerrados—. Esto te va a gustar, ya verás.

Se irguió y subió los escalones. Para su sorpresa, la puerta se abrió de golpe antes de que llegara a ella. La silueta de Michael quedó enmarcada por la luz cálida y acogedora que la casa derramaba sobre la noche fría. Al contrario que ella, él iba impecable con su traje de gala a medida, su corbatín blanco como la nieve y sus botas pulidas y brillantes.

—¿Dónde demonios te habías metido? —quiso saber, escudriñando su figura empapada y desaliñada, y lanzando después una mirada acusadora a su asistente—. ¿Qué ha ocurrido?

—Yo se lo explico todo, coronel —respondió Fitzhugh con su habitual tono estoico y calmado, de pie a su lado.

Julianne estaba temblando.

—No, ya se lo explico yo, pero ¿te importaría que lo habláramos dentro?

Su esposo pareció entender que tapaba la puerta, porque se apartó. Ella entró, agradecida, en la casa caliente, dejando con sus faldas un rastro de barro en el suelo impoluto. Chorreaba agua, observó con resignación; hasta le caían gotas de las pestañas. Julianne pestañeó y deseó poder tener un pañuelo con el que sonarse la nariz.

—¿Me permite su capa, milady? —se ofreció Rutgers, como si la marquesa no hubiera llegado empapada y desastrada, con una niña en brazos.

—Me parece que ha quedado inservible —dijo ella con tristeza.

—Tírala —dijo Michael muy seco, quitándole la prenda mojada de los hombros.

El adusto mayordomo parecía coincidir, pues, aunque con disimulo, la mantuvo alejada de su impecable vestimenta y le hizo una seña a uno de los criados para que se la llevara de inmediato. Los zapatos de Julianne se encontraban en peor estado aún, pero no iba a descalzarse en el gran vestíbulo de la mansión ducal.

—Lo lamento, Rutgers —se disculpó—. Hemos tenido un pequeño accidente.

—No es necesario que se disculpe, milady. ¿Quiere que le suban agua caliente?

—Eso sería maravilloso.

—¿Qué clase de accidente? —quiso saber Michael—. ¿Estás herida?

—No.

—Julianne.

Aunque había intentado esquivar su mirada, el tono tierno pero firme de su voz la obligó a mirarlo entonces. Él, en cambio, miraba a la niña que llevaba en brazos. Chloe, por increíble que pareciera, estaba dormida como un tronco.

—¿Te importa que lo hablemos arriba? —Muy a su pesar, se le quebró la voz y de pronto los ojos se le llenaron de lágrimas—. Tengo... tengo frío y estoy empapada, y he tenido un día espantoso.

Se negaba a echarse a llorar delante de todos, pero a pesar de su determinación una lágrima le rodó por la mejilla.

—Fitz, cámbiate de ropa antes de que cojas un catarro de muerte —oyó que le decía Michael con autoridad—. Rutgers, vamos a necesitar una doncella para la niña y agua caliente lo antes posible. Por favor, excúsanos discretamente ante mi madre.

—Por supuesto, milord.

Julianne soltó un pequeño aspaviento cuando unos brazos fuertes la levantaron de repente con niña y todo. Michael enfiló el pasillo brioso, haciendo resonar sus botas en el suelo de mármol.

—Te vas a estropear la ropa —protestó ella, aunque Michael le daba sensación de calor, de robustez, y olía de maravilla; ella, sospechaba, con toda aquella porquería pegada a las faldas, seguramente no.

—Me sucede con frecuencia últimamente —murmuró él. «¿Qué significa eso?»

—Además, me ha parecido la mejor solución —prosiguió él—, y debo confesar que estoy algo más que impaciente por averiguar qué te ha hecho llegar a casa empapada y cargada con una niña de la calle.

—No es una niña de la calle —espetó Julianne a la defensiva, aunque lo cierto era que, dado el aspecto desastrado de la pequeña, entendía que Michael hubiera llegado a esa conclusión.

—¿No? —Empezó a subir la escalera, cargando con las dos como si nada—. ¿Quién es, entonces?

Una pregunta difícil de responder.

—Nuestra. La pequeña es nuestra —dijo al fin.

Mientras se servía otra copa de clarete, Michael observó cómo su bella esposa picoteaba el pollo deliciosamente glaseado con una reducción de miel y oporto. Les habían subido una mesita a la alcoba de ella y la doncella de Julianne les había servido discretamente la cena. Su esposa, enfundada en un camisón ligero de color azul claro, había estado muy callada durante su cena informal, claro que él había interrumpido su precipitada explicación inicial diciéndole que no quería oír nada hasta que ella hubiera comido algo y hubiera tenido tiempo de meditar lo que iba a decir.

Una demora estratégica. ¿Buena idea? No estaba seguro. Estaba acostumbrado a lidiar con maestros del engaño, eso era innegable, pero estos no solían ser jóvenes damas de conmovedores ojos azul oscuro. No era lo mismo.

No obstante, estaba habituado a los interrogatorios y se le daban muy bien. Conseguiría averiguar la verdad, de eso no cabía duda, sobre todo de alguien como ella.

La espera era una de las formas más efectivas de inquietar al sujeto lo bastante como para llevarle a revelar sus más íntimos secretos. Por ejemplo, el de la niña.

No era de ella. Al principio, lo había destrozado la idea de que quizá, solo quizá, Julianne no hubiera sido la virgen temblorosa que él creía en su noche de bodas. Ciertamente había disfrutado del sexo y no se había mostrado tan tímida como esperaba, claro que había habido pruebas físicas de su pérdida de la inocencia y, además, él había notado el momento de la ruptura de su himen.

No. No era de ella.

Entonces, ¿por qué demonios había aparecido con aquella pequeña en brazos, tan a la defensiva como una leona con su cachorro?

—Deberías hacer un esfuerzo por comer algo —le dijo lo más neutral posible—. Lo que tengas que decirme no puede ser tan terrible como para que enfermes por ello.

—Quizá lo sea. —Cogió su copa de vino y le dio un sorbo rápido y convulso. Los ojos le brillaban mucho, y Michael deseó que no se echara a llorar otra vez.

Había soportado sin derrumbarse dos días enteros de tortura de los franceses, encerrado en una celda asquerosa, pero la lágrima que había visto caer por su mejilla hacía un rato había conseguido desarmarlo.

—Julianne... —empezó a decirle.

—Tampoco tú has comido mucho —señaló Julianne, dejando la copa en la mesa con una mano visiblemente temblorosa.

Lo cierto era que le dolía el brazo y había estado tan preocupado por ella que casi había rayado el pasillo de tanto ir de un lado a otro, esperándola, y ahora... bueno, estaba demasiado desconcertado para comer.

—Además, me estás analizando como si fuese una pieza de museo, algo exótico que no acabas de entender —añadió con un hilo de voz.

Puede que aquella acusación fuese acertada. Michael se revolvió en la silla.

—Es lógico que tenga mis dudas, pero tampoco soy, espero, tan despiadado como para someterte a la inquisición si estás cansada y hambrienta. Termina de comer.

—No puedo. Sería mucho más fácil contártelo ya. —Su esposa, con el pelo aún mojado de su reciente baño enmarcándole el rostro, dejó el tenedor con delicadeza—. Chloe es hija de Harry.

«¿Qué acababa de decirle?»

¿Su hermano, perfecto parangón de heredero ducal, tenía una hija ilegítima?

—No sé exactamente cuándo nació, pero me han dicho que tiene casi tres años.

Michael debía admitir que aquella revelación lo había pillado por sorpresa, y eso que él se enorgullecía de estar siempre alerta. Su hermano no había sido un libertino y, aunque había disfrutado de la vida, nunca le había parecido promiscuo o descuidado. Echó un vistazo a la cama, donde aquella pequeña figura dormía bajo las mantas.

—¿Cómo demonios ha ocurrido?

Por primera vez esa noche, Julianne pareció esbozar una sonrisa.

—Doy fe, milord, de que sabes bien cómo ha ocurrido.

Michael le dedicó una sonrisa socarrona.

—No me refiero a eso, querida. Empieza por el principio, por favor.

El buen ánimo se desvaneció.

—¿El principio? Yo no estaba ahí al principio. No me enteré hasta que él murió. No sabía qué hacer. —Hablaba bajo, casi no se la oía—. Tus padres estaban tan tristes... Leah me envió una nota para pedirme que nos viéramos. Sabía que yo era la prometida de Harry. Me contó que había tenido una hija de él..., que él le había estado pagando para que cuidara de ella y guardara el secreto, que, si yo no hacía lo mismo, se pondría en contacto con los duques. No sabía si ellos podrían sobrellevarlo en aquel momento, así que accedí.

Le costó digerir aquella información.

—¿Esa mujer te chantajeó?

—Sí, supongo que es un modo de verlo. —Su delicado semblante palideció—. Yo prefiero verlo como una forma de ayudar a Chloe.

—¿Y cómo demonios sabes que la niña es hija de mi hermano?

—¿Tú la has mirado? —inquirió Julianne, erguida y ofendida por la pregunta—. No cabe la menor duda de que es una Hepburn. No se parece en nada a su madre. Además, él debía de saber que era suya, porque pagaba su manutención. Leah me enseñó un documento escrito por Harry en el que se estipulaba el acuerdo.

Michael no había visto más que un pelo alborotado, castaño y rizado, y un rostro pequeño y demacrado. No tenía experiencia con niños, pero un documento le parecía más convincente.

—¿Has estado pagando a esa mujer desde la muerte de Harry? ¿Cómo?

—Mi padre, como es lógico, me daba una pequeña asignación... También vendí unas joyas de mi abuela.

Michael no sabía qué decir. Una joven de su edad, sin ataduras, debía de tener pocos recursos y, por muy generoso que hubiera sido su padre, su estipendio no debía de haber sido mucho, teniendo en cuenta que su familia cubría el resto de sus gastos. Por el contrario, su padre, el abuelo de la criatura, era un hombre rico. No era necesario que hiciera ese sacrificio.

—Desde que nos casamos, ha sido mucho más fácil —siguió con voz queda—. Con tu generosa asignación, he podido pagarle sin tener que preocuparme por ello.

Era evidente que Michael estaba atónito. Dejó su copa en la mesa, despacio.

—Por un lado, te estoy muy agradecido —le dijo con sinceridad—; por otro, quisiera saber por qué no me lo has contado antes. Soy tu esposo, Julianne.

—No te conocía lo bastante como para saber cómo te lo tomarías.

Más de una vez le había mencionado que lo encontraba distante.

Porque se había mostrado distante, maldita sea.

Seguramente la reticencia de ella era culpa suya. Sin duda lo era.

—No pretendía engañaros, pero tú sabes bien lo desolados que se quedaron tus padres tras la muerte de Harry —dijo Julianne, serena—. Supuse que tu hermano no quería que lo supieran, porque de lo contrario se lo habría dicho él mismo, así que no lo hice solo por ellos sino también por Chloe.

Por Harry. El hombre que toda su vida habría creído que sería su esposo. Él era el sustituto. El marqués sustituto, el heredero sustituto y, sí, el esposo sustituto.

«Maldita sea.»

—Te prometo que solo pretendía ayudar —prosiguió, con voz entrecortada—; no tenía ningún interés en esconderla. Odiaba que fuera así —dijo Julianne, angustiada y vulnerable—. He descubierto que, si te embarcas en ese viaje, los secretos te apresan.

Secretos. Él estaba muy versado en ese campo. Lo que decía era muy cierto. Pero su secreto había nacido de sus buenas intenciones y ella solo pecaba de omisión. La promesa era innecesaria.

—¿Lo amabas? —Ni Michael sabía que iba a preguntarle eso. Le había salido espontáneamente, pero descubrió que la respuesta era importante para él.

Julianne lo miró perpleja.

—¿Amarlo?

—A Harry.

—Ah. —Bajó la mirada a su comida casi intacta. Se hizo el silencio, luego dijo en voz muy baja—: No. No de la forma a la que te refieres.

Sintió un alivio egoísta. Dios, ¿también iba a robarle eso a su hermano?

Él nunca había querido nada de lo que había heredado. Ni siquiera a Julianne. Pero eso había cambiado. El título le daba lo mismo, el ducado era más una carga que un premio, pero su preciosa esposa era algo muy distinto. A ella sí la quería, sin duda.

—Quizá hubiera terminado amándolo. Supongo que sí, con el tiempo —confesó, hermosamente desconcertada, mirándolo con aquellos ojos espléndidos—. Sin embargo, aunque ignoro por qué estoy tan segura, sé, lo sé, que jamás sería lo mismo que contigo —añadió con repentina carraspera y, aun con todo, muy digna.

«Se enamorará de ti...»

¿Tendría razón Antonia? De pronto le importaba. Le importaba mucho.

—¿Cómo es conmigo? —En general, se le daba mucho mejor controlar su tono, pero en aquel caso no lo consiguió. Muy a su pesar, quería que ella le dijera que estaba enamorada de él, que la pasión se había traducido en un sentimiento más profundo, que, aunque él se había esforzado por mantener las distancias, no había servido de nada.

Qué extraño. Quería saber que no había servido de nada.

Porque él, desde luego, no había conseguido no implicarse.

De pronto, aquella alcoba le pareció pequeña a pesar de su tamaño palaciego, y Julianne estaba demasiado cerca, con aquellos ojos azul oscuro y esos labios rosados. Solo cubría su tentadora figura de curvas ideales en los sitios correctos un fino camisón. La deseaba, notó, apretando el pie de la copa, pero su respuesta le interesaba más.

Mucho más. Los sentimientos más que la atracción física.

Algo inusual en su vida cuando se trataba de una mujer.

18

«¿Y yo qué?»

En parte, le dolió que se le ocurriera siquiera hacerle aquella pregunta.

Le impedía responder el carácter mismo de quien se la hacía. De haber sido otro —cualquier otro—, habría jurado que su voz revelaba vulnerabilidad, pero era Michael.

¿Michael, vulnerable? No. Antes de aquel instante, lo habría creído imposible. Sin embargo, por cómo la miraba, inmóvil en su silla, con aquellos intensos ojos pardos tan fijos en ella… quizá sí quisiera saberlo.

¿Agradecería incluso una declaración de sentimientos más profundos?

Indecisa, Juliannne inspiró estremecida. «¿O quizá solo sirva para que recule y perdamos esa mayor intimidad que tanto nos ha costado conseguir?», señaló la voz de la razón. ¿Estaría tanteando el terreno o quizá lo que pretendía era decidir si debía ponerse a cubierto cuanto antes?

Ojalá se le diera mejor esa clase de juegos. Él tenía mucha más experiencia. Antonia Taylor, por ejemplo, sabría exactamente qué responder. Sería algo ingenioso, los dos reirían y evitarían así un momento tan personal.

—No es como pensaba que sería. —Una respuesta tan esquiva como las de él.

Michael no aceptó la evasiva, y pareció entender lo que ocurría.

—Muy bien. ¿Cómo pensabas que sería?

—Ya te he dicho que no te conocía tan bien como a Harry.

—Y yo he admitido que eso es cierto. —Allí estaba, relajado en la silla, larguísimo, más informal después de quitarse el corbatín y la chaqueta y desabrocharse la camisa, y bebiendo vino con aparente despreocupación. Claro que ella ya sabía que Michael nunca actuaba con desenfado.

Lo veía siempre en sus ojos peligrosamente hermosos. Podía ocultarlo casi todo, pero no aquella intensidad.

—Creo que habría terminado amando a Harry —dijo Julianne con cautela—, pero dudo que me hubiera enamorado de él. Aunque no tengo mucha experiencia, me parece que son cosas distintas.

—¿No es lo mismo amar a una persona y enamorarse de ella?

—Yo creo que no.

—¿Qué estás diciendo?

—¿Qué me estás preguntando, milord? —Con las manos cruzadas en el regazo, esperó pensativa. ¿Por qué iba a confesar sus sentimientos? ¿Qué bien podía hacerles? Una cosa era estar perdidamente enamorada y otra muy distinta reconocerlo.

—Julianne, tengo la sensación de que estás siendo deliberadamente ambigua.

—Yo tengo la misma impresión de ti.

Una sonrisa se dibujó en los labios de Michael.

—Si me lo permites, te diré que eres un poquito insolente.

La carcajada de Julianne disolvió la tensión por un momento. Aunque no llevaba más que una bata sobre el camisón y a pesar del frío que había pasado y de que la lluvia seguía golpeteando la ventana, de pronto le pareció que hacía mucho calor allí.

—Solo si tú me permites mencionar tu habitual reserva.

—Tú puedes mencionar lo que quieras.

—¿Qué va a ser de Chloe? —Era importante para ella, tanto que su charla quedó suspendida temporalmente—. Yo aprecio a tus padres, pero nunca he estado segura de que fueran a aceptarla. Muchas familias aristócratas ignoran a los hijos ilegítimos.

—¿Dónde está su madre?

Leah. Nunca le había caído del todo bien y en aquel instante la detestaba.

—No es una dama, y no hablo de su posición social. Por lo que sé, es alcohólica, y sospecho que se gasta el dinero que le doy en tabernas, porque desde luego no lo emplea en el cuidado de Chloe, salvo en sus necesidades más elementales. Cuando he llegado esta tarde, la casa estaba cerrada a cal y canto. Menos mal que Fitzhugh me seguía, porque ha sido él quien ha tirado abajo la puerta. Hemos encontrado a la niña escondida en la despensa. El resto de la casa estaba desierta.

—¿Ha dejado sola a una niña tan pequeña? —inquirió Michael con tristeza.

Pasó por alto, observó Julianne, el hecho de que Fitzhugh la siguiera.

De momento, se alegraba tanto de que él no se hubiera enfadado con ella que no pensaba ahondar en el asunto. Al parecer, habían descubierto su estratagema de escapar por la puerta trasera.

—Yo me he quedado pasmada. —Apartó la mirada un instante y tragó saliva—. Es culpa mía, por dejarla al cuidado de Leah cuando sabía, o sospechaba, cómo era. Chloe no sabe hablar y, como ya te he dicho, debe de tener unos tres años. Me aterra pensar cómo se porta Leah cuando yo no estoy allí. Está claro que para ella Chloe es una carga y, sin embargo, como la existencia de la niña le proporciona buenos ingresos, que yo sepa, nunca antes la ha dejado sola. Siempre que voy la encuentro esperando impaciente el dinero. Te aseguro que jamás la he creído capaz de abandonar a su hija. Es maleducada y desagradable, pero siempre he supuesto que solo conmigo y, por raro que parezca, lo entiendo: tuvo un hijo de Harry, pero él no quiso casarse con ella y se prometió conmigo. Yo, en su lugar, también albergaría resentimiento.

—Tal y como la describes me imagino que, si se le hubiera ocurrido hacerlo, todos los que en su día fueran duques de Southbrook se habrían revuelto en sus tumbas —dijo Michael con sequedad—. Tengo la impresión de que cometió un grave error que luego lamentó, y no hay un solo ser humano sobre la faz de la tierra al que no le haya ocurrido alguna vez. Claro que el de Harry dio como fruto una niña, y debería haberle hablado a mi padre de su existencia para que pudiera cuidarla si algo le pasaba a él.

Julianne asintió. Contárselo a sus padres no habría sido fácil y, si hubieran conocido a Leah, les habría horrorizado, por eso debió de evitar ambas cosas.

—Debo decir en su defensa que era joven y disfrutaba de aparente buena salud. Seguramente ni imaginaba que pudiera ocurrirle algo.

—No hace falta que lo defiendas, pero deja de responsabilizarte de todo esto porque no es culpa tuya —dijo él, con serenidad, mirándola fijamente—. Para empezar, fue mi hermano quien dejó embarazada a esa mujer. Además, dudo que nadie esperara que una joven dama soltera adoptara a la niña de otra mujer para criarla por mucho que estuviera prometida al padre de la criatura. El escándalo no es tuyo, querida, ni tenías por qué pagar los platos rotos cuando Harry murió.

—Debí habérselo contado a tu padre. —Aún la atormentaba el no haber tomado la decisión correcta.

—No tengo claro si tendrías que haberlo hecho o no. Al menos mis padres se han recuperado un poco de su pérdida. Yo se lo explicaré todo. Piensen lo que piensen de la niña, no debes preocuparte. Es evidente que la pequeña te aprecia. Parece lógico que seamos nosotros quienes nos ocupemos de ella.

Aquella oferta, planteada con tanta naturalidad, la dejó medio conmocionada.

—Es la hija de mi hermano —señaló con una sonrisa fugaz y forzada—. No voy a abandonarla. ¿No estaría mucho mejor con nuestros hijos?

Nuestros hijos. Michael quería un heredero, claro, igual que todos los hombres de su posición, pero por alguna razón aquellas palabras sonaban muy íntimas.

—Gracias.

—¿Por qué me das las gracias? —Michael se levantó, dejó caer la servilleta sobre la mesa y la rodeó con gran elegancia.

Tiró de ella para que se levantara. Julianne lo hizo de buen grado y, cuando él la abrazó, ella se fundió en su abrazo. Para su sorpresa, Michael no la besó, solo la apretó contra su cuerpo un instante, luego le dijo con voz ronca:

—Seguro que estás agotada. Supongo que, como hoy tenemos una invitada que podría despertarse en plena noche, desorientada y aterrada por su nuevo entorno, querrás dormir aquí con ella. Yo te propondría que la cuidara una doncella, pero eso sería muy egoísta por mi parte. Puede que te necesite. Mañana le buscaremos una niñera.

Si no hubiera estado ya locamente enamorada de su a veces enigmático esposo, se habría enamorado de él en aquel preciso instante.

De modo que ella también lo abrazó. Las palmas de sus manos se deslizaron por su pecho hasta los hombros, y Michael vio en sus ojos un destello de entendimiento acalorado de lo que ella quería antes de bajar, obediente, la cabeza y posar su boca en la de ella.

No fue un beso apasionado, ni seductor, sino tan tierno y suave que le temblaron las rodillas.

—Más vale que me retire a mi alcoba ya —le susurró él en los labios—, antes de que mis nobles intenciones se vayan al garete.

Julianne asintió con la cabeza y se apartó. Michael tenía razón: Chloe ya había aguantado bastante y al menos ella era un rostro conocido en aquel lugar desconocido. No obstante, ella echaría de menos dormir con su esposo.

Lo echaría de menos a él. El abrazo de su cuerpo, su respiración en la oscuridad, la sensación cálida y sólida de tenerlo a su lado.

—Por lo menos, ha errado el tiro, coronel. —Fitzhugh examinó el vendaje improvisado y, tras soltar la tela empapada en sangre, la tiró al suelo—. Parece que quien quiere asesinarlo necesita unas lecciones sobre los inconvenientes de intentar liquidar a alguien en un día de lluvia torrencial.

—Agradecería que nadie se las diera.

—Un derroche menor de galantería tampoco habría venido mal. Dudo que subir la escalera con la marquesa y la niña en brazos le haya sentado muy bien.

—Solo es un rasguño —masculló Michael, descamisado, sentado en una silla labrada y muy consciente de la presencia de Julianne, dormida, al otro lado de la puerta que separaba las dos alcobas—. Debí haber perseguido a ese malnacido, pero he temido que se tratase de una emboscada. Yo no lo veía mejor de lo que él debía de verme a mí para disparar.

—Nos estamos volviendo prudentes, ¿eh?

—¡Qué otro remedio me queda! Aparte de mis padres, ahora tengo esposa y, por lo visto, una hija heredada. Julianne me ha agradecido tu oportuna intervención. También yo te la agradezco.

Su asistente se encogió de hombros y vendó con pericia la herida abierta de bala.

—No sabía si debía revelarle que andaba cerca, pero lady Longhaven parecía muy angustiada. Me ha parecido más acertado acercarme y ofrecerme a ayudarla.

—Voy a tener que explicarle esto —se señaló el brazo— y por qué la seguías. Esta noche estaba demasiado cansada y distraída para preguntar, pero la voy conociendo y sé que no lo dejará estar mucho tiempo.

—Es una jovencita muy valiente.

No era precisamente fácil ganarse el aprecio de Fitzhugh, por lo que aquello era sin duda todo un cumplido. Michael arqueó las cejas.

—Vaya, parece que a Julianne le ha salido un admirador.

—La marquesa me ha contado la historia en una posada de dudosa reputación, mientras la niña engullía la que parecía su primera comida decente en mucho tiempo. Dudo que lady Longhaven suela divulgar tales confidencias, pero estaba cansada, embarrada y la aterraba lo que pudiera pasar al llegar. —Fitz frunció su ceño cano—. Me gustan las mujeres compasivas. La compasión las embellece.

—Mi esposa ya es bella.

—Sí, señor. Suponía que ya habría reparado en eso, pero la belleza interior no es lo mismo que la exterior, en mi opinión.

—No me hables con acento irlandés —dijo Michael con una sonrisa burlona—. Solo lo usas por fastidiarme.

Su asistente no se molestó en replicar; se limitó a atarle con cuidado el vendaje.

—Lo hizo por proteger a mis padres.

—Esa es la impresión que me ha dado a mí también, coro... milord.

—Cuéntame lo que ha ocurrido.

Fitzhugh lo complació, y su relato de los hechos coincidía con lo que Julianne acababa de contarle.

—Esa mujer... la madre de la niña... hay que encontrarla —dijo Michael, poniéndose la camisa—. No quiero que más tarde angustie a mi esposa con una falsa acusación de secuestro. Quisiera que todo quede claro. La niña se queda con nosotros. Prepararé algún tipo de convenio para que no haya dudas.

—Estoy seguro de que puede hacerse. —Fitzhugh le pasó la chaqueta—. Entiendo que la felicidad de la marquesa es lo primordial.

Se hizo un silencio breve e intenso. Cuando había accedido a casarse, no se le había pasado por la cabeza que llegaría a implicarse tan pronto. Ni siquiera se le había ocurrido que llegaría a implicarse.

Michael se volvió y se recolocó las solapas.

—Ya me ha cazado, ¿verdad?

—Sin la menor duda —dijo Fitzhugh mientras le ofrecía el reloj y la cadena—. La marquesa es una mujer encantadora.

—Las mujeres son unas liantas.

—Ojalá pudiéramos vivir sin ellas, señor.

—¿Te estás riendo de mí, sargento?

—Ya no tengo ese rango, milord. —Fitzhugh sonrió.

A Michael no le apetecía salir esa noche, maldita sea, pero debía hacerlo porque el juego había cambiado.

—Quédate aquí y vigílala.

—Creo que debería ir con usted.

—Voy bien solo —aseguró Michael—. Nadie tiene siempre idéntica suerte con un asesino persistente, pero la verdad es que prefiero que te quedes aquí, Fitz.

—Entonces, aquí estaré.

Se sentó para calzarse las botas.

—Si ella pregunta adónde he ido…

—Vuelva antes de que despierte y lo pregunte. ¿Qué le cuesta?

Michael le dedicó una mirada burlona de soslayo y se levantó.

—Haré todo lo posible.

19

Su creciente erección era una distracción inoportuna. No habría ocurrido si Antonia no le hubiera pegado al cuerpo su trasero tentador al asomarse por la esquina del edificio.

Quizá lo hacía a propósito. A Lawrence no le extrañaría. Por eso eran perfectos el uno para el otro. No le extrañaba nada de ella. Como él, ella era una superviviente.

Tal vez se debía a su reciente abstinencia. Se había preguntado más de una vez, y volvía a preguntárselo en ese momento, si no habría sido un imbécil por no querer acostarse con ella desde la boda de Longhaven, hacía unas semanas. En parte lo hacía por orgullo, y sabía bien que había renunciado al orgullo inútil hacía más de diez años, al verse obligado a robar y mendigar. Cuando uno sacrifica sus principios por el bien de su supervivencia una vez, los escrúpulos se convierten en un ideal flexible.

Sin embargo, en aquel momento, los negocios eran lo primero.

Antonia estaba convencida de que aquella era su oportunidad de atrapar a Roget. Johnson había seguido al tipo que había disparado a Longhaven hasta esa dirección.

El marqués estaría en deuda con él si descubría quién atentaba contra su vida, y pensaba cobrársela. Le pasó el brazo por la cintura a Antonia y la retuvo más aún.

—Yo voy primero. Sin discusión —le susurró al oído.

—Me fastidian los privilegios masculinos —replicó ella en un susurro furioso—. Ya lo sabes.

—Te fastidian muchas cosas —respondió él, divertido—, pero a mí me preocupa tu seguridad. Lo hago por egoísmo, no por heroísmo. No quisiera que te ocurriese nada. ¿A quién iba a fastidiar si no?

—No te hagas el gracioso.

—No lo pretendía. Me limitaba a decir la verdad, para variar. Sin ti, mi vida carecería por completo de interés.

Sabía cómo callarla. ¿Cuándo se daría cuenta de lo bien que la conocía?

Antonia, a la que no se le daba bien ceder, lo miró ceñuda, pero le permitió que la ocultara entre las sombras. Iba vestida toda de negro, como un muchacho delgado, con el pelo peinado hacia atrás y oculto bajo un gorro.

—Te doy dos minutos —le dijo malhumorada.

—Cinco —la corrigió él, sacando la pistola y comprobándola.

—Tampoco este callejón es muy seguro —señaló—. ¿Me vas a dejar aquí sola?

—No, no es seguro si tú estás aquí —convino él, esbozando una sonrisa—. Procura no asustar a ningún maleante en mi ausencia.

Siguiendo el muro húmedo del edificio, Lawrence se acercó, despacio y sigiloso, a la puerta de entrada. No conocía el edificio, pero observó que había estado en lugares parecidos cuando al pasar al sucio vestíbulo detectó las humedades de las paredes y las cacas de rata en el suelo inmundo.

Le costaba creer que un espía de la categoría de Roget se ocultara en tal entorno, pero Johnson había seguido al asaltante de Longhaven hasta allí. El porqué de aquello aún era un misterio, pero Lawrence contó despacio las puertas hasta encontrar la que buscaba. Sabía que era preferible que empezase la entrevista sin Antonia, si su presa estaba en casa en ese momento. Respecto a Roget, se mostraba demasiado apasionada, demasiado vengativa. Como asociaba aquel nombre al asesinato de su familia, no podía ver las cosas con perspectiva.

¿Llamaba o no? Decidió aporrear con fuerza la superficie de

madera combada. Había extraído sus conclusiones sobre el enemigo. Los hombres peligrosos de verdad solían alojarse en sitios mejores. Cuando uno tenía aptitudes especiales, los gobiernos, y otros posibles contratantes, sabían recompensarlas y eso proporcionaba cierta liquidez.

Había movimiento dentro de la estancia. Pudo oír unas botas que se arrastraban por el suelo y el murmullo soñoliento de una mujer.

Más valía que Johnson no se hubiera equivocado...

Lawrence se llevó la mano al bolsillo y agarró la empuñadura de su pistola. Calculó con absoluta precisión, de forma que, cuando la puerta se abrió una rendija, bastó con una sola patada vehemente. Al hombre que la abría le pilló desprevenido; retrocedió tambaleándose, tropezó con una pequeña alfombra y cayó al suelo, con lo que Lawrence pudo entrar y apuntarle con el arma.

—Solo quiero hablar un rato.

El hombre era delgado y flexible, tenía la cara algo picada de viruelas y, por lo que pudo ver Lawrence, no iba bien vestido. La vivienda, a simple vista, tampoco era una maravilla. Albergaba unas cuantas sillas ajadas y una cama desvencijada en la que se hallaba, medio incorporada y boquiabierta, una mujer semidesnuda. El aire apestaba a comida estropeada.

«Si Roget quisiera matar a Longhaven no habría contratado a un novato como este», pensó Lawrence, divertido.

¿Quién lo habría contratado?

Como esperaba, oyó un ruido a su espalda y supo que era Antonia. Tampoco era paciente en la cama.

—¿Está armado? —preguntó y, sin esperar una respuesta, se puso delante de Lawrence con un largo cuchillo en ristre. Vestida de negro, con el pelo recogido debajo del gorro, parecía un ángel vengador, caído, eso sí.

—No —chilló el hombre, enseñándoles las manos—. No llevo armas encima.

La mujer de la cama sollozó y se echó las mantas por la cabeza.

Lawrence tuvo que contener una carcajada, porque Antonia, con el cuchillo en la mano, daba miedo, y el sospechoso se había quedado de piedra. Avanzó, agarró al hombre de la camisa y lo puso de pie.

—Como decía, tenemos que hablar.

En cuanto sentaron al tipo tembloroso en una silla, Antonia espetó:

—Esta noche has intentado matar al marqués de Longhaven, ¿por qué?

—Yo no… no he sido yo —chilló, poco convincente.

Antonia ladeó el cuchillo y pasó el pulgar por la hoja, y la luz se reflejó en ella. La tenue iluminación de la estancia arrojaba sombras sobre sus angulosas facciones.

—¿En serio? Porque tengo un amigo que te ha seguido hasta aquí y me fío más de él que de ti. Si te corto el cuello, sospecho que jamás sabré la verdad, pero seguro que a nadie le importará que desaparezcas de repente.

El hombre guardó silencio, como si tuviera miedo de hablar.

—Si nos cuentas la verdad, impediré que te haga daño —dijo Lawrence, sereno.

—Quizá sí —replicó Antonia visiblemente furiosa, sin dejar de mirar al tipo tembloroso de la silla—. Pero es verdad, cuanto antes nos digas la verdad más posibilidades tendrás de sobrevivir a esta charla.

Como siempre, su franqueza era suficiente para desmontar a cualquier hombre. Sobre todo por el modo en que apuntaba el afilado cuchillo a la entrepierna del tipo.

—Solo le hacía un favor a un amigo —farfulló, temblando y tratando de zafarse de Lawrence—. De todas formas, no le he dado. Era difícil acertar. No ha pasado nada. Cuando he querido mirar, ya se había ido.

—¿Quién te ha contratado? —preguntó Antonia con un gesto fiero capaz de aterrar hasta a un hombre hecho y derecho, incluso a Lawrence, y eso que, con todo lo que había pasado en su vida, él no se asustaba fácilmente. También él se había retorcido con ella inclinada sobre él, mirándolo con esa misma cara.

La hoja estaba a centímetros de la zona más vulnerable del sospechoso.

—Me mandaron una nota... lo juro. —Por su semblante desencajado, empezaba a correr el sudor—. Con la dirección de la mansión del marqués. Yo tenía que esperar y, si se presentaba la ocasión, dispararle. No estaba lo bastante cerca y, quienquiera que me haya contratado no quería que corriera el riesgo de que me viesen o me atrapasen. Eso es todo lo que sé.

—Un amigo te habría dicho más —le replicó Antonia, acercándole el cuchillo con una sonrisa espeluznante. Se le daba muy bien.

A Lawrence le recordaba mucho el día en que se habían conocido.

Habían coincidido por Longhaven... ¡cómo no! Era un elemento omnipresente en su relación. Después de que el marqués —que entonces no era marqués ni heredero del ducado sino solo lord Michael Hepburn— los había presentado, Lawrence se había enamorado enseguida de aquella belleza de pelo azabache. Entonces le daba igual que Longhaven y Antonia fueran amantes. Estaban en guerra. Era distinto.

Sin embargo, ahora, Lawrence ya no estaba tan dispuesto a que lo dejara de lado. Longhaven había seguido adelante y se había casado. Ella también debía pasar página.

—Responde —dijo, zarandeando un poco al prisionero. Sabía que un hombre de su envergadura, con aquella cicatriz en la cara, intimidaba.

—Tengo muy buena puntería —balbució—. Conozco a un tipo que corre la voz y, de cuando en cuando, me llaman.

—¿Para qué te llaman?

—Ya sabe...

Mala respuesta para Antonia. Se inclinó.

—No, no lo sé. Quiero que me lo digas todo bien clarito, gusano.

El hombre miró a Lawrence tan aterrado que casi le dio lástima.

—Me ha prometido...

—Yo he dicho que intentaría impedir que te hiciera daño —sonrió Lawrence—. Me equivocaba. Yo que tú se lo contaría todo.

—Me llaman para encargarme algún favor. —El asesino a sueldo se estaba poniendo verde.

—Especifica.

El tono de Antonia estremeció a Lawrence, y no era él el blanco de su ira. Bonaparte y Wellington se habrían retirado de aquel frente.

Tenía el mismo efecto en el prisionero.

—De los mortales.

—Hablando en plata: estás reconociendo que eres un matón a sueldo, ¿verdad? —inquirió Antonia con voz suave como la seda.

Ante aquella pregunta tan directa, el hombrecillo palideció.

—Por favor…

—¡Contesta! —Le acercó un poco más el cuchillo, y le rasgó la ropa.

—He hecho uno o dos favores —reconoció con voz temblona—. Alguna vez. Para quien me los podía pagar.

—¿Quién ha podido pagarte esta vez? —Levantó el cuchillo y lo examinó; la luz titilante de una miserable lámpara se reflejaba en la hoja—. No me mientas.

El prisionero sudaba profusamente y estaba pálido como un muerto.

—Una mujer. No pienso morir por ella, así que voy a confesar. De pelo rojo… No sé nada más, lo juro. Llevaba capa… Solo me dijo cómo encontrarlo y lo que quería. Me dio la mitad por adelantado y la otra mitad al terminar el trabajo.

¿Una mujer? De todo lo que Lawrence podía esperar, aquello era lo último.

—¿Qué mujer?

—Ya le digo que no lo sé. Nunca le he preguntado su nombre. En trabajos así, eso no se hace.

—Mientes…

—¡No!

—¿Qué te parece a ti? —le preguntó a Lawrence, tranquila—. Yo no lo creo. ¿Lo mato o lo dejo tullido nada más?

Lawrence soltó al hombrecillo aterrado, que se derrumbó sobre el suelo sucio, luego se llevó a Antonia a un aparte, pasándole el brazo por la esbelta cintura.

—No, mi amor, para él ya es suficiente castigo que la amenaza de tu venganza cuelgue sobre su despreciable cabeza el resto de su vida. Más nos vale encontrar a quien quiere matar a tu marqués.

—No es mi marqués.

Vaya, qué progreso. Jamás lo había admitido.

Si se lo hacía ver, perdería puntos, así que guardó silencio.

—Tal vez deberíamos visitar a lord Longhaven por la mañana para informarle de este nuevo descubrimiento.

Así que era una mujer quien quería matar a Michael.

Interesante.

Mientras meditaba sobre aquella novedad, Antonia tiró el gorro encima de la cama y se soltó la cinta que le sujetaba la larga trenza. Aún podía ser Roget, claro; quizá había contratado él a la misteriosa mujer que le había hecho el encargo al inepto matón, aunque había otras posibilidades. Qué chapuza. Lo odiaba con toda su alma, pero Roget habría muerto ya un millar de veces si fuera chapucero.

¿Sería una amante? ¿Una mujer a la que le fastidiase su boda tanto como a ella? Dudaba que Michael hubiera sido célibe desde su regreso a Inglaterra, y con ella no se había acostado, eso seguro, a pesar de lo fácil que se lo había puesto.

Maldito fuese. Era muy noble para servirse de su cuerpo si no podía darle más.

Ella no era tan noble, ni mucho menos. Dejó la cinta en su tocador y empezó a desabrocharse la blusa. Lawrence guardaba las distancias últimamente y eso le dolía más de lo que querría reconocer. Lo deseaba, y quería saborear sus besos apasionados, la forma casi salvaje en que la tomaba, y la sólida presencia de su cuerpo junto al suyo en la cama después, en medio del caos de sábanas arrugadas. No era un amante manso. Mientras Michael era comedido y habilidoso, Lawrence no reprimía nada.

Esa noche lo necesitaba. Curiosamente, había empezado a dudar de que aquello tuviera ya nada que ver con Michael. Era algo entre ella y Lawrence.

Cómo seducirlo le planteaba un curioso dilema. Antes no habría sido problema, pero desde la boda de Michael parecía resistirse, como si antes no le importara que estuviese enamorada de otro hombre y, ahora que Michael ya no estaba disponible y el asunto se había zanjado, no quisiera ser el premio de consolación. Mientras competía con el marqués estaba dispuesto a jugar, pero en cuanto había desaparecido su rival se había retirado del juego.

Hacerle cambiar de opinión le suponía un desafío al que jamás había creído que tendría que enfrentarse. Lawrence siempre la había deseado.

Y aún la deseaba, a juzgar por el cuerpo excitado que se había pegado al suyo hacía un rato.

Un buen punto de partida.

Se desnudó, dejando caer su ropa en cualquier lado, y luego se sentó al tocador. Cogió un perfume, quitó el tapón de cristal y del frasco brotó un aroma a rosas frescas. A la luz titilante de la lámpara, se cepilló el pelo y su larga melena oscura se derramó por su espalda desnuda. Se dio un toque de perfume en el delicado hueco de debajo de la oreja, en los puntos de pulso del cuello y en el valle de entre sus pechos descubiertos. Sonriendo al espejo de marco dorado, cogió un tarrito de colorete que rara vez utilizaba y, atrevida, se dio un poco de rubor no en las mejillas sino en los pezones.

En el armario tenía una bata de encaje que nunca se había puesto porque dejaba ver más de lo que tapaba. Llevada por un impulso, se la enfundó, deslizando los brazos por las amplias mangas, y anudó el cinto, preguntándose con un titubeo impropio de ella si realmente podría hacer aquello. Lawrence no era maleable. Si se había convencido de que no quería acostarse con ella, puede que la rechazara a pesar de todo.

Para ser un hombre sin principios, tenía demasiadas normas de creación propia. A su modo, era tan complicado como Michael.

Se sacudió la melena y, echándose un último vistazo, escudriñó su imagen de cortesana de pelo suelto, bata provocativa y mejillas sonrosadas. El éxito de esa noche —no, ya era la mañana— dependía mucho del grado de resistencia de Lawrence al deseo.

Como es lógico, ella se proponía salir victoriosa.

En lugar de usar la campanilla, salió por la puerta y enfiló el pasillo en dirección a la alcoba de él. Aunque debía ser motivo de chismes, no dormía en el ala del servicio sino en los cuartos de la familia, si bien su alcoba estaba bastante lejos de la de ella. Antonia gustaba de cierta intimidad, y su servicio era reducido. La puerta de madera bruñida estaba bien cerrada, pero, a juzgar por la luz que escapaba por debajo, Lawrence estaba despierto a pesar de la hora.

Llamó con los nudillos y se hizo el silencio, como si de pronto hubiera cesado toda actividad en el interior.

Sin duda sabía que era ella. «Más le valía», se dijo, posesiva, mientras esperaba a que le abriera.

La puerta se abrió y apareció él, con sus rizos morenos revueltos, medio vestido, sin camisa pero con calzones, descalzo, con una sonrisa burlona. El contorno musculoso de su pecho brillaba a la luz de la lamparita que ella llevaba, y la cicatriz de la cara, como de costumbre, le daba cierto aire disoluto, de pirata fugado de los mares caribeños o quizá de salteador de caminos dispuesto a asaltar un carruaje en una noche de verano. En eso era distinto de Michael: sus heridas no eran visibles, pero cuando se desnudaba los recordatorios de lo que había sufrido quedaban bien patentes.

Lawrence tenía un cuerpo magnífico: musculoso, casi exageradamente masculino, y se servía de aquel poderío en la cama de un modo que la estremecía…

—¿Sí? —Examinó su escandaloso atuendo, despacio, con lascivo interés.

Sin embargo, la repentina tensión de su cuerpo traicionó su pose desenfadada.

—¿Puedo pasar? —preguntó, modulando la voz.

—Depende de para qué, mi amor. —Se recostó en el quicio de la puerta, grande e imponente, entornando aquellos ojos de gruesas pestañas.

—Tu reciente reticencia…

—¿Te fastidia? —terminó él, sonriendo divertido—. Creo que esta noche hemos llegado a la conclusión de que eso no es difícil. ¿Por qué has venido, Antonia?

—¿Tú qué crees, Lawrence? —dijo ella con su voz más seductora.

—Eso es una respuesta con trampa.

Más que una seducción, aquello parecía un interrogatorio.

—Imagínatelo.

—No, dímelo tú.

—Porque te deseo. —Le costó decirlo.

—¿Solo me deseas? —No se movió de la puerta, repasando con mirada sensual su cuerpo escasamente cubierto—. Ya que has llegado hasta aquí, lady Taylor, seguro que puedes mejorar un poco ese sentimiento.

Él quería más de ella, y lo cierto es que lo merecía.

La franqueza era para quienes se la podían permitir. Esbozó una de sus sonrisas más perversas y tentadoras y entró en la alcoba, sobrepasándolo con un provocativo balanceo de caderas. Nunca había estado allí antes; siempre había ido él a su alcoba. Sorprendida, encontró en la pared una colección de cartas de navegación enmarcadas, un barco en miniatura en la repisa de la chimenea y una brújula de bronce deslustrado en una cajita de cristal, encima de una mesa rara de alguna exótica madera oscura. Aquello le dio que pensar, y la curiosidad pudo entonces al deseo. Qué poco sabía de él. Ni siquiera su nombre completo.

—¿Has sido marinero? —El mapa que tenía más cerca era de los Mares del Sur, salpicado de islas y de rutas comerciales.

—Algo así. —Seguía apoyado en el quicio de la puerta, tan solo se había vuelto para mirarla, receloso.

—Capitán de navío. —No era tan difícil de deducir y explicaba muchas cosas. Su deferencia hacia los demás, no solo hacia ella, siempre iba teñida de cierto sarcasmo, como si se tratase de una concesión más que de una exigencia de su posición social. Ahora lo entendía. Estaba acostumbrado a llevar el mando.

¿Cómo no se le había ocurrido nunca?

—En otra vida.

Interesante respuesta. Dudaba que tuviese siquiera los treinta. Pasó a otro mapa. Este era de las Américas, y unas líneas contorneaban la vasta costa, acompañadas de flechas que indicaban la dirección de las corrientes.

—¿Echas de menos el mar?

—Sí —dijo sin titubeos—. Llevo agua salada en las venas.

Antonia se volvió hacia él.

—¿Qué ocurrió?

—Seguro que no has venido aquí a hablar de mi pasado. —Cruzó los brazos sobre su musculoso pecho—. Aún no me has dicho a qué has venido.

Le resultaba raro —y algo desconcertante— darse cuenta de que había estado tan obsesionada con su propio pasado, su dolor, que ni se había preocupado por el de él. Quizá fuera la guerra, que generaba extrañas relaciones, como la suya con Longhaven. Aunque ambos eran nobles de rancio abolengo y grandes privilegios, su personalidad era bien distinta. Ella era el abrasador sol español; Michael, el frío invierno inglés.

Quizá no tan frío como aparentaba. De todas formas, le daba igual lo que fuera o no Michael. Ya no era un misterio que ella quisiera desvelar. Lawrence, en cambio…

—Ese gesto tuyo no deja de desconcertarme. —Se irguió, con fingido estupor—. Supongo que estoy a salvo, porque es obvio que no vas armada. Si me lo permites, felicito al diseñador de tu atuendo. Aunque no estoy seguro de qué es. Parece una bata, pero no cumple su función.

La violencia de su impúdica mirada le tensó el pecho y le acaloró la entrepierna.

Oh, sí, la deseaba.

—Me alegro de que te guste —dijo ella en voz baja—. ¿Te apetece quitármela?

—Cuando me digas exactamente a qué has venido, mi amor.

La implacable solicitud le resultó frustrante.

—¿Qué quieres tú de mí? —le dijo con un impaciente gesto de la mano.

—Más de lo que me parece que me estás ofreciendo. Tu cuerpo es delicioso, no me malinterpretes, pero soy lo bastante arrogante como para exigirte algo más. Si lo único que buscas es un desahogo, estoy convencido de que muchos harían cola por acostarse con la sensual lady Taylor, y lo sabes. ¿Por qué me buscas a mí?

Aturdida y testaruda, estuvo a punto de marcharse.

—No te pongas difícil —masculló.

—No te pongas testaruda. —Al fin dio un paso hacia ella—. Sabes que puedes confiar en mí. Dilo.

—No confío en nadie. —Alzó el mentón, desafiante.

—¿Ni siquiera en Longhaven?

—Depende de dónde. Confío en su instinto, su intuición, su sentido del honor, su capacidad de reacción, su valor, su inteligencia... en todo eso.

—Sí, el hombre es todo un dechado de virtudes, lo sé, pero ¿en qué no confías? —Dio un paso más. Antonia podía oler ya el leve aroma de su colonia.

—Se ha casado con otra —le dijo, algo absurdo, porque Lawrence ya lo sabía—. Pero no la amaba. Al hacerlo, me ha traicionado.

—Tampoco te amaba a ti. —Lawrence alargó la mano y le acarició la barbilla, volviéndole la cara para que lo mirara a los ojos—. Vamos, Antonia. Ya hemos hablado de esto. No fue una traición. No había nada que traicionar.

—Era mi amante.

—Pero lo vuestro hacía tiempo que había terminado. Dame

un argumento mejor. —Los dedos de Lawrence, cálidos y tiernos, trazaron el contorno de su mandíbula y le acariciaron la boca.

—Esto no tiene que ver con él —dijo ella casi desesperada, alojando sin querer su rostro en la palma de su mano, como una niña que buscara consuelo—. Tiene que ver con nosotros.

—Por fin empezamos a entendernos. Sigue.

—Yo no creo en el amor.

—Pero crees amar a Longhaven. Será que crees que el amor es una imprudencia, ¿me equivoco?

¿Se equivocaba? No lo sabía. No podía pensar más que en lo cerca que estaba, en cómo se le rizaba el cabello por el cuello, en que, si colaboraba y la cogía en brazos, se sentiría segura y querida.

—Ámame —le susurró con esfuerzo—. He venido porque quiero que me ames.

—Eso es lo que quería oír —dijo él, bajando la cabeza para besarla.

Antonia se inclinó, saboreando el ímpetu de sus labios, la furiosa acometida de su lengua, y la forma en que la apretó de pronto contra su cuerpo fuerte y musculoso. Cuando le quitó la bata de encaje, el tejido transparente se rasgó, pero no le importó, y disfrutó viendo cómo la cogía en brazos y prácticamente la tiraba en la cama para luego quitarse los calzones. Se fundieron en una maraña de extremidades y piel acalorada y, cuando él la penetró, ella gimió y pronunció su nombre, moviéndose, voraz, al compás de cada embate hasta que, ante la inminencia del orgasmo, se contrajeron sus músculos internos y le clavó las uñas en la espalda con tanta fuerza que le hizo sangre.

El espléndido estallido físico llegó y cedió y, cuando él volvió a embestir, ascendió de nuevo. Lawrence se tensó, se dejó arrastrar con ella por la oleada de placer y acompañó su cálida descarga de un gemido grave y significativo.

Al recuperar el aliento, Antonia le susurró sensual, con el cuerpo aún convulso:

—A esto había venido.

Lawrence levantó la cabeza y le sostuvo la mirada, sonriendo apenas.

—Coincido contigo en que ha sido una experiencia excitante, pero no olvides, mi vida, que el juego ha cambiado.

—¿Cómo es eso? —dijo ella, acariciándole el pecho con un dedo.

Él le cogió la mano y se la llevó a la boca.

—Porque, por fin, has reconocido que quieres que te ame.

20

Quizá estuviera perdiendo facultades. La noche anterior estaba tan ansioso por volver con Julianne que no había notado que lo siguiera nadie. Qué imprudencia.

Nada bueno para un espía.

Claro que ya no se sentía espía. Era como si hubiera ido gravitando hacia el sol después de ocultarse en las sombras tanto tiempo. Había cambiado el frío por el calor, preferido la luz a las tinieblas y, curiosamente, el cambio no le parecía mal.

Todo gracias a su esposa.

—¿Por qué te empeñas en que alguien me siga? Creí que Johnson sabía que lo vi seguirme hace unas semanas.

Pero no recientemente, la verdad. O el joven se había propuesto demostrar que ahora tenía más cuidado o Michael había estado demasiado ocupado con sus cosas.

«Probablemente un poco de los dos», se dijo con resignada franqueza.

—Porque nos preocupa —dijo Antonia, serena, al entrar en la biblioteca ducal en la que Michael había decidido recibirlos—. O por lo menos a mí. No puedo hablar por Lawrence, aunque debes reconocer que su vigilancia fue providencial.

—Sí, Longhaven, reconócelo —lo instó Lawrence con una sonrisa insolente—. Y, por cierto, también a mí me preocupa que sigas vivo, aunque por razones distintas de las de lady Taylor.

Michael estaba seguro de que a Lawrence le preocupaba

porque le convenía, porque también le preocupaba a Antonia. Tampoco le extrañaba.

Antonia era digna de ese esfuerzo, y si las cosas hubieran sido de otro modo…

No era así. Aunque estaban muy unidos, Antonia y él nunca habían compartido lo que deben compartir un hombre y una mujer. Julianne era su principal preocupación. Por no hablar de la niña, Chloe. Aún le costaba llamar por su nombre a una sobrina que ni siquiera sabía que tenía.

—¿Qué es eso tan importante que os ha traído por aquí a las diez de la mañana? —Entró en la sala y cerró la puerta despacio. El entorno civilizado de paredes forradas de libros y mobiliario formal contrastaba con la vista serena del jardín que proporcionaban los ventanales.

—Al tipo que te disparó ayer lo ha contratado una mujer. —Antonia se acercó, seductora y de pronto rejuvenecida y menos atormentada. Vestía una muselina a rayas con sobrefalda de encaje, y llevaba su brillante melena oscura recogida en un moño—. No es más que un novato, *Miguel*. No es un asesino profesional.

—Aun así, me rozó —comentó él con sequedad—. No tenía tan mala puntería.

—También yo te disparé hace unos años. —Sonrió sin ganas.

—Lo sé, aún tengo la cicatriz, pero siempre has jurado que fue un accidente.

—Y jamás sabrás la verdad. Lo que quiero decir es que eso no tiene mérito.

Algún día superaría los celos, tendría que hacerlo, y sería lo mejor para los dos. En el fondo, entendía que no era ella la que se aferraba a él, sino aquella mujer herida que encontró en el patio de la villa familiar. Lo que ella sentía lo inspiraba una ilusión, no el hombre de verdad. Él lo sabía ahora mejor que nunca, desde que estaba casado. Julianne lo miraba de otra forma. En los ojos de su esposa no veía esa furiosa posesión sino una ternura espléndida y algo más, algo que no sabía definir.

¿Amor, quizá?

Le asombraba haber sido capaz de obligarla a reconocerlo la otra noche.

Rió un instante.

—De acuerdo. Yo solo digo que agradecería que se dejara de atentar contra mi integridad física. Contadme más cosas de ese tipo al que vuestro agente siguió y localizó.

—Dice que la mujer que lo ha contratado es pelirroja.

A Michael eso no le decía nada, y era curioso. Aunque, después de todos los años que había pasado en España, más curioso aún le parecía que no le extrañara que alguien a quien ni siquiera conocía quisiera matarlo.

—Sentaos, por favor —dijo Michael señalando un puñado recogido de sillas—. ¿Os ha dado alguna otra descripción?

Tanto Lawrence como él esperaron corteses a que Antonia se sentara en una silla forrada de brocado, en medio de un revuelo de faldas largas. Lawrence se quedó de pie, se colocó detrás de ella y sujetó el respaldo con un aire de posesión masculina que no pasó inadvertido a Michael.

Estupendo. Se alegraba por los dos y, si había un romance incipiente enterrado bajo esa tensión sexual, no iba a ser él quien opinara sobre el posible resultado. También su vida estaba cambiando. Se sentó en un sofá de terciopelo azul oscuro, estiró las piernas, las cruzó por los tobillos y, con calma, valoró los nuevos datos.

—No nos ha dicho más —dijo Lawrence—. Y, créeme, nos lo habría contado. No era nada profesional. Se quedó petrificado al vernos.

Había cesado la lluvia, y había dejado tras de sí un día suave y gris.

Muy pensativo, Michael volvió la mirada a las puertas del balcón, aún cerradas por las inclemencias del tiempo del día anterior.

—No tengo ni idea de quién puede ser. Roget, supongo, podría tener un socio. Solía tener muchos. Solía, pero Londres no es España, y sus aliados han mermado.

—Quizá no tenga que ver con Roget. ¿Y si se trata de una

amante despechada? —preguntó Antonia, mirándolo directamente a los ojos, acusadora.

—Me gustan morenas. —Sonrió esquivo—. Además, no se me ocurre ninguna que quedara tan desolada tras nuestra separación para recurrir al asesinato.

—¿No? Piénsalo bien —insistió Antonia con voz quebradiza.

—Ya, pero tú no te servirías de un matón para liquidarme.

—Se me pasó por la cabeza —dijo con suavidad.

La creía capaz. Sin embargo, a juzgar por su semblante risueño, Lawrence podía controlar a aquella criatura voluble.

—Te agradezco tu compasión —dijo Michael con sequedad—, pero ahí fuera hay alguien menos compasivo que tú.

—Tu inepto matón se vio con ella en el Hare and Bottle, en Candem Town. —Lawrence se sacó un trozo de papel del bolsillo y se lo dio con dos dedos—. Imagino que no te importará que Johnson continúe siguiéndote.

Michael supuso que se sentía con derecho a hablarle con ese aire de superioridad.

—Aún no tengo claro por qué te tomas la molestia de asignarme una sombra, con los gastos que eso conlleva, pero, como no me serviría de nada oponerme, porque de todas formas harás lo que quieras, para qué discutir. Dile que le agradezco que tuviera la astucia de seguir a mi asaltante.

—Tengo mis razones. —Que obviamente no tenía intención de comunicarle—. Además, milord, has demostrado que puedes esquivarlo en caso necesario, y mantener a salvo tus secretos. Aunque deberías pensar que podría sernos útil.

Se abrió la puerta con un suave chirrido.

Si Julianne hubiera ido atenta, quizá se habría dado cuenta de que la biblioteca estaba ocupada, pero iba mirando a la niña que llevaba de la mano. El estudio era demasiado informal para recibir a una dama, y Michael no quería que su madre los encontrara en el salón, así que la biblioteca le había parecido lo más seguro y lógico. Por lo visto, la suerte no estaba de su parte.

Se levantó.

—Buenos días.

Julianne alzó la mirada de inmediato y vio a Antonia y a un desconocido.

—Oh, siento interrumpir —dijo enseguida, visiblemente azorada—. No sabía que hubiera nadie en la biblioteca... Esperaba encontrar algún libro infantil aquí; en el cuarto de la niña no hay ninguno.

—No interrumpes —dijo, cariñoso, notando que Antonia lo miraba fijamente, luego a la niña, y de nuevo a él. No le extrañaba. Incluso él estaba algo perplejo.

De pronto entendió por qué Julianne estaba segura de que la niña era de Harry. Bañada y seca, sus suaves rizos castaños eran del mismo color que los suyos, y sus ojos de aquel pardo intenso tan característico de los Hepburn. Además, sus facciones poseían el sello distintivo de la familia.

Le llevó un momento reparar en que Julianne lo miraba expectante.

—Cariño, ya conoces a lady Taylor, por supuesto, y este es Lawrence. Lawrence, mi esposa, lady Longhaven.

—Capitán Lawrence —lo corrigió el afectado, que se inclinó sobre la mano de Julianne con exquisita cortesía—. Un placer, señora.

«¿Capitán? Interesante.» Michael jamás había logrado averiguar nada del pasado de Lawrence.

Julianne, preciosa esa mañana con un vestido blanco bordado de rosas y el pelo en un sencillo recogido del que escapaban algunos mechones que le caían por la cara, murmuró:

—El placer es mío, señor.

Michael observó que Antonia lo miraba acusadora por segunda vez desde que había llegado. No obstante, no le parecía correcto informar a nadie sobre su sobrina antes de comunicárselo a sus padres. Sabía que sus colegas no murmurarían al respecto —en su profesión, los chismorreos no eran recomendables—, pero aún se le planteaba el dilema ético de no desvelar la verdad a nadie más sin saber cómo se tomarían sus padres la inesperada aparición de una nieta ilegítima. No es que Michael tuviera intención de retractarse de la promesa que le había hecho a Julianne de que criarían juntos a la niña, pero sí quería tener presente la opinión de sus padres sobre cómo presentarla al mundo. Si su padre no hubiera tenido una reunión a primera hora, habrían hablado. Su madre, después del jaleo de invitados de la noche anterior, todavía dormía, así que, con suerte, aún no se habría enterado de la dramática llegada de Julianne.

—Qué niña tan guapa —susurró Antonia con voz gélida, sin dejar de mirarlo.

Julianne captó la indirecta de Antonia, porque miró a la niña que tenía a su lado, tan solemne, y un rubor coloreó sus mejillas cuando miró a Michael, indecisa.

Por si fuera poco que una extraña fuera contratando matones que lo liquidaran, que Roget posiblemente anduviera suelto, y que surgiera aquel delicado asunto familiar, esta nueva situación embarazosa parecía indicar que lo perseguía la mala suerte.

Lady Taylor, obviamente, había llegado a la conclusión de que la niña era de Michael. Ante semejante suposición, Julianne experimentó sentimientos encontrados. Su esposo era un adulto y no necesitaba que lo defendiera, pero no comprendía por qué la española se mostraba tan ofendida.

Si no eran más que amigos, como lady Taylor le había dicho, ¿a qué se debía aquella mirada furiosa?

Si su relación ya había terminado, ¿por qué iba a verlo a horas intempestivas? Julianne esperaba encontrar la biblioteca desierta, y se encontró con aquello.

Lawrence, el hombre de la curiosa cicatriz, dijo con resolución:

—Antonia, un simple cálculo matemático imposibilita lo que estás pensando. Es hora de irse. Ya le hemos dado al marqués la información que precisa. Vámonos.

Tras un momentáneo titubeo, lady Taylor se levantó, sacudiendo con elegancia las faldas de su vestido y, aunque Julianne dudaba que sucediera a menudo, le pareció que le había molestado la amable réplica, porque su piel aceitunada se había sonrojado.

—Claro. Lady Longhaven, me alegro de verla —dijo, inclinando la cabeza.

Al poco, Julianne estaba sola con Michael y Chloe, aferrada a su mano, muda, como de costumbre.

—Os he interrumpido —señaló lo más neutral posible—. En mi defensa, debo decir que no esperaba encontrar a nadie aquí. La niña se ha despertado temprano.

—No hace falta que te disculpes. Ya se marchaban de todas formas.

Julianne no quería iniciar una discusión —¿era posible discutir con Michael?—, pero, sobre todo, no quería hacerlo delante de la pequeña Chloe, que aún contemplaba con los ojos muy abiertos al hombre que tenía delante, a escasos centímetros.

En cierta medida, podía entender que Michael la intimidara. Se le veía altísimo en los confines silenciosos de la elegante biblioteca, vestido de moderado gris y negro, con su pelo castaño claro peinado hacia atrás y apartado de sus facciones angulosas, y su mirada críptica.

A él se le daba muy bien el cripticismo, y a ella, fatal.

No podía rivalizar con él; no era justo.

Julianne tenía preguntas —muchas, en realidad—, pero aquel no era el momento de hacerlas, no mientras llevara de la mano a la pequeña. Aunque no tenía experiencia con niños, le daba la impresión de que Chloe entendía mucho más de lo que era de esperar en alguien de su corta edad.

Los sucesos del día anterior no habían sido felices y a Julianne no le extrañaba que Chloe se hubiera dormido de puro agotamiento. Ella no había descansado mucho, y esa mañana, al mirarse al espejo, se había notado algo ojerosa y había comprendido que el día no iba a ser fácil.

Se arrodilló y le dijo en un susurro de complicidad:

—Cielo, este es tu tío Michael.

Qué raro que una frase tan sencilla pudiera desarmar de ese modo a un hombre por lo general flemático e intimidante. Esa vez lo había visto reaccionar. No cabía duda de que estaba desconcertado.

Aunque le llevó unos segundos, al final dijo con voz dulce:

—Buenos días, Chloe. —Luego volvió a dirigirse a Julianne—. Has encontrado algo decente que ponerle.

—Mi doncella me ha dicho que la cocinera tiene una nieta de la misma edad. Ella me ha ayudado encantada.

—Si ya lo sabe parte del servicio, me alegro de haberle pedido a la doncella de mi madre que me avisara en cuanto se despierte para poder contárselo antes de que lleguen a sus oídos las especulaciones de los criados —dijo él, esbozando una sonrisa socarrona—. Me pregunto cuántos de ellos no habrán dado por sentado que es mía.

—He visto la reacción de lady Taylor. Esa posibilidad no se me había ocurrido —comentó Julianne, irguiéndose, con calculada neutralidad.

—Mi reputación es algo menos prístina que la de Harry. Hasta a mí me asombra su desliz —dijo con resignación—, pero ahora entiendo por qué creíste a esa mujer cuando te aseguró que el responsable era mi hermano.

—El parecido es extraordinario, ¿verdad?

—Ciertamente.

—Y el capitán Lawrence tiene razón: tú aún estabas en España cuando la niña fue concebida.

—Aunque te cueste creerlo, mi querida Julianne, los soldados a menudo tienen hijos ilegítimos; en cualquier caso, esto no es ni lo uno ni lo otro. No me preocupa lo que piense la gente, pero sí cómo se lo tomarán mis padres. —Titubeó, luego añadió—: Anoche, mientras pensaba en cómo resolver esto, se me ocurrió decirles que era mía, pero me pareció que era pedirte demasiado. Los chismosos se cebarían con la idea de que te hubiera pedido que aceptaras una hija ilegítima.

—¿Y no dirán nada de que críe a la hija del hombre con el que debía casarme? —Julianne no pudo ocultar del todo su cinismo. No llevaba mucho tiempo en sociedad, pero sí lo suficiente para saber que la opinión pública tenía las garras afiladas y atacaba con saña—. Agradezco el detalle, pero es preferible la verdad. Ya te has sacrificado bastante.

Lo había desconcertado. Le producía cierto regocijo comprobar que lo conocía lo suficiente como para notarlo, porque, aunque la expresión de su semblante apenas cambiaba, la perplejidad se reflejaba en sus ojos.

—No querías casarte conmigo, pero lo has hecho —se explicó con voz dulce—. Conjugas los deberes que te agradan y los que te aburren sin rechistar, sirviendo a la vez a la patria y a la familia. Cuando seas duque, te liarás la manta a la cabeza y lo harás lo mejor posible, es decir, de forma competente y responsable. Tengo la sensación de que no piensas mucho en tu propia felicidad, pero a mí me preocupa.

—Te preocupa, ¿eh? —murmuró él por lo bajo, pero la miró con una intensidad repentina, palpable, abrasadora.

—Sí —dijo ella con firmeza, y la reacción de él le produjo un gozo irracional. Michael ocultaba bien sus sentimientos, pero ella los veía—. Y no voy a permitir que te expongas a una censura de tus padres que no mereces. Además, Chloe no es un error, sino una bendición. Aunque Harry ya no parezca perfecto (es obvio que no lo era), eso no es motivo para que lo quieran menos, y no lo harán.

—Para ser tan joven e inocente, eres muy aguda. Yo no me veo sacrificado, claro que tampoco me analizo a menudo. —Entornó un poco los ojos—. Creo que sería más acertado decir que trato de no ahondar mucho en mi interior. Y, por supuesto, tienes razón en lo de mis padres. No lo había pensado. Su amor por Harry no cambiará.

—No —convino ella, con un nudo en la garganta. Era por cómo la miraba él, como si, de no ser las diez de la mañana, estar la puerta entreabierta y Chloe allí mismo, quisiera abrazarla como la noche anterior y besarla con la misma ternura lánguida.

Lo suyo ya no era solo pasión, para ninguno de los dos, o eso quería creer.

—Yo también pienso en tu felicidad. —Se acercó un poco,

pero se detuvo al ver que Chloe se aferraba a las faldas de Julianne—. Me tiene miedo. —Sonrió con tristeza.

Julianne la tranquilizó poniéndole una mano en el hombro. No era de extrañar que la niña fuese tímida. Hasta entonces, su vida debía de haber sido muy difícil.

—No te conoce, y eres muy alto, milord. Aprenderá a confiar en ti.

—Lord Longhaven. —Una de las doncellas asomó temerosa por la puerta—. Me han pedido que le comunique que la señora duquesa acaba de desayunar en su alcoba y le propone que se reúnan en la salita para la audiencia que ha solicitado.

—Gracias —dijo Michael, sereno—. ¿Ha vuelto ya el duque?

—Sí, milord. Acaba de llegar.

—Por favor, pídele que se una a nosotros.

La joven hizo una reverencia y salió deprisa, pero no sin que Julianne la viera mirar de reojo a Chloe. ¿Qué esperaba? Su llegada en plena cena de gala, embarrada, con una niña pequeña que había dormido en su alcoba no iba a pasar inadvertida.

Quizá Michael pareciera inmutable como siempre, pero ella no estaba tranquila. Tenía los nervios alterados.

—A lo mejor no dejan de querer a Harry, pero puede que yo no les entusiasme —susurró Julianne.

—Me entusiasmas a mí, y eso es lo único que importa —le dijo su esposo—. Confía en mí. ¿Te parece que vayamos a aclararles por qué de pronto somos los tutores de una niña pequeña?

«Me entusiasmas a mí...»

No era una declaración de amor, pero era un progreso.

Julianne asintió y se inclinó para recolocarle a Chloe el cuello de aquel vestido sencillo y demasiado grande para su cuerpo menudo. Cuanto antes terminaran, mejor. Aunque la tranquilidad de Michael la reconfortaba, sabía bien que alguien de la alcurnia del duque de Southbrook no aceptaría de buen grado un hijo ilegítimo en su casa. Mantenerlo sí, pero normalmente lejos de su vista y de su mente. Muchos aristócratas participaban poco en la educación de sus hijos legítimos, menos aún de los ilegítimos. Cuando se enteraran de la existencia de Chloe, Julianne ya no podría interferir en lo que decidieran hacer con ella.

«O quizá sí», se dijo mientras Michael le cedía el paso, cortés, en la puerta.

Su guapo esposo sería sin duda un formidable aliado.

21

—Ha ido mejor de lo que esperaba.

—¿Qué esperabas? —Su padre le sirvió un whisky y se lo pasó con cuidado deslizándolo por la mesa.

—Esperaba lágrimas y protestas. —Michael cogió la copa, le dio un buen trago y volvió a dejarlo en la mesa—. ¿A ti no te sorprende?

—¿Qué me estás preguntando exactamente? —El duque se recostó en el asiento, y Michael lo vio mayor, con arrugas alrededor de la boca en las que no había reparado.

—Me refiero a vuestra reacción.

Su padre se pasó los dedos por el pelo cano.

—¿Sorprenderme? No, lo cierto es que no. Me sorprende que Harry no tomara las debidas precauciones, pero no es el primer joven caballero que comete semejante error, ni será el último, de eso estoy seguro.

—Julianne dice que la madre es actriz.

—Cielo santo —masculló su padre.

—De momento, parece que ha desaparecido, pero estoy convencido de que no tardaremos en saber de ella.

—Sin duda —dijo su padre muy seco—. Ojalá Harry hubiera confiado en mí, pero no lo hizo. En cuanto a la reacción de tu madre al saberse abuela, quizá hace años no la habría hecho feliz enterarse de que su hijo había tenido una niña con una actriz, pero una pérdida como la nuestra te cambia la percepción de las cosas. Esa niña es parte de nuestro hijo. Creo que para ella, como para mí, con eso basta, independientemente de las circunstancias de su concepción.

Al parecer era cierto, pues tras la conmoción inicial los había visto contentos y, a juzgar por la voz entrecortada de su padre, los dos aceptaban a la pequeña.

Estaban en el estudio del duque y las cada vez más densas nubes vespertinas oscurecían el ambiente, pero ardía el fuego del hogar y el aroma del whisky impregnaba el aire.

—Entonces, ¿coincidirás conmigo en que Julianne ha llevado bien el asunto?

Michael vio a su padre meditar la respuesta. Al poco, suspiró hondo.

—Me parece increíble que una joven de diecinueve años se haya visto obligada a mantener a la hija bastarda de su prometido. Entiendo que lo hizo por nosotros y todavía me asombra que empleara sus propios fondos para pagar a esa mujer con el fin de guardar el secreto de mi difunto hijo, con el consiguiente sacrificio personal. Admiro su altruismo.

Michael sonrió. No pudo evitarlo.

—Es una mujer admirable en muchos aspectos.

—Ya sé que te obligué a casarte con ella, pero no pareces descontento —repuso su padre, mirándolo orgulloso.

—Soy un hombre hecho y derecho. Tú no me has obligado a nada.

—Todo lo contrario. El chantaje emocional es tan efectivo como el económico. —Su padre dio un sorbo a su whisky antes de seguir—. Te debo una disculpa sincera. Cuando te pedí que te casaras con Julianne, sabía lo que hacía. Ahora me alegro de que mi decisión no haya terminado haciéndote infeliz.

Hablar de sus sentimientos no era su fuerte. Trató de evitar el comentario volviendo al tema del que hablaban.

—¿Cómo quieres que llevemos esto?

—Creo que lo mejor para un niño es el campo. Mucho más sano que Londres, desde luego.

—Julianne querrá ir con ella.

—Eso, como es lógico, es asunto vuestro.

Hubo un tiempo en que Michael habría aceptado gustoso mandar a su esposa a Southbrook Manor, pero ya no le atraía la idea de una separación prolongada. Aun así, tras los recientes atentados contra su vida, quizá debiera sacarla de Londres.

Con resignación, suspiró.

—Julianne querrá tenerla cerca. Es obvio que, con todo esto, se ha encariñado muchísimo con Chloe, y la niña la necesita. —Michael hizo una pausa, luego añadió con franqueza—: Le he dicho que podíamos criarla como si fuera nuestra.

—Veo que consientes a tu esposa. Buena señal —dijo su padre con una carcajada.

—Tu sarcasmo no me agrada. Si no recuerdo mal, padre, acabas de disculparte por forzarme a casarme con ella —repuso, vaso en ristre, con una sonrisa mordaz.

—Significaba mucho para tu madre y para mí. Me disculpo por mis métodos, pero no por mis motivos.

—Y harías cualquier cosa por ella. —No preguntó, afirmó. Había visto muchos matrimonios nobles, y sabía que sus padres tenían una relación profunda, única.

—Lo haría.

—¿Sin condiciones?

Michael no solía pedir consejo; no era propio de él. Abordaba los problemas de forma analítica, según su experiencia, y tomaba decisiones precipitadas con las que podía arriesgar su vida. Estaba habituado al peligro.

Julianne y su matrimonio —por no hablar de su inesperada paternidad— eran otra cosa. Su padre sabía bien lo que era comprometerse para toda la vida y amar.

¿Estaba Michael enamorado? Cada vez era más evidente que, de alguna manera, su joven y seductora esposa lo tenía embobado. Hacía un rato ella le había dicho que le preocupaba su felicidad. También a él le preocupaba la de ella.

Su padre desvió la mirada hacia el fuego crepitante, cuyas llamas saltarinas se agradecían en aquella tarde fría y oscura. Acarició el vaso con gesto contemplativo.

—Con algunas condiciones. La vida es siempre un tira y

afloja. Jamás toleraría la infidelidad, aunque conozco muchos hombres a los que les importa bien poco la vida de su esposa una vez conseguido el heredero necesario para sostener título y fortuna. Esos mismos hombres también son promiscuos, por eso entienden la falta de hipocresía como una concesión, pero yo no puedo, ni podré, entender así el matrimonio.

—Aunque no estoy libre de culpa, la falta de moralidad en la clase privilegiada siempre me ha desconcertado.

—Me alegra saber que pensamos igual en ese aspecto.

Michael arqueó una ceja.

—Entonces, ¿no te opones a que mi esposa y yo nos encarguemos de Chloe?

—No, siempre que tu madre esté de acuerdo, y lo estará. El papel de los abuelos es distinto del de los padres, y a esta niña en particular le han privado de los últimos.

Ciertamente así era.

—Le preguntaré a Rutgers si alguien del servicio podría hacer las veces de niñera temporal y le pediré que se ponga en contacto con alguna agencia para empezar a buscar una permanente.

—Rutgers es muy eficiente.

Michael se alegró de haberlo resuelto de una forma que haría feliz a Julianne, y esa alegría chocó con la amenaza del misterioso asesino que lo acechaba fuera.

—Le hablaré a Julianne del traslado a Kent.

Fitzhugh podría seguir vigilando, claro que no iba a comunicarle a su padre que su trabajo para el gobierno había puesto en peligro a su esposa.

—A tu madre le gustará saberlo. Lleva tiempo hablando de volver al campo.

Michael apuró la copa y se levantó.

—Tengo una cita que no puede esperar.

—Esa parece ser tu excusa permanente.

Qué desliz. Creía estar equilibrando su vida con eficacia.

—Aún tengo obligaciones para con Wellington y el Ministerio de Defensa.

—¿Qué te ha pasado en el brazo?

Ahora sabía que, sin duda, había cometido algún desliz.

—Una herida sin importancia —dijo encogiéndose de brazos. Lo cierto era que, con tanta distracción, casi había olvidado su rasguño, pero debía de notársele igual—. No es nada.

—Si tú lo dices, yo te creo, pero quizá deberías tener más cuidado, hijo.

Prefirió pasar por alto el comentario. Al salir del estudio, Michael se encontró a Fitzhugh rondando la puerta, en el pasillo.

—¿Qué ocurre? —preguntó muy serio mientras su asistente le daba el abrigo.

—Una verdadera desgracia, señor.

—¿De qué desgracia me estás hablando? —Michael se puso la prenda.

—De usted, señor —respondió Fitzhugh, sereno.

Al menos todo había ido bien y la doncella que Rutgers había seleccionado como niñera temporal de Chloe era una jovencita galesa, de suave acento y buenas maneras, llamada Bryn. Teniendo en cuenta el repentino cambio de entorno, la enorme mansión y las multitudes, cuando Chloe estaba habituada a un mínimo contacto con desconocidos, a Julianne le parecía que la pequeña no lo estaba haciendo nada mal. No la dejó hasta después de almorzar con la doncella por insistencia suya; a Julianne le importaban bien poco los rangos y los títulos, y solo quería que Chloe se acostumbrara a la joven.

En el cuarto infantil encontraron un juego de bloques de construcción que hacía parecer modesto el que ella le había regalado a la pequeña y que bastó para entretenerla. Julianne logró al fin escabullirse y dejarla bajo la supervisión de la sonriente doncella. Alguien —sospechaba que había sido Michael, que no dejaba de sorprenderla— había ordenado que se abriera y limpiara el cuarto. Sin las sábanas que cubrían los muebles, con las contraventanas abiertas y un fuego encendido en la chimenea, la estancia resultaba mucho más acogedora. Además, los libros de cuentos que buscaba se hallaban en una mesita baja en el centro de la sala.

Todos aquellos pequeños detalles la conmovieron.

Una vez abajo, descubrió que su esposo no estaba en casa, pero ella tenía visita. La mujer no había dejado tarjeta ni había dado su nombre, pero insistía, la informó Rutgers oportunamente, en que esperaría cuanto fuera necesario hasta que la marquesa la recibiera.

Aquello la intrigó. Pocas de sus amigas se habrían negado a identificarse, y tampoco muchas la esperarían indefinidamente.

—Muy bien —dijo, estirándose el vestido—. Gracias.

—Está en el salón informal, milady.

Eso la sorprendió, y debió de resultar evidente. Con su gesto, Rutgers le hizo ver que sabía bien adónde llevar a cada tipo de visita, y que ya lo sabía muchos años antes de que ella naciera, pero era demasiado educado para mencionarlo.

El salón informal, curioso. No se trataba de una visita de cortesía, ni la persona era un visitante corriente.

Julianne enfiló el pasillo de mármol hasta la sala en cuestión, cuyo entorno mucho más cómodo de sillas y mesas esparcidas contrastaba con las paredes forradas de seda y las valiosas pinturas de las estancias públicas en las que el duque de Southbrook solía recibir a sus visitas. Cuando vio a la mujer sentada en un sofá no la reconoció.

Sin embargo, algo asustada, se percató de que tenía un llamativo pelo rojo que chocaba con su vestido rosa algo ajado.

—Buenas tardes —dijo, entrando en la sala, confundida—. Soy lady Longhaven. Tengo entendido que quería verme.

—Así que es usted... —Se puso de pie y frunció los ojos—. Esperaba a alguien de su aire: bonita como una muñeca de porcelana. Imagino que Harry no querría casarse con una bruja, ¿no?

«¿Qué demonios significa eso y quién es esta mujer?»

—¿Y usted es...? —inquirió Julianne con aspereza, nada segura de querer sentarse y departir con aquella visita.

—Leah McDermont.

—No —le rebatió Julianne, moviendo la cabeza y preguntándose qué ocurría. Había visto a la madre de Chloe todas las semanas durante los últimos seis meses, y no era la misma mujer.

—¿Acaso cree que no sé cómo me llamo?

Le costaba contestar cuando el mundo parecía haber perdido su órbita de golpe. Sin embargo, aquel aire socarrón le resultaba familiar.

—Conozco a la señorita McDermont.

—Ni hablar, señora mía. En todo caso, cree conocerla.

—¿Qué significa eso? —quiso saber Julianne, que, ante tan descarada hostilidad, no se atrevía a pasar más allá de la puerta.

—Significa que estoy cansada de esperar a que otro me consiga lo que merezco. Dígame donde está su queridísima hija de Harry o iré a un magistrado.

Aquello no le aclaraba nada y, aturdida, pestañeó.

—La abandonaron en una casa desierta. Como es lógico, la traje aquí.

—Yo no la dejé sola; fue ella. —La mujer sorbió el aire—. Siempre supe que usted la quería. Siempre llevándole regalos, cosas bonitas... Pues bien, si no quiere que me la lleve ahora mismo, me pagará como ella siempre me dijo que haría.

—¿Quién es «ella»?

No era necesario que Julianne se preocupara por no entender. Su visita estaba lo bastante decidida a dejar sus objetivos claros como el agua. Con un gesto que Julianne había visto antes —o al menos la mujer a la que creía Leah imitaba muy bien—, echó hacia atrás la cabeza y sentenció:

—Quiero dinero. Si no me dan lo que me corresponde, iré al condenado *Times* y les contaré que el marqués de Longhaven se tiró a una camarera y le hizo un bombo.

—Adelante.

Aquella voz contenida hizo que las dos se volvieran hacia la puerta. El duque estaba allí, desprovisto de su habitual gesto amable, con el semblante preñado del aire inescrutable de su hijo.

—No tengo ni idea de quién es usted —dijo, entrando en la sala al rescate de Julianne con tal aplomo ducal que estaba segura de que el príncipe regente no habría tenido más presencia—, pero no le consiento que amenace así a mi nuera. Debería saber que con una sola palabra puedo impedir que cualquier medio inglés haga pública una falacia sobre mi difunto hijo, pero, aunque se subiera usted a todos los tejados de Londres y gritara su historia a los cuatro vientos, la familia Hepburn siempre estará muy por encima de escándalos nimios como el suyo.

Aquella Leah —ignoraba cuál de las dos sería de verdad la madre de Chloe— se quedó boquiabierta, como lela, con la llegada del duque.

«¿Camarera? Leah —la otra Leah— le había dicho que era actriz.»

Decir que la había dejado desconcertada habría sido decir poco.

El duque se volvió entonces hacia Julianne con una leve sonrisa forzada.

—Ya has hecho más que suficiente por nuestra familia, querida. Yo me encargo de esta desagradable situación.

Así la despachó con elegancia y rotundidad. En realidad, estaba tan confundida que acató de buen grado aquella orden velada.

«¿Por qué querría alguien hacerse pasar por una camarera pobre que había dado a luz a un hijo ilegítimo?», se preguntó mientras abandonaba la sala.

22

El Hare and Bottle era un antro de mala muerte, pero tampoco era de los peores. Vestido con una chaqueta usada, sus botas más viejas salpicadas de barro de la calle y sin corbata, Michael se apeó del coche de alquiler y entró en el tugurio. Lo encontró medio lleno de parroquianos, un grupo modesto al que el propio dueño servía cerveza. Una nube baja de humo de tabaco mezclado con el de una chimenea mal encendida daba al interior de la taberna el aspecto de una mañana brumosa.

Dudaba que fuera a encontrar allí algo útil, pero nunca se sabía. Su trabajo era muy tedioso a veces. Se había estado citando con soplones desde el segundo ataque, y no había averiguado nada.

Había estado buscando a Roget, claro, pero empezaba a sospechar que había hecho las preguntas equivocadas sobre el rival equivocado.

Se sentó en un rincón y, cuando el hombre se le acercó, le dijo sucintamente:

—Tomaré una jarra de cerveza, pero he venido en busca de consejo.

El dueño, un hombre corpulento de mediana edad, barba negra encrespada, ojos hundidos y mirada sagaz, frunció el ceño.

—La cerveza se la puedo dar, pero el consejo…

—He oído decir que, si necesito que alguien me haga ciertos favores, aquí es adonde tengo que venir —lo interrumpió Michael con discreción—. Seguro que ya sabe a qué me refiero.

—No esté tan seguro de nada —le replicó, muy seco—. Le traeré la cerveza.

Conocía bien el juego, así que se quedó sentado, echó un vistazo a los clientes y esperó. La confianza era una virtud poco corriente que tampoco él derrochaba.

Cuando volvió el dueño, vaciló un poco antes de dejarle con un golpe la bebida en la mesa estropeada.

—¿Qué es lo que quiere?

—Tenemos un amigo común. Se llama Everett.

—Lo conozco —confirmó el hosco tabernero a la vez que asentía de mala gana con la cabeza.

—Sé qué servicios presta. —Michael dio un sorbo a su cerveza, posponiendo el momento—. Quiero saber si lo ha visto reunirse aquí con una mujer recientemente. De pelo rojo vivo, me han dicho.

—¿Por qué iba a recordar yo algo así? —protestó, plantando su puño musculoso en la mesa.

—Porque este es su local, y apuesto a que se entera de todo —masculló Michael.

Aquello le mereció una cabezada de asentimiento a regañadientes.

—¿Everett?

—Mucho ruido y pocas nueces.

—¿Qué sabe de la mujer? Tengo dinero, pero solo terminará en su bolsillo si me dice algo que no sepa. —En su profesión, Michael se había enfrentado a interrogatorios de muy distintos tipos, y aquel parecía de los directos.

Por un momento, le pareció que el dueño del Hare and Bottle iba a protestar, pero entonces dijo señalando de lado con la cabeza:

—Tengo un salón privado vacío.

«Aunque me cueste admitirlo, tengo mucho que agradecerle a Lawrence», pensó mientras se levantaba, cogía su nada apetecible cerveza y lo seguía a un cuarto trasero.

Al cabo de un cuarto de hora salió de allí con al menos ciertos datos que podían serle útiles. Cuando fue a hablar con Everett, había encontrado su escondite vacío, y, como ya había visto achantarse a curtidos soldados con un interrogatorio de Antonia, no le extrañaba que el tipo hubiera puesto pies en polvorosa. Por suerte, el tabernero había podido proporcionarle una lista de los lugares donde quizá hubiera ido el matón de pacotilla. No le costaría volver a localizarlo.

Además, ahora contaba con una descripción más detallada de la misteriosa mujer que quería verlo muerto. Delgada, estatura media y, lo más curioso, una dama. Al dueño de la taberna no le había cabido duda de que la mujer desentonaba en el Hare and Bottle tanto como una puta de Whitechapel en un convento. Lo había notado en cuanto ella le había preguntado cómo podía encontrar a alguien que se ocupara de un asunto delicado. Lo percibía en su voz, le había dicho el hombre, y en las palabras exquisitas que usaba. En cuanto Michael le había dado un puñado de monedas que le refrescara la memoria, el tabernero había admitido con franqueza que él mismo le había recomendado a Everett porque había hecho bien otros trabajos parecidos, y la mujer se había citado con él.

Además, se había enterado de otra cosa interesante: el pelo rojo era una peluca. El tabernero estaba casi seguro, pero ¿a él qué demonios le importaba que ella quisiera ocultar su identidad? Teniendo en cuenta que la mujer quería contratar a alguien que lo matara, a Michael tampoco le extrañaba.

«Dios bendiga a los taberneros observadores», pensó mientras volvía al sitio donde había pagado al cochero para que esperara.

Tres atentados contra su vida, los tres fallidos. Debía de sentirse muy frustrada, si sabía que el último tampoco había salido bien. Mientras volvía a anudarse el corbatín y se cambiaba la chaqueta vieja por una hecha a medida, pensó de nuevo en la identidad de la misteriosa mujer y, de pronto, albergó una sospecha.

Se le ocurría una mujer que quizá le tenía cierta inquina.

No, no había ninguna ex amante —como creía Antonia— que quisiera tomarse la molestia de intentar asesinarlo, pero, teniendo en cuenta que había usado un disfraz, se le ocurría una mujer que podía andar buscando una venganza mortal.

No una amante suya, sino la antigua querida de Roget. El caso era que él mismo la había subido a un barco hacía meses. Que él supiera, ni siquiera estaba en Inglaterra; aunque no lograra localizar a Roget, sus fuentes solían ser excelentes.

Cuando el coche de alquiler se detuvo delante de su club, Michael se apeó, pagó al cochero y subió los escalones de entrada, sin dejar de darle vueltas al rompecabezas. Volviendo a la lista de posibles sospechosos de los tres intentos de asesinato, las pistas apuntaban a una mujer habituada a la intriga, que se molestaba en ocultar su identidad y que quería eliminarlo solo por venganza, porque él frustró sus planes y la desterró.

Quizá debía haber tomado más en serio a Alice Stewart. Estaba casi seguro de que había asesinado por lo menos a dos personas, y sin duda era culpable de secuestro, pero Michael estaba mucho más habituado a las amenazas directas y, en cuanto ella le había proporcionado toda la información que quería, la había dejado huir de Inglaterra. Por lo general, sus superiores querían que los asuntos de seguridad nacional se llevaran con discreción, y llevar a juicio a una mujer —sobre todo a una espía— era peliagudo.

Por eso la había dejado marchar.

Y ahora se preguntaba si no habría cometido un grave error.

—Buenas tardes, milord. —El bedel le cogió el abrigo con una floritura—. Siempre es un placer volver a verlo.

—Gracias, Philip. ¿Sabes si está aquí lord Altea?

—Casualmente, sí. En su mesa de siempre.

Bien. Aunque no era habitual en él, de vez en cuando Michael necesitaba comentar una idea con alguien, y se daba la circunstancia de que Luke conocía bien el caso. Había albergado la esperanza de encontrar al vizconde disfrutando una tarde tranquila. Y así era. Al verlo acercarse, Luke levantó la vista del periódico que leía. La sonrisa de su amigo era afable, pero sus ojos lo miraban intrigados.

—¿Es cierto que te dispararon ayer? —inquirió a modo de saludo.

«Maldición.» Michael había olvidado por completo al solícito criado que había salido corriendo de la casa de lady Armington. En Mayfair, no podía pasar inadvertido el que a un marqués lo asaltaran a tiros. Se dejó caer en una silla y respondió:

—¿Tengo aspecto de estar herido?

—La verdad es que no. —Luke plegó el periódico y se lo ofreció. Miraba a Michael aún con cierto escepticismo—. Pero contigo eso no es indicativo de nada. No hace mucho te apuñalaron y tampoco lo noté.

> ¿ATENTADO AL MARQUÉS? Se rumorea que un tal lord L fue víctima ayer de un disparo mientras paseaba por uno de los barrios más exquisitos de Londres. Ahora la cuestión es si lo acontecido fue un mero accidente o, por el contrario, su excelencia fue víctima de un atentado.

Por lo visto, cuanto antes le contara a Julianne lo sucedido, mejor. Sin comentar la noticia, Michael preguntó:

—¿Qué piensas de Alice Stewart?

Aquello despertó el interés de su amigo, que, recostándose en el asiento, asintió con la cabeza al tiempo que entornaba los ojos.

—¿De la prima de mi esposa? Curiosa pregunta. Hizo cuanto pudo por servirse de mi hijastro como herramienta de negociación para escapar de Inglaterra tras intentar humillar públicamente a Madeline. Como es lógico, esa dama rencorosa no es de mi agrado.

Era obvio que se trataba de una pregunta retórica, pues ambos recordaban bien el incidente.

—Siempre he pensado que mantenía cierta relación con un viejo amigo mío —dijo Michael.

—¿Roget?

—Ese mismo.

—¿Quieres contarme más?

—De él no, pero tengo dudas sobre la señora Stewart —respondió en tono neutro—. Supongo que tu esposa no ha vuelto a saber de ella.

—No. Madeline la odia. Si se hubiera puesto en contacto con ella, yo lo habría sabido enseguida.

—Empiezo a preguntarme si no estará detrás de los ataques que vengo sufriendo últimamente.

Ante la llegada del camarero con las bebidas, Luke guardó silencio.

—¿Cómo, creí que había salido de Inglaterra? —preguntó su amigo en cuanto les hubo servido el clarete y estuvieron solos de nuevo.

—Sí, y lo hizo. Uno de mis colegas vio su barco levar anclas, rumbo a la India. La travesía dura meses —dijo, contemplando pensativo su copa—. Sin embargo, al tipo que por suerte no me acertó ayer lo había contratado una mujer. He intentado elaborar una lista de mujeres que pudieran querer vengarse de mí y ella la encabeza, sin duda.

—Pero, supuestamente, os separa un océano.

—Tiendo a encontrar peligrosas las suposiciones.

Luke apoyó los antebrazos en la mesa.

—Alice tampoco le tiene mucho afecto a Madeline, así que tu teoría me alarma. ¿Cómo puedo ayudarte?

¿A Michael le habían disparado?

Aquello era lo único que le faltaba en un día de por sí bastante desconcertante para terminar de alterarle el ánimo. Julianne negó con la cabeza y se dirigió a su madre.

—No es posible. Me subió...

Cielos, ¿había estado a punto de decir que la había subido en brazos a la alcoba la noche anterior? Aquello generaría más preguntas que desde luego no quería contestar, así que rectificó enseguida.

—Anoche me pareció que estaba estupendamente. Quizá la prensa se equivoque y se refieran a otro.

Por desgracia, la duquesa era peor actriz que Julianne, aunque era comprensible después del día tan terrible que llevaba. Espléndida con su vestido de satén azul claro y el pelo castaño en un moño alto, dio un sorbo a su té y asintió.

—Sí, eso es. Será algún otro.

Con visible escepticismo, su madre miró a una y luego a la otra.

—¿Qué otro marqués lord L podría ser? Además, al parecer, el criado de lady Armington fue testigo.

—Bueno, pues no es cierto —dijo Julianne con sequedad, si bien en el fondo una duda traicionera le hizo recordar el vendaje que Michael llevaba la noche de bodas. Aunque en la ceremonia y el banquete no había dado señales de estar herido, a juzgar por la cicatriz debió de ser doloroso.

Según empezaba a aprender, con Michael cualquier secreto era posible.

Al menos su madre sabía rendirse con elegancia.

—Me alegra que no sea cierto —reculó—. Imagina cómo me he espantado cuando he leído esto. Tenía que venir enseguida a comprobar que no era de gravedad.

—Ni hablar. Todo va de maravilla —dijo su suegra sin lograr forzar una sonrisa. Por lo visto, su fortaleza aristocrática se había visto mermada por la llegada de una nieta que no sabía que tenía, una mujer que quería hacerse pasar por la madre de la pequeña y la noticia en la prensa de que a su único hijo le habían disparado la noche anterior y había olvidado mencionárselo.

A Julianne no le extrañaba que estuviera tan aturdida.

Cuando se fue su madre, media hora después, la duquesa y ella se miraron.

—Tal vez debería recluirme en Bedlam y olvidarme de todo —dijo su suegra con los hombros caídos, haciendo temblar el platillo en el que sostenía la taza de té—. ¿Qué demonios está ocurriendo en esta casa? Por cierto, ¿dónde está Michael?

El salón oficial de pronto empezó a resultarle asfixiante a pesar de lo exquisito de la estancia y de la tarde tan fría que hacía.

—No lo sé —reconoció Julianne.

—¿Lo hirieron anoche?

—No lo creo —contestó con un gesto de impotencia y, sin pensarlo, añadió—: Chloe ha dormido conmigo, así que no... bueno... la niña me necesitaba y no...

Al menos su exagerado rubor provocó la carcajada de su suegra.

—Entiendo —dijo la duquesa—. Y sí, yo también creo que la niña te necesita. Nos necesita a todos y, desde luego, no a esa espantosa mujer que asegura ser su madre.

Julianne estaba deseando contarle a Michael aquel nuevo descubrimiento, pero, como de costumbre, había salido y llevaba fuera casi todo el día. No obstante, a la luz de la visita de su madre, la llegada a primera hora de lady Taylor y el capitán Lawrence cobraba un nuevo significado.

—Yo estoy tan anonadada como usted.

—El duque también está anonadado y, créeme, querida, eso no ocurre a menudo. Está acostumbrado a organizar su mundo.

Sin duda el duque de Southbrook podía controlar normalmente lo que quisiera, pero Julianne estaba aprendiendo que la vida no es siempre tan predecible como creía.

—Debo admitir que mi visión optimista del mundo se ha visto comprometida por los sucesos recientes.

—Quizá. La mía, en cambio, se ha reforzado. —La duquesa la miró fijamente—. Aún no te he dado las gracias por lo que has hecho por Harry y su hija.

Julianne no quería que le dieran las gracias. Lo que quería era que Michael estuviera en casa, sano y salvo.

—No tiene por qué dármelas. Más que nada temía que se disgustaran conmigo, por una u otra razón.

—Yo podría haberlo hecho, después de la repentina muerte de mi hijo —le dijo la duquesa, pensativa, descansando el brazo en el sofá—. Fue traumático. Al principio, me pregunté cómo podías habernos ocultado la existencia de nuestra nieta, pero, pensándolo bien, entiendo por qué lo hiciste.

—Como le dije a Michael, supuse que si Harry no había querido contárselo, tampoco yo debía hacerlo.

—¿Y qué dijo Michael a eso?

En otra ocasión, no lo habría dicho, pero Julianne sonrió con tristeza y contestó:

—Me preguntó si había amado a su hermano.

—Vaya, es buena señal —opinó la duquesa, entusiasmada—. ¿Y qué le dijiste?

—¿Interrumpo?

Al oír aquella voz masculina, Julianne levantó la cabeza de golpe. Michael entró en la sala, con su aire de perfecto aristócrata, su ropa a medida y su corbatín, impecable. Sin embargo, también lo vio cansado; llevaba las botas manchadas de barro y el pelo alborotado por el viento.

—Michael.

—¿Esperabas a alguien más?

Para su sorpresa, Julianne tuvo que resistir el impulso de levantarse y echarse corriendo a sus brazos.

—Mi madre acaba de marcharse —reveló en cambio.

—Siento no haber llegado a verla —dijo por cortesía. No se sentó; permaneció junto al umbral de la puerta—. Espero que todo vaya bien.

¿Cómo podía decirlo con tanta naturalidad y desenfado?

—No precisamente —repuso Julianne con toda la serenidad de que fue capaz—. Al parecer, estaba segura de que el diario hablaba de un accidente que tuviste anoche y que olvidaste comentarnos.

—No.

—¿No tuviste un accidente?

En sus labios se dibujó una sonrisa leve y sarcástica.

—No. Me refiero a que no fue un accidente. Alguien me disparó a propósito.

Sin saber bien qué responder, su esposa se quedó mirándolo. La duquesa hizo un aspaviento.

—Madre, ¿nos disculpas un momento? —dijo Michael con exquisita cortesía—. Quisiera hablar a solas con mi esposa. Julianne, ¿vamos arriba?

—Te marchas de Londres.

Sabía que no le había comunicado la decisión correctamente. Una vez dentro, cerró con cuidado la puerta.

—Permíteme que te lo diga de otro modo. Creo que deberías coger a la niña y salir para la finca rural que tenemos en Kent. Fitzhugh irá contigo.

Ella se acercó despacio a la cama y se sentó en el borde, con los ojos brillantes.

—Lo pensaré si me explicas con detalle lo que está pasando. No soy estúpida, milord, y ya sé que todavía sirves al gobierno británico en algo, al parecer, peligroso. En nuestra noche de bodas me respondiste con evasivas cuando te pregunté por la herida, y desde entonces tampoco te has mostrado mucho más comunicativo. No voy a decirte que tenga derecho a saber la verdad. —Le dedicó una sonrisa trémula—. Yo también te ocultaba algo, y no soy tan hipócrita, pero te amo y quiero compartirlo todo contigo, no solo la pequeña parte que me has dado hasta ahora.

Ninguno de los peligros a los que se había enfrentado en su vida hasta la fecha lo había paralizado tanto. Lo habían capturado los franceses —dos veces, nada menos—, lo habían torturado para que confesara, había librado batallas sangrientas y, después de Talavera, cuando lo habían dado por muerto en el frente, había entendido que quizá muriera allí mismo si no daban con él pronto, así que, sangrando y debilitado, había reptado entre compañeros caídos hasta que, al poco de oír voces, se había desplomado.

Todo eso había sido muchísimo más fácil.

En aquel momento no podía moverse. Le costaba respirar, y allí estaba, de pie, mudo y petrificado.

Llevaba un tiempo queriendo oírlo, y su deseo acababa de cumplirse. ¿Y ahora qué hacía?

Julianne esperó, con gesto conmovedor, y las manos recogidas en el regazo.

Al fin, Michael se aclaró la garganta.

—Yo…

—¿Tú? —dijo ella al ver que se trababa después de aquella sílaba poco efectiva.

«Maldita sea», se dijo mientras se esforzaba en vano por encontrar las palabras. Por joven e inexperta que pudiera parecer, lo había tumbado con su ingenua declaración de amor y, a juzgar por la sonrisa que empezaba a dibujarse en sus labios, lo sabía.

Michael respiró hondo y dijo en voz baja:

—Te seré todo lo sincero que puedo ser. Algunos secretos no puedo revelarlos.

¿Se sentiría decepcionada porque no se había hincado de rodillas para jurarle amor eterno? No lo parecía.

Quizá lo conocía mejor de lo que él creía. Aquel descubrimiento no lo ayudó. Julianne no había esperado nada a cambio.

—Hoy ha venido a verme una mujer que se hacía pasar por la madre de Chloe —dijo, ceñuda—. No tengo ni idea de cómo ha terminado esa visita, porque ha llegado tu padre y, a petición suya, los he dejado solos. De todas formas, te aseguro que no era la mujer a la que he estado pagando estos últimos meses. Ha tenido la desvergüenza de decirme que mantenían una especie de acuerdo para chantajearme.

Un escalofrío recorrió el cuerpo de Michael. Qué extraño.

—¿Qué más te ha dicho? —le preguntó, muy tenso—. Repítemelo, por favor.

Así lo hizo: le explicó que la mujer que aseguraba ser la madre de Chloe le había dicho que estaba harta de esperar que otros le consiguieran el dinero, y otros detalles sórdidos que no sirvieron para aclarar la situación sino más bien para enturbiarla.

Dos mujeres misteriosas y de pronto el caos en su vida… No comprendía nada. Su instinto le decía que todo estaba relacionado; además, la coincidencia en el tiempo también era significativa.

El primer ataque fallido a su persona había tenido lugar justo después de que se hiciera público su compromiso matrimonial, más o menos cuando aquella mujer se había puesto en contacto con Julianne para chantajearla.

Al fin disponía de pruebas suficientes para hincarles el diente. Conocía muy bien esa parte del juego. Era su fuerte. Para montar el rompecabezas, hacían falta piezas.

Se acercó a la cama, puso en pie a su esposa y la besó con vehemencia, pasándole una mano por la cintura y la otra por la nuca, de forma que quedaron arrimados el uno al otro. Se excitó, pero esa excitación vino seguida de una sensación más profunda, una indescriptible sensación de pertenencia, de estar donde debía estar. Ella debía estar en sus brazos y él donde estaba, abrazándola, besándola, con los dedos hundidos en su cabello.

Cuando apartó la boca de la suya y ella abrió los ojos, la luz de sus pupilas le dio una lección de humildad. En cuanto aclarase todo aquel terrible lío, se reuniría con ella en Kent, decidió. Por exigencias de su trabajo, pasaba casi todo el tiempo en Londres, pero Inglaterra podía prescindir de sus servicios un tiempo. El otoño era muy hermoso en el campo, y de pronto se imaginó llevando a su esposa a dar largos paseos matinales a caballo por los senderos serpentinos, organizando meriendas junto al río y viendo cómo la luz de la luna doraba su bonito pelo mientras se quedaban dormidos cada noche el uno en brazos del otro...

¿Cuándo fue la última vez que había disfrutado de las cosas sencillas de la vida? El matrimonio le estaba haciendo reconsiderar sus prioridades, y aunque en su día le había parecido aceptable jugarse el cuello por la Corona, ahora que tenía familia propia todo era distinto. Su máxima prioridad era Julianne, y tenían una niña de la que cuidar.

—Llama a tu doncella y empieza a empaquetar tus cosas. —Le acarició la mejilla y, de mala gana, la soltó—. Saldrás mañana por la mañana. No te preocupes, mi amor. Yo me encargaré de todo.

Aquel «mi amor» dicho en un susurro lo detuvo incluso a él cuando se disponía a salir. No debía entretenerse; debía hablar con su padre y luego, posiblemente, enviarle un mensaje a Charles.

—Nunca me habías llamado así —dijo ella con un hilo de voz. Lo miró… ¿como… triunfal, esperanzada quizá?

«Es joven —se recordó—, idealista. Cree estar enamorada. Cree que me ama…»

Con todo lo que había visto y hecho en la vida, no estaba seguro de poder volver a ver el mundo con ilusión, pero por ella, descubrió, estaba dispuesto a intentarlo.

—Yo me encargaré de todo —repitió, y se acercó a la puerta a grandes zancadas.

Julianne no lo sabía, pero Michael jamás había llamado así a ninguna mujer.

23

Había empezado a llover. Otra vez. Lawrence encontraba terrible el clima de Inglaterra, y eso que él era nativo de Manchester, pero tras haber navegado por el Mediterráneo e, incluso mejor, por el Caribe, uno se volvía devoto de playas soleadas y cielos azulados. En sus viajes había descubierto auténticas joyas de islotes y calas regadas de palmeras y arenas blanquísimas de kilómetros de longitud.

Hasta que, claro, se había topado con un buque de la armada francesa, lo habían apresado y obligado a servir a Bonaparte bajo pena de muerte.

Para alguien que se había hecho a sí mismo, aquella no era una existencia aceptable. Burlar al destino se había convertido en una de sus máximas habilidades y, como inglés, aunque agotado, no iba a contribuir al progreso de la causa del ambicioso corso.

Así que, en su lugar, la había subvertido.

Si naciera de nuevo, ¿volvería a tomar las mismas decisiones? No, reconoció, subiéndose el cuello de la chaqueta para protegerse de la intensa lluvia, pero tampoco era partidario de los remordimientos. De hecho, muchas de las decisiones las habían tomado por él, y le debían tantas disculpas que él no tenía por qué ofrecer ninguna.

Sí, Antonia y él se parecían mucho, muchísimo.

De momento, debía descubrir si había cometido un grave error.

Quizá sí, porque una vez en casa, tras colgar el abrigo, vio que el ama de llaves, la señora Purser, andaba rondando el pasillo.

—Me alegro de que haya llegado, señor Lawrence. Milady tiene una visita y ha dejado instrucciones de que se reuniera con ella en cuanto llegara.

Era consciente de que al pequeño servicio que tenía Antonia le resultaba curiosa la relación que mantenía con su señora, por decirlo de un modo suave, y no sabía bien qué trato darle. Casi todas las doncellas lo llamaban «señor», pero la señora Purser, que era algo puritana, lo divertía con su manía de dedicarle un olfateo de desaprobación cada vez que se cruzaba en su camino, que era a menudo en aquella casa pequeña. Obviamente sospechaba que se acostaba con lady Taylor, y sin duda sabía que entraba y salía a horas intempestivas.

—¿En el salón? —preguntó Lawrence, sacando el pañuelo para secarse la cara. No iba vestido para recibir visitas, pero tampoco tenía previsto recibir ninguna.

—En el estudio de su excelencia.

Antonia no habría recibido a una visita cualquiera en el estudio de lord Taylor.

Longhaven.

Lo cierto es que se había preguntado cuánto tardaría en volver a ver al marqués.

Como de costumbre, su archienemigo iba elegante y correctísimo, aun vestido de forma tan desenfadada como Lawrence, con calzones de ante, camisa blanca y chaqueta oscura. Estaba sentado en el sillón de lord Taylor, tras su escritorio, algo que le fastidiaba, quizá porque daba la sensación de que estuviera en su despacho. Antonia iba vestida para salir esa noche, con un traje de significativo rubí intenso, que resaltaba su piel aceitunada y su pelo azabache. Era una auténtica belleza española y Lawrence podría haberse pasado la vida allí de pie, admirándola.

Salvo por su mirada de visible sospecha.

«Mal asunto —le advirtió una vocecilla interior—. Algo ha ocurrido.»

—Buenas noches —dijo en voz alta—. ¿Querías verme?

—Me pregunto si la señora Stewart llegó a tomar aquel barco hace meses —señaló Michael en el tono más desenfadado de que fue capaz—. Quizá se fuera y yo esté equivocado, pero después de meditarlo mucho no se me ocurre ninguna otra mujer interesada en verme muerto.

Una vez más, Michael demostraba que no era imbécil.

Lawrence avanzó despacio por la estancia, mientras se quitaba los guantes.

—La teoría de Michael es muy interesante —observó Antonia, muy seca.

El fuego del hogar cargaba un poco el ambiente, pero aquella era la menor de sus preocupaciones. Eligió con cuidado una silla y tomó asiento.

—Por lo visto se me considera culpable de algo. Exponedme esa «teoría».

—La cosa es sencilla: ¿subió a aquel barco hace meses Alice Stewart, conocida amiga íntima de Roget? Tú debías asegurarte de que esa mujer subía al buque y abandonaba el país. Si no salió de Inglaterra, creo que tengo una idea de quién puede ser esa persona tan empeñada en liquidarme.

—Ah, sí, la infame señora Stewart. Recuerdo bien el incidente. —Ni siquiera sabía por qué se andaba con rodeos.

Michael lo miraba fijamente.

—Entonces no tendrás problema en responder a la pregunta.

Podía mentir, claro. Dios sabía que lo había hecho antes y probablemente volvería a hacerlo alguna vez en su vida, y aquel sería el menor de sus muchos pecados. Aun así, mentir en general y mentirle a Longhaven en particular eran cosas distintas; además, no quería mentir delante de Antonia.

Claro que tampoco quería explicarse.

Todo un dilema, desde luego.

Así que contestó con evasivas.

—Subió a un barco y yo lo vi partir.

—¿Iba ese buque rumbo a la India?

—¿En serio crees que Alice Stewart está detrás de los atentados que has sufrido? ¿Por qué?

Michael, sentado tras el escritorio de roble, se revolvió en el asiento, inusualmente inquieto.

—Tengo motivos para creer que ha intentado llegar hasta mi familia haciéndose pasar por otra persona.

—¿Y cómo es eso? —Lawrence era consciente de que aún no había respondido a la pregunta pertinente.

—Los detalles no son necesarios.

—Hasta el dato más pequeño es necesario —lo corrigió él. Como de costumbre, Longhaven también tenía sus secretos. Aunque Lawrence no fuera noble ni privilegiado, Michael y él tenían mucho en común.

—En este caso, estoy dispuesto a revelar los detalles.

A Lawrence le habría gustado nacer y crecer con el privilegio de hablar con esa rotundidad. Era un lujo que desconocía.

—Habló el señor marqués —dijo, forzando una sonrisa—. Si de verdad quieres hacerme preguntas, pongámonos al mismo nivel. Contéstame y yo te contestaré.

Por suerte, Longhaven no señaló que ellos jamás habían estado al mismo nivel. Al menos no socialmente. Se mostró amable, aunque sus ojos permanecían alerta.

—Muy bien. Siempre he confiado en ti... por lo menos como en cualquier otro. Mi esposa fue abordada por una mujer que decía haber dado a luz una hija ilegítima de mi hermano. Huelga decir que quería dinero. Julianne iba a verla todas las semanas, pero, por lo que se ve, la madre de la niña no es la persona a la que mi esposa visitaba. Lo retorcido del asunto elimina la posibilidad de que se trate de un simple chantaje. Tiene un propósito y, a la luz de los sucesos recientes, empieza a preocuparme que no se trate solo de avaricia.

Con aquella información, también a Lawrence le preocupaba lo mismo.

—¿Por qué sospechas de la señora Stewart?

—¿No debería?

Antonia se levantó, con la cara encendida, la mirada furiosa.

—¡Estoy harta de juegos! Hablad claro de una vez. Él te ha dicho lo que querías, Lawrence, contesta a su pregunta. ¿Salió esa mujer para la India o es ella la responsable de todo este jaleo?

Como caballero que era, Longhaven se levantó de inmediato, puesto que ella también estaba de pie.

Lawrence no era tan refinado. Quizá era hora de que ella lo recordara. Permaneció sentado y respondió con frialdad:

—Tus apasionadas demandas suelen complacerme, cariño, pero en este caso me suenan más a acusación. No sabía que la señora Stewart fuera nuestra sospechosa. Pero no, no salió para la India.

A Longhaven no pareció sorprenderle.

—¿Adónde se dirigía el barco?

—A Francia.

—Ah.

—¿Quién iba querer ir allí? —espetó Antonia, mucho más hermosa que nunca, tan indignada. Masculló algo en español que, obviamente, no era un elogio de ese país. La totalidad del pueblo francés no era responsable de las atrocidades cometidas por las tropas de Bonaparte, pero intentar que lo comprendiera era inútil. Cuando odiaba a alguien, lo odiaba con vehemencia.

Cuando lo amaba, lo hacía con la misma intensidad.

Lawrence quería que lo amara a él.

—Te diré quién puede querer viajar a Francia en lugar de a la India: alguien que quisiera poder volver fácilmente a Inglaterra —dijo Michael, pensativo—. La travesía no es larga. ¿Cómo te convenció?

Le hizo aquella pregunta con naturalidad, pero Lawrence supo enseguida que no era aquel el sentimiento que se ocultaba tras ella.

El siguiente paso sería complicado.

—¿Cómo te convenció a ti de que no la encarcelaras? —le replicó Lawrence, sosteniéndole la mirada.

—Tú estabas allí —respondió el marqués—. Me dio información sobre Roget.

—No mucha. Solo que estaba en Inglaterra, en Londres; de hecho, nada más.

—Todo lo contrario. Me dijo que Roget era inglés.

Sí, era cierto. Sin embargo, se había negado a revelarle la identidad del hombre, incluso bajo amenaza de prisión y probablemente de la horca si podían demostrar que era espía de Bonaparte, y traidora.

—Su identidad nos habría resultado más útil —señaló Lawrence sin alterarse—. En realidad, no creo que esa mujer te ayudara mucho, milord.

—Dudo que ella conociera su verdadero nombre —repuso Longhaven, frotándose la mandíbula enjuta—. En parte, por eso la dejé marchar.

—Yo podría haberle sacado más información —dijo Antonia con convicción—. A los hombres os ablandan las mujeres. Unos minutos a solas conmigo y os aseguro que habría hablado.

—Quizá, pero no vi necesidad de ser sanguinario, y no suelo recurrir a la tortura —dijo el marqués, al parecer divertido—. Además, se sentía atrapada y por lo menos parecía decidida a salir de Inglaterra. Así que, Lawrence, te repito la pregunta: ¿por qué la dejaste embarcar para Francia en lugar de atenerte al plan?

—Las lágrimas de una mujer pueden mover montañas. —Respuesta evasiva, pero cierta de todos modos. Claro que no era esa la razón por la que había dejado que Alice Stewart subiera a otro barco—. Ella ya tenía un pasaje para Francia, y lloraba porque no quería ir a la India. Me dijo que la aterraba, y yo la creí. A fin de cuentas, había pasado buena parte de la guerra en Francia y, si se quedaba en Inglaterra, probablemente la colgarían. ¿Por qué iba yo a pensar que volvería?

—Yo nunca lloro —dijo Antonia con desdén, sirviéndose una copa de clarete. Aquel líquido rubí era exactamente del mismo color que su vestido. Se llevó la copa a los labios y dio un sorbito.

—¿Por qué ibas a hacerlo? Tú puedes mover montañas sin derramar una lágrima —repuso Lawrence con una sonrisa pícara.

Aunque Antonia mentía. Él la había oído llorar una o dos veces en plena noche. No con auténticos sollozos, sino con una respiración apenas entrecortada tan lastimera que a punto había estado de estrecharla en un abrazo protector.

Moriría por protegerla. Si fuera posible, moriría gustosamente por exterminar sus recuerdos. Pero no era posible. El pasado era el que era, y él solo podía ofrecerle el futuro.

Si ella quisiera, después de que había puesto en peligro a su querido Michael, aunque hubiera sido sin querer. Decía la verdad. Jamás habría pensado que Alice Stewart pudiera querer volver a poner el pie en suelo inglés.

—¿Sabes dónde encontrarla? —le preguntó Michael, con mirada inquisitiva—. Partiendo, claro está, de la hipótesis de que Alice Stewart hubiera vuelto a Inglaterra.

—No —respondió Lawrence con la máxima neutralidad de que fue capaz—, pero, por mi experiencia anterior con la dama, creo que sé por dónde empezar.

—¿Por dónde?

—¿Dónde está tu esposa?

Jamás había visto a Longhaven reaccionar más que con absoluto comedimiento a cualquier situación, pero habría jurado que lo había visto palidecer un poco.

—Ha aceptado una invitación al baile de otoño de los Marston. Mis padres también van, y Fitzhugh los llevará en coche. Les he prometido que me uniría a ellos. Mañana saldrá para la finca de Kent, donde estará a salvo hasta que solucionemos esto.

—Nadie está a salvo —dijo el otro con crudo pragmatismo, y tenía razón.

Cuando Julianne se disponía a salir, Chloe ya dormía como un ángel, pero no pudo resistir la tentación de entrar con sigilo en el cuarto a acariciarle los rizos alborotados. La niñera, ya vestida para dormir, llevaba un sencillo chal encima del camisón y cosía junto al fuego, y sonrió de modo alentador. El ala infantil contaba con varios cuartos y Julianne había elegido para Chloe una alcoba con vistas al jardín, que sería luminosa por las mañanas y estaba decorada con bonitos cuadros de escenas boscosas, conejos de orejas largas y peludas y corderos que correteaban por verdes prados. Chloe se había quedado extasiada mirándolos, abrazada a su querida muñeca, y luego había sonreído.

Era un comienzo.

La duquesa ya había manifestado su angustia de que la niña fuese sordomuda, pero Julianne no lo creía. Aunque no era médico, sospechaba que su silencio se debía más a su instinto de supervivencia, y confiaba en que cuando el afecto, la cordialidad y la seguridad formaran parte de la vida de la pequeña esta empezaría a hablar.

De momento la había alegrado tanto ver aquella sonrisa espontánea de deleite que se le había hecho un nudo en la garganta.

—Si te parece que me necesita, llévala a mi alcoba —le susurró a la niñera—. No volveremos muy tarde.

—La niña estará bien, milady —dijo Bryn con su acento—. Voy a dormir aquí, y nos llevamos muy bien. No se preocupe y disfrute de la velada.

—Lo haré.

Como de costumbre, pensó Julianne mientras salía del cuarto hacia la escalera, Rutgers había hecho una magnífica elección, y no pondría objeción a que la chica ocupara el puesto permanentemente. A Bryn no parecía importarle que pasaran un tiempo en el campo. Julianne aún no estaba segura de los planes de Michael, pero no tenía inconveniente en huir de Londres hasta que todo se hubiera arreglado con Leah. Los extraños sucesos de los últimos días aún la tenían desconcertada.

Sobre todo el beso que le había dado después de que le dijera que lo amaba.

No había sido una seducción premeditada ni solo pasión física. Había percibido el sentimiento de aquel abrazo impetuoso.

—Estás preciosa, querida —le dijo el duque, sonriente e imponente él también, con su traje oscuro de gala, cuando llegó al vestíbulo. La duquesa estaba espléndida, con un vestido de satén verde esmeralda, el pelo recogido alto, y una diadema brillante que debía de valer una pequeña fortuna y resaltaba su perfecto peinado.

—Gracias. —Deseó que Michael estuviera allí para acompañarlos, pero vio abatida que el siempre fiel Fitzhugh también asistiría al baile en calidad de cochero, con su librea impecable y su rostro inmutable mientras les abría la puerta del vehículo con una pequeña floritura. Su guardaespaldas particular estaba de servicio otra vez, y lo desterrarían al campo con ella a la mañana siguiente. ¿Tan peligroso era todo aquello?

Una pregunta absurda, por supuesto. A Michael lo habían atacado dos veces.

—Veo que eres un hombre de múltiples talentos, Fitzhugh —le murmuró mientras él la ayudaba a subir al coche.

—Por supuesto, milady.

Jualianne se detuvo en el peldaño, con las faldas recogidas en la mano, y le dijo en voz baja:

—He oído decir que te vienes a Kent con nosotros.

—Espero que no le desagrade.

—Creo que me estoy acostumbrando a tu compañía —dijo con una leve sonrisa.

24

Menos mal que había solicitado ayuda, porque Luke había podido darle la dirección de la última residencia de la señora Stewart en Londres. Se alquilaba, le había dicho Luke, y al preguntar —ejerciendo la debida presión con monedas—, el agente inmobiliario le había confesado que, en efecto, tenía la dirección a la que debía remitir el cobro.

«Bien hecho», pensó. Ya tenía destino, aunque también un mal presentimiento. Le ocurría de vez en cuando, y solía acertar. Maldijo por lo bajo mientras el carruaje proseguía su ruidoso avance por la calle encharcada, bajo la fría lluvia.

Era la misma dirección que Fitz le había dado después de seguir a Julianne, donde habían dejado abandonada a la pequeña Chloe.

Al menos tenía una conexión, si bien no era una particularmente agradable. Estaba convencido, ahora más que nunca, de que Alice se había topado con el secreto de su hermano y lo había utilizado para llegar hasta Julianne.

¿Por qué demonios no le había prohibido a su esposa que saliera esa noche?

En su defensa debía argüir que, estando distraído con los atentados a su persona, no se había enterado del chantaje hasta hacía poco, y le costaba conectar ambos sucesos.

Al menos sabía que estaban relacionados y que Alice Stewart era la conexión. A su juicio, el retorcido proceso mental que había forjado el plan no era fácil de seguir.

—¿Por qué no será un hombre con quien tengo que tratar? —mascullló.

Lawrence, sentado frente a él, gruñó su asentimiento.

—No es igual, ¿verdad? Ellas piensan de otra forma. Tu enemiga ha encontrado un modo de llegar hasta tu esposa. Supongo que cada vez que lady Longhaven visitaba a esa niña ponía en peligro su vida. Nadie sabía dónde estaba, y Stewart podía escoger el momento de intervenir. Quizá esperaba a que tu marquesa se quedara embarazada para matarla. Eso sí que habría sido una venganza en toda regla.

Michael cerró los ojos un instante. Aquella posibilidad lo estremeció entero.

—Roget no está detrás de esto —prosiguió Lawrence, displicente—. Todo se ha hecho muy torpemente, tal vez porque la señora Stewart no quería que nadie supiera que había vuelto a Inglaterra, y sus recursos eran limitados. Tuvo que disfrazarse, contratar a otros para que hicieran lo que ella no podía hacer sin acercarse, y supongo que el chantaje indica que quizá necesitase dinero. En resumen, se esconde de dos hombres peligrosos: no solo de ti, sino también de Roget. Te estorba tanto a ti como a él, porque lo conoce y podría revelar su identidad, aunque no sepa su nombre real. Apuesto a que, igual que tú, Roget no estará al tanto de su regreso a Londres.

Michael se sacó la pistola de la chaqueta, la comprobó y volvió a guardársela en el bolsillo especial cosido al efecto en el forro de la prenda.

—Desde el principio, me preguntaba a quién me estaba enfrentando. Todo era... tan poco profesional.

—Cierto —dijo Lawrence con una mirada de cínico regocijo—. Eres bueno, Longhaven, pero si Roget de verdad hubiera querido matarte, no te habrías librado.

—Debemos encontrarla. —A Michael no le inquietaba mucho ese inconveniente ahora que sabía a qué, y a quién, se enfrentaba. Londres era una ciudad grande, pero, habiendo sido capaz de localizar al enemigo en suelo extranjero, encontrar a Stewart siguiendo una pista clara no le parecía tan complicado—. Si tienes razón, y me temo que así es, Alice no podrá revelarnos el paradero de Roget.

—Roget es más fantasma que hombre —dijo Lawrence, relajado en su asiento, con las piernas estiradas y el abrigo abrochado de mala manera—. Olvídate de él.

—Si llegara a toparse con Antonia, sí que sería un fantasma.

—Completamente de acuerdo. Antonia no sabe racionalizar ese tema.

—No.

Michael podía intentar hacerle ver una vez más que no había pruebas que demostraran que Roget tuviese nada que ver con la masacre de su familia, pero ya lo había hecho antes y sabía que era inútil. No cabía duda de que el infame espía francés había facilitado los datos necesarios para que un pequeño grupo de soldados franceses cruzara las líneas británicas, pero lo que aquellos hubieran hecho por la conquista de España no podía atribuírsele a él directamente. Dios sabía que también él había pasado información del enemigo y, por tanto, era responsable indirecto de la muerte de muchos. Ese era su trabajo, y estaban en guerra. Sí, Roget era una espinita que tenía clavada, pero no odiaba a aquel tipo esquivo tanto como Antonia.

Descubrió que había otro sentimiento que le interesaba mucho más.

«...te amo y quiero compartirlo todo contigo, no solo la pequeña parte que me has dado hasta ahora...»

¿Había manejado bien esa declaración de amor? Quizá no. Un beso apasionado no era lo mismo que una respuesta verbal, pero era la única reacción de que había sido capaz en ese momento y, por raro que pareciera, creía que Julianne lo había entendido.

Tal vez eso fuera lo que uno deseaba de verdad en la vida. Había conocido a muchas mujeres hermosas —Antonia, por ejemplo—, pero, aunque habían compartido una efímera pasión, todas ellas eran muy distintas de su esposa.

Julianne impregnaba su vida de una serenidad única. Él aún estaba adaptándose a ese nuevo concepto. Procesaba bien el caos; la felicidad era otra cosa.

—La casa está a oscuras —observó al detenerse el coche—. Es muy posible que no esté aquí, pero preparémonos por si acaso. Esa dama ya ha matado antes.

—También yo —repuso Lawrence con calma mientras se apeaba del vehículo.

Había muchísima gente, pero al menos había refrescado y no estaba sofocada. Además, la orquesta vienesa, seducida sin duda por un generoso incentivo económico, era la misma que había tocado en palacio la semana anterior. La hermosa música competía con el murmullo de cientos de charlas y el roce de faldas de seda contra calzones oscuros mientras los bailarines se movían por el enorme salón a ritmo de vals.

Michael, observó Julianne con la mano en el hombro de un joven cuya mirada de admiración la turbaba, aún no había aparecido. Con la avidez que contemplaba la puerta, habría detectado su llegada, a pesar de que el baile estaba siendo un éxito y parecía que toda la aristocracia londinense hubiera asistido. La exquisita y animosa lady Taylor también estaba allí, claro. La había visto hacía una hora o así, girando en brazos de un joven rubio visiblemente embobado, y llamaban la atención por el contraste.

Bueno, al menos, fuera lo que fuese lo que lo retrasaba, sabía que no era ella.

Era absurdo que no estuviese más celosa. Julianne no era una mujer de mundo pero sabía, aun sin confirmación directa, que Michael y Antonia habían sido amantes. Además, le daba la impresión de que lady Taylor no había olvidado aquello, pero él...

No estaba segura de lo que sentía Michael, pero también era lo bastante lista para saber que la dama no estaría tan celosa si él estuviera dispuesto a seguir lo suyo. Quizá pecara de ingenua, pero, francamente, no creía que Michael fuera capaz de ser infiel a su esposa. Un espécimen raro en su círculo, desde luego, pero...

—¿Lady Longhaven? —Una doncella de oscuro uniforme y delantal almidonado la abordó con una reverencia cuando cesó la música y ella y su pareja dejaron la pista—. Perdone que la moleste, ha venido su marido y quiere hablarle. ¿Querría seguirme?

Gracias a Dios. Michael estaba a salvo.

Se volvió y, sonriendo con delicadeza a su pareja de baile, se excusó y se perdió entre el remolino de invitados.

Consciente entonces de lo preocupada que había estado, experimentó un alivio que fue como una fresca ola marina. Tenía todo el derecho del mundo, se recordó, porque a fin de cuentas alguien había intentado matarlo. Dos veces que ella supiera y, teniendo en cuenta la propensión de su esposo al misterio, quizá más.

La aterraba, porque Michael desprendía un aura de invencibilidad pero nadie era inmune del todo a semejante amenaza, o de lo contrario no lo habrían herido.

El pasillo de suelo de mármol estaba mucho más tranquilo que el atestado salón y Julianne, contenta de alejarse del ruido y del agobio del gentío, siguió a la criada. Agradeció aquel entorno en penumbra, lejos de la luminosidad de las lámparas de araña, y una ráfaga de aire le acarició los hombros desnudos.

Después de volver una esquina y enfilar un largo pasillo para llegar a otra, Julianne, ceñuda, preguntó:

—¿Dónde está mi esposo exactamente?

—No iba vestido para la ocasión, por eso ha creído oportuno reunirse con usted en la biblioteca privada de sir Benedict.

Eso explicaba el paso de los cuartos públicos al sector privado de la mansión, y era cierto: Michael no iba vestido de gala cuando había salido de casa. Lo que ignoraba era que su esposo y sir Benedict fuesen tan amigos que pudiera usar su biblioteca, claro que aún había muchas cosas de su vida que no había descubierto.

Avanzó aprisa tras la doncella de pelo oscuro y, cuando la mujer abrió la puerta con una reverencia de cortesía, entró y procuró calmar sus nervios disparados.

—¿Michael?

Afligida, observó que la estancia parecía vacía, iluminada solo por la luz tenue de una lámpara. Entre las siluetas de cómodos sillones, estanterías y ventanas cerradas a la lluvia, no había rastro alguno de su esposo. Se volvió al oír que se cerraba la puerta.

La doncella le apuntaba al pecho con una pistola. Julianne se asustó, ella sonrió, echó la cabeza hacia atrás con un gesto que Julianne conocía bien y dijo con una voz muy diferente del recatado tono de antes:

—¿Te acuerdas de mí?

Por desgracia, sí, la recordaba. Aunque ya no era pelirroja, sus facciones le resultaban familiares. Era la misma que se había hecho pasar por la madre de Chloe.

Esperaba que Michael supiera apreciar aquello.

Antonia se acercó a la puerta cerrada, escuchó y meditó su próximo movimiento.

Hacía falta ser mujer para entender a otra mujer.

Al otro lado de la puerta, las voces eran apenas un susurro, pero, a pesar del grosor del panel, Antonia oía bastante bien. Con cuidado giró el pomo, y agradeció que las bisagras bien engrasadas no chirriaran al abrir en la puerta una rendija estratégica. Sir Benedict tenía dinero, y se notaba.

Oh, la señora Stewart tenía una pistola. Qué previsora.

Perfecto. También Antonia iba armada.

Supuso que se trataba de la astuta mujer que había esquivado a Michael y a Lawrence, algo no del todo fácil, de modo que más le valía no subestimar sus aptitudes.

Además era la mujer que quizá le proporcionaría información sobre el paradero de Roget.

—... el desafortunado giro de los acontecimientos. El tiempo no acompañaba y me vi atrapada en Reading toda la noche porque los caminos estaban intransitables.

—¿Desafortunado para usted y para sus planes o para una

niña aterrada abandonada en una casa vacía? —preguntó lady Longhaven con sequedad.

—¿Cómo iba yo a saber que su madre no volvería como había prometido?

Por la rendija, Antonia pudo ver temblar el cuerpo menudo de Julianne. Apretaba los puños, pegados al cuerpo, pero tenía la barbilla bien alta.

—Quizá debería haber puesto en duda su fiabilidad, teniendo en cuenta que ya la había convencido para se sirviera de su hija en un chantaje. No es el ideal de madre.

Aunque no era habitual en ella, Antonia sintió una involuntaria admiración. Julianne Hepburn no se había enfrentado a una posible muerte con anterioridad.

El azul oscuro del vestido de la marquesa contrastaba con su piel de alabastro, más blanquecina aún por el miedo, pero ni se inmutó siquiera cuando la mujer, disfrazada de criada, alzó el arma para apuntar mejor.

—Tu esposo resulta difícil de matar. Las tareas difíciles exigen planes nuevos. Creo que si mueres tú entenderá mejor el juego. Confiaba en mantener el anonimato, pero ya habrá llegado a algunas conclusiones. —La asesina, de espaldas a Antonia, se encogió de hombros—. De todas formas, iba a terminar matándote a ti también.

—Adelante —espetó resuelta Julianne—. No voy a suplicarte para que lo uses en contra de mi esposo.

«¿Cómo?» La muy boba. ¿Qué pretendía? Indignada, Antonia descubrió que iba a tener que intervenir de inmediato… ¡qué fastidio! Su objetivo era Roget, y si mataba a Alice Stewart, puede que jamás consiguiera lo que quería.

Al apretar el gatillo, el clic sonó con fuerza, igual que el estrépito de Antonia cuando abrió la puerta de golpe y le lanzó el cuchillo a Alice con una precisión letal que había aprendido en la más dura de las escuelas.

El arma se le clavó entre las paletillas a la señora Stewart antes de que la pistola se disparase, y la bala se perdió. La mujer se agarrotó y se volvió, pero había sido un lanzamiento certero.

Con un brazo a la espalda, como para quitarse el cuchillo, avanzó tambaleándose, luego se desplomó en el suelo y la pistola se le cayó de la mano. Antonia entró con ímpetu en la estancia y se arrodilló junto a la mujer caída, dejando de lado a lady Longhaven, blanca como la nieve y temblando a solo unos pasos de distancia.

—Dime quién es —la instó, pero un reguero de sangre brotaba de sus labios y su respiración era irregular. Alice la miró con los ojos muy abiertos, pero los tenía ya vidriosos, como si estuviera a punto de fallecer—. Quiero a Roget... Tú no le debes nada, no le debes lealtad. Si fuera tu aliado, te habría ayudado a matar a Longhaven. ¿Cómo se llama?

La odiosa mujer no contestó; se quedó inerte y se le descolgó la cabeza.

Tras soltar todo tipo de maldiciones en español que la esposa de Michael jamás identificaría como impropias de una dama, Antonia se dio cuenta de que se le estaba manchando de sangre el vestido. Se levantó, sacó el cuchillo del cuerpo con esfuerzo, lo limpió con el delantal de la criada, se levantó las faldas y volvió a guardárselo en la funda que llevaba sujeta al muslo.

—Esto no ha salido en absoluto como estaba previsto —dijo, irritada.

Por suerte, Julianne respondió con un gemido contenido, pero no se desmayó. Antonia no soportaba a las damas delicadas.

25

¿Cómo se disculpaba uno por una debacle de semejante magnitud?

Michael titubeó ante la puerta que separaba los cuartos, y se preguntó si estaría ya en la cama. Tal vez sí. Había tenido un día muy agitado. Hizo una mueca al recordar que, mientras él perseguía fantasmas, ella se había enfrentado a una pistola en manos de una asesina desconocida.

Qué torpeza.

Algo indeciso, puso la mano en el pestillo y lo descorrió. Descubrió que Julianne no se había acostado, sino que estaba de pie junto al fuego, envuelta en su bata, y la luz del hogar iluminaba su cuerpo menudo. Al oírlo, se volvió y le sonrió sin fuerzas.

—No sé por qué, no consigo entrar en calor.

—Has vivido una experiencia horrible. —Cerró la puerta despacio—. Seguro que estás exhausta. ¿Tal vez prefieres que me vaya?

—Ni se te ocurra —le dijo con asombrosa rotundidad—. Si no hubieras venido, habría ido a buscarte, aunque hubiera tenido que recorrer la casa en camisón. Me parece que debemos hablar de algunas cosas.

Le gustó su réplica acalorada y que le hiciera frente, aunque siguiera temblando. Muchas veces él había sentido frío y soledad después de una batalla o de una misión, por eso lo comprendía.

—Sí, yo también lo creo.

—A veces eres indignantemente razonable.

Michael reprimió una sonrisa.

—Procuraré ser menos razonable en el futuro. ¿De qué quieres que hablemos en concreto?

—¿Por qué ha ocurrido todo esto? —inquirió Julianne, cruzándose de brazos—. ¿Por esa mujer se ha hecho pasar por Leah? ¿Con qué finalidad? ¿Por qué me seguía lady Taylor antes? ¿Sabías que esto iba a pasar y por eso le encargaste a Fitzhugh que me vigilara? ¿Por qué...?

Michael levantó la mano para pararla.

—Te contestaré a todo, pero estás helada. ¿Podemos hablarlo en la cama?

—No quiero que me seduzcas para eludir mis preguntas.

Estaba a punto de protestar, pero se había servido de esa táctica anteriormente.

—Solo quiero abrazarte mientras hablamos —le dijo en cambio.

Tras una breve pausa, Julianne asintió con la cabeza y le susurró:

—Y yo quiero que me abraces.

Concedido el permiso, Michael se acercó cauteloso, cuidadoso con lo que hacía, porque no había mentido; estaba convencido de que ella estaría agotada, acababan de apuntarle con una pistola y buena parte de lo sucedido era culpa suya y solo suya.

Sin embargo, cuando le tendió la mano, ella titubeó un segundo antes de tomarla y dejar que la llevara a la cama. Bajo la bata, no llevaba más que un camisón de encaje, y él no se lo quitó, se limitó a levantar las sábanas, la instó a que se tumbara y luego echó las mantas por encima de los dos al tiempo que se recostaba a su lado. Ella siguió temblando unos minutos, pero luego su cuerpo empezó a relajarse.

—Cuéntame por qué quería verte muerto esa mujer.

Supuso que era justo que le contara toda la historia.

—Fue espía inglesa de Bonaparte en su día —dijo Michael sucintamente mientras le acariciaba el pelo sedoso—. Yo la descubrí. Me daba la impresión de que prefería el exilio a la muerte. Me equivocaba.

—No he pensado en otra cosa; intentaba averiguar todo lo posible por mi cuenta —murmuró Julianne—. Imagino que el embuste sobre Chloe era un modo de utilizarme si le hacía falta para llegar hasta ti. Ni siquiera se me pasó por la cabeza, aunque sí que me pareció raro. Me dijo que era actriz cuando la verdadera Leah es camarera. Supongo que por arrogancia. Representó muy bien su papel.

—¿Por qué ibas a pensar tú que estaba actuando? —Se la arrimó más y bendijo las inclemencias meteorológicas. Si Alice no se hubiera quedado atascada aquel día, Chloe no habría estado sola, y Julianne quizá aún haría sus peligrosas visitas secretas.

Podía haberla perdido. No solo esa noche, sino del todo. Cuando recordaba el peligro en que había estado... se le hacía un nudo en la garganta.

—Me alegra comprobar que no eres nada retorcida. Te aconsejo que no lo seas. No sirve más que para complicarlo todo.

Ella rió con suavidad.

—Curiosa forma de verlo. Bueno, ¿quién es Roget?

Quizá, solo quizá, si no hubiera tenido su cabeza apoyada en el hombro, habría eludido aquella pregunta. Las viejas costumbres eran difíciles de perder, pero ese no era el momento de evasivas.

—Un agente francés. O, mejor dicho, otro agente de los franceses que creemos que es inglés. Llevo años intentando cazarlo.

—Por lo visto, lady Taylor también. Creo que le ha costado decidirse a salvarme la vida porque perdía la oportunidad de interrogar a esa mujer.

—Es posible —respondió con sequedad—, pero de algún modo me alegro de que haya sido así. Para mí nunca ha habido una obligación, pero creo que para Antonia con esto queda saldada nuestra deuda. Piensa que Roget es responsable de las muertes de su familia. Para ella perder la oportunidad de averiguar su identidad es un sacrificio.

Luego añadió:

—Creo que eso la liberará. —Se había preguntado más de una vez qué parte de su categórico afecto por él se debía a esa arraigada sensación de estar en deuda con él. Nunca había visto su relación desde esa perspectiva, claro que no pensaban igual y jamás lo habían hecho.

Le había salvado la vida a Julianne. No le debía nada. Ahora era él quien estaba en deuda con ella.

—¿Y qué pasa con Roget? ¿Lo sucedido te impedirá encontrarlo? —Le acarició la mejilla para devolverlo al presente.

Michael inhaló el suave aroma a flores de su pelo y, con considerable esfuerzo, resistió la tentación de deslizar las manos por su cuerpo y arrimársela aún más. Uno de sus pechos turgentes descansaba en el brazo con que la rodeaba.

—Es más fantasma que hombre. —Repitió las palabras de Lawrence, asombrado de los encantos de su esposa, de cómo había perdido interés en su empeño por saldar una vieja deuda, por librar una guerra que había terminado para siempre a los ojos del resto del mundo—. Al principio estaba convencido de que se hallaba tras los atentados contra mi persona, pero ahora sé que se trataba de Alice Stewart. Creo que mi enemigo y yo hemos hecho las paces.

—Si es inglés, ¿no lo convierte eso en traidor?

—Te aseguro que la guerra te obliga a hacer cosas que jamás habrías imaginado. Fíjate en Antonia. Se defiende mejor que la mayoría de los hombres que yo conozco, pero nació aristócrata, protegida por una familia rica. La tragedia es lamentable, pero en su caso la ha hecho mucho más fuerte. A mi parecer, eso es lo que nos pasa a todos. Si la adversidad no nos destruye, puede transformarse en fortaleza.

Julianne se revolvió en sus brazos, se acercó más, y su respiración se convirtió en un susurro.

—Le debo la vida.

—No, yo le debo tu vida. Bueno, si ya he respondido a todas tus preguntas, ¿podríamos cambiar de tema?

—¿De qué quieres hablar? —dijo ella, metiéndole la mano por debajo de la bata para acariciarle el pecho desnudo.

A pesar de su propósito de abrazarla hasta que se durmiera, aquello lo encendió. Michael le cogió la barbilla y rozó con su boca la de ella.

—De nosotros.

—Mmm, interesante —comentó ella, bajando la mano por los músculos tensos de su estómago en un recorrido pausado y tentador. Si avanzaba unos centímetros más, se toparía con su creciente erección.

Michael inspiró con fuerza y aquel acaloramiento se propagó por toda su piel.

—Este matrimonio no ha salido como esperaba.

—¿Y eso? —inquirió ella mientras le acariciaba la punta del miembro erecto.

Aquello ya era bastante difícil sin la distracción de sus caricias. Michael le cogió la muñeca para detenerla, luego la miró a los ojos —esos bonitos ojos, con su cortina de largas pestañas, presididos por esas cejas perfectas— y en ellos no vio solo la belleza física de su intenso azul, de su forma, de su tamaño... no, lo que vio fue compasión, inteligencia y, sí, amor.

—Jamás pensé que pudiera compartir mi vida con otra persona —reconoció—. El apellido sí, pero eso no es más que una ceremonia en una catedral y un documento. Entregar mi apellido y mi protección es una cosa, pero mi corazón es otra muy distinta.

¿De verdad acababa de hablar de entregar su corazón?

Pensaba que la noche no podía ser más memorable, pero por lo visto Julianne se equivocaba. Michael Hepburn no era romántico, al menos el tipo distante, reservado y complicado con el que ella se había casado. Físicamente sí, y a juzgar por su excitación suponía que no tardaría en mostrarse extraordinariamente romántico en ese sentido, pero ni siquiera le susurraba palabras bonitas, ni frases poéticas y tiernas, ni le dedicaba muchos cumplidos.

Menos aún iba a entregarle el corazón. La estrechó contra su cuerpo masculino, cálido y confortable, y la apresó con la intensidad de su mirada.

—No sé nada de enamorarse —siguió Michael, y su franqueza se hizo evidente en su lucha por encontrar las palabras adecuadas. La tenue luz del hogar hacía anguloso su magnífico rostro y resaltaba su estructura ósea, el contorno de su boca, la forma de su nariz, de su frente—. Yo ya he sido amante, pero solo en un sentido de la palabra. Contigo es distinto. Lo ha sido desde la primera noche. Te deseo, aunque eso es obvio —sonrió con tristeza, y con cierta picardía masculina—, pero he llegado a la conclusión de que no es solo eso.

—¿Y qué más es entonces? —Sabía que se estaba arriesgando, pero esa parecía la noche más apropiada para hacerlo.

—La otra noche, cuando llegaste tan tarde, estaba histérico. Eso me iluminó.

Un rodeo propio del marqués de Longhaven, pero no estaba dispuesta a aceptar la evasiva.

No en el que podía ser el momento más importante de su vida.

—¿Te importaría definir «iluminar»? —Con delicadeza, se zafó de la mano que le retenía la muñeca, le soltó el cinto de la bata y deslizó la prenda por los hombros—. Te prometo que no es tan difícil decirlo. —Le besó el cuello—. Yo te lo he dicho. Verás, te lo voy a demostrar: te amo.

—Tú eres mucho más idealista —gruñó él y, de golpe, la tumbó boca arriba—. Por no decir que llevas demasiada ropa.

Ella no protestó cuando él le desató la cinta del corpiño del camisón y la despojó de la prenda. Luego la cubrió con su cuerpo, delicioso, y una oleada de deseo y gozo se apoderó de ella mientras enroscaba los brazos alrededor de su cuello y alzaba la boca para besarlo apasionadamente. Se incendió su cuerpo y aquel fuego inundó sus sentidos; se arqueó contra el cuerpo de Michael, piel con piel. Luego él se inclinó para lamerle los pechos, y ella gimió mientras él alternaba entre uno y otro. Quizá Michael jamás fuera capaz de decírselo, resolvió ella, sintiendo el roce erótico de su cabello en la piel y la abrasión del vello incipiente de su mandíbula bien afeitada.

Cuando Michael se recolocó, subió y desplazó sin esfuerzo

su cuerpo musculoso, ella separó las piernas de buen grado e inspiró hondo cuando los dos se fundieron en un solo embate.

—Te amo —le susurró Michael, acariciándole la oreja con su aliento cálido—. Este me parece el mejor momento para decírtelo, y tienes razón: no ha sido tan difícil.

Al placer se sumó la dicha, descubrió Julianne, abrazada a él mientras se movían cada vez más deprisa, precipitándose hacia un objetivo común, jadeando los dos juntos. El éxtasis llegó a su cima y los retuvo allí, luego Julianne cayó, y él descendió con ella, hasta que los dos yacieron sin aliento y entrelazados.

No hablaron, y Julianne se dejó llevar por el sopor; la luz del hogar se convirtió en tan solo un resplandor y cedió al agotamiento y la emoción de aquel día.

—¿Te cuento un secreto? —le preguntó él, con los dedos enredados en su pelo y su hombro fuerte bajo la mejilla de ella.

La propuesta la sacó de su modorra. Alzó los párpados y miró a su esposo.

—Dime —aceptó, y una leve sonrisa se dibujó en sus labios.

—Antes de conocerte, jamás había reparado en que la felicidad era un concepto abstracto para mí.

Eso no era ningún secreto. Michael quizá fuera capaz de todo tipo de engaños, de cambiar el curso de la historia con su servicio a la patria, de granjearse el respeto de los oficiales de mayor rango de Inglaterra, pero no había sido capaz de ocultarle eso.

Julianne no se lo dijo. En cambio, se sumió en un sueño feliz en sus brazos.

Epílogo

En el parque hacía frío y el viento arrastraba las hojas. Michael se aproximó despacio a una figura solitaria que se hallaba de pie en uno de los senderos; los visitantes habituales habían cambiado su salida vespertina por un buen fuego y una taza de té caliente.

Charles llevaba el cuello del abrigo levantado, el sombrero calado hasta los ojos.

—Buenas tardes, milord.

—Charles. —Michael llevaba la cabeza descubierta, el pelo alborotado—. Gracias por reunirte conmigo tan de repente. Mañana por la mañana nos vamos a Kent.

—Ya, de ahí la urgencia —dijo Charles con cierto cinismo—. Vas a enterrarte en el campo. No acabo de creerlo.

Hacía apenas unos meses, tampoco Michael habría podido creerlo. Sin embargo, con Julianne, veía las cosas de un modo muy distinto.

No obstante, debía atar algunos cabos antes de marcharse.

—¿Cuándo pensabas decirme, si es que ibas a hacerlo, que Lawrence es Roget? —dijo en un tono neutro.

Por un instante, los dos se miraron en silencio.

—¿Paseamos? —propuso Charles, señalando el sendero—. Para no congelarnos. Hoy hace un frío de mil demonios.

—Muy bien. —Michael empezó a caminar a su lado.

—Ya te has enterado —comentó su viejo amigo, mirándolo de soslayo—. Siempre supe que al final lo descubrirías.

Al final. Le había costado demasiado. Michael lo sabía, pero su propio gobierno le había proporcionado información falsa en varias ocasiones. No era de extrañar que no hubiera sido capaz de encajar antes las piezas del rompecabezas.

—¿Por qué? —le preguntó sin más.

—Nos resultaba valioso. Teníamos que protegerlo. Un doble agente siempre es un riesgo, porque todos sabemos que podía ser leal al otro bando. Es un juego, Michael, y no podíamos permitir que lo atraparas. Por eso te despistamos una o dos veces.

Una o dos veces. Eso era decir poco. El viento frío que le cortaba la cara olía a hojas secas y a humo de chimenea.

—¿No se me podía confiar la verdad?

—Lo sabía yo —señaló Charles sin disculparse—. Y el ministro de Defensa. Nadie más. Ni el primer ministro. Era esencial que se mantuviera en absoluto secreto.

—Lo seguí por toda España.

—Y a la vez nos enviaste información valiosísima.

—Maldito seas, Charles. No trates de justificar los medios con el fin.

—Yo nunca trato de justificar nada, eso ya lo sabes. Además, fue divertido ponerlo a trabajar contigo cuando terminó la guerra.

«Desde luego», pensó Michael, socarrón. En cuanto había empezado a sospechar, también él lo había encontrado divertido.

—Ha convencido a Antonia de que venda su casa de Londres y se traslade con él a las islas tropicales de la costa de las Américas. Si ella llega a enterarse...

—Él no tuvo que ver con la matanza de su familia. Su único delito fue facilitar una ruta segura a las tropas francesas para evitar su enfrentamiento con las británicas. Formaba parte de su cometido.

—Ella no lo entendería así, créeme.

—Él sabrá si se lo dice. Por lo que veo, bebe los vientos por tu señora Taylor. Considerando que ha aceptado largarse con él, supongo que la devoción será recíproca. Ya se las arreglarán. No es asunto tuyo.

Cierto. Lo suyo eran Julianne, su sobrina y los hijos con que Dios los bendijera en el futuro. Antonia necesitaba un sol abrasador y aventura. Él tenía su familia.

Curioso, las vueltas que daba la vida.

—No obstante, si quieres hablarlo con él, ¡allá tú! Mantenme informado y, cuando te canses del ambiente bucólico del campo, del aire fresco y todas esas bobadas, házmelo saber. Seguro que te encuentro alguna ocupación interesante. —Charles dio media vuelta y, cuando se disponía a volver por donde habían venido, Michael divisó a un hombre que se acercaba a él por el sendero.

Reconoció aquellos hombros anchos, el pelo oscuro agitado al viento y, cómo no, la inconfundible cicatriz.

Se detuvo y esperó; el día crudo era idóneo para aquel encuentro.

—Charles se cree muy listo —le dijo en cuanto se reunió con él.

—El problema es que es muy listo —convino Lawrence con gesto receloso. Tenía la cara colorada del frío.

—No le había dicho hasta ahora que ya sabía quién eras y, sin embargo, había previsto este encuentro.

—Cuando le he contado la charla sobre Alice Stewart que mantuvimos anoche, se ha limitado a citarme aquí. Supongo que te conoce lo bastante bien para suponer que, al final, conseguirías encajar todas las piezas.

Qué típico de Charles, planificar la confrontación de ese modo.

—Me siento manipulado —dijo Michael, socarrón—, claro que con Charles siempre me siento así, no solo en mi persecución de Roget.

—Si te sirve de consuelo, fue un fuerte golpe para mi orgullo enterarme de que estaban tan seguros de que me atraparías que, cada vez que te acercabas, te despistaban.

—¿Cómo es que empezaste a trabajar para los franceses?

—Me obligaron a hacerlo y me fastidiaba tanto que ideé de inmediato un plan para congeniar con los mandos más altos, aceptando todas las misiones más peligrosas. —Lawrence se encogió de hombros—. ¿Qué más daba que me mataran? Al final, empezaron a confiar en mí lo bastante para hacerme correo, luego agente. Para poder ayudar a los ingleses, tenía que hacer un buen trabajo para los franceses, ¿entiendes? Supongo que ahora comprenderás por qué Alice Stewart se negaba en redondo a revelar mi identidad y por qué la dejé embarcar para Francia en lugar de desterrarla a la India. Yo estuve allí durante todo el interrogatorio, y ella no me traicionó. Yo podía matarla para protegerme; la decisión era mía. Obviamente ella no quería arriesgarse; además, cuando tú la dejaste marchar, sentí que estaba en deuda con ella por su lealtad. No tenía ni idea de que pondría tanto empeño en vengarse de ti.

—Si la señora Stewart no se hubiera empeñado en verme muerto, quizá nunca habría descubierto que Roget y tú sois la misma persona. —Michael se subió el cuello para protegerse del viento gélido.

—Cosas del destino —dijo Lawrence, como si conociera bien el concepto—. Dime, ¿en qué momento exacto lo supiste?

—Digamos que tu explicación de por qué la habías dejado subir a otro barco no me convenció mucho, aunque podría haber sido cierto. Decididamente sientes debilidad por las mujeres peligrosas, a juzgar por tu relación con Antonia. Claro que, en realidad, no fue entonces exactamente cuando lo supe.

Lawrence lo miró intrigado.

—Fue cuando, yendo en el coche en busca de Alice Stewart anoche, dijiste que si Roget quisiera verme muerto lo estaría —señaló Michael con una sonrisa burlona—. Me pareció que lo decías desde un punto de vista muy personal.

—No he dejado de insinuar, con la intención de que se me entendiera, que el que quería verte muerto no era Roget.

Así era, y Michael ahora sabía por qué.

—También me has dicho que Roget era un fantasma, pero siguen filtrándose rumores de que aún está en Inglaterra.

—Sí, lo he notado. —Se encontraban ante el Serpentine, gris bajo el cielo otoñal y salpicado de hojas brillantes—. Por eso los franceses me buscan con desesperación. Pensé que había escapado limpiamente, pero al parecer no. Creo que la señora Stewart al final me hizo un favor, porque ha sido preferible que se marchara de Inglaterra. Cuando empezaste a buscar a Roget me di cuenta de que otros me buscaban también. Supongo que Charles te habrá contado que Antonia ha accedido a venirse conmigo.

—Sí, me lo ha dicho. —Michael lo miró—. ¿Vas a contarle la verdad?

—Aún no lo he decidido. ¿Qué harías tú, Longhaven?

—Para empezar, asegurarme de ir bien armado. Y mejor en el mar, que no pueda escapar de ti, aunque también podrían devorarte los tiburones si ella te arroja al océano. Sea lo que sea lo que decidas, te deseo suerte.

Lawrence soltó una carcajada triste.

—Eso pensaba.

—Yo también lo dejo —le confesó, esquivando un montón de hojas mojadas, con las manos enterradas en los bolsillos.

—¿Con condiciones? Charles no te dejará ir fácilmente. Eres muy valioso.

—Sin condiciones.

—Si tan claro lo tienes, será amor de verdad —observó Lawrence.

Michael pensó en la tierna sonrisa de Julianne cuando volviera a casa.

—Será —susurró. Luego dio media vuelta y se alejó de todos aquellos secretos.

Agradecimientos

Me gustaría expresar mi agradecimiento a Heather Baror por todo lo que ha hecho como agente de derechos internacionales. Eres excelente. El apoyo de mis amigos es otro valor incalculable. Concretamente, quiero mencionar a Monica Burns, Kerin Hanson, Laura Kubitz y Sandy James. Me habéis animado mucho. ¡Gracias, chicas!

El papel utilizado para la impresión de este libro
ha sido fabricado a partir de madera
procedente de bosques y plantaciones
gestionados con los más altos estándares ambientales,
lo que garantiza una explotación de los recursos
sostenible con el medio ambiente
y beneficiosa para las personas.
Por este motivo, Greenpeace acredita que
este libro cumple los requisitos ambientales y sociales
necesarios para ser considerado
un libro «amigo de los bosques».
El proyecto Libros Amigos de los Bosques promueve
la conservación y el uso sostenible de los bosques,
en especial de los bosques primarios,
los últimos bosques vírgenes del planeta.